中国专业作家散文典藏文库

中国专业作家散文典藏文库

孙少山卷

老屋

孙少山 ◎著

中国文史出版社

目　　录

第　一　辑

阿陀的春天 ……………………………………………………… 3

暗夜 ……………………………………………………………… 6

白果树 …………………………………………………………… 9

保管员 ………………………………………………………… 12

菠菜 …………………………………………………………… 14

出世入世 ……………………………………………………… 17

答袁滨和理洵 ………………………………………………… 20

大家庭 ………………………………………………………… 24

大脚的工程 …………………………………………………… 27

地铁里 ………………………………………………………… 30

地主分子王志伦 ……………………………………………… 33

老屋 …………………………………………………………… 36

二元一斤的《国富论》 ……………………………… 38

翻案风与表演场 ……………………………………… 41

道德的防卫机制 ……………………………………… 43

服务员 ………………………………………………… 46

抚远的雪 ……………………………………………… 49

故人往事 ……………………………………………… 52

管理员 ………………………………………………… 55

汉奸可不是白当的 …………………………………… 58

黑色不是色? ………………………………………… 65

后窗风景 ……………………………………………… 68

戒备 …………………………………………………… 71

今非昔比 ……………………………………………… 74

湮灭的辉煌 …………………………………………… 77

局限或死角 …………………………………………… 82

老盖 …………………………………………………… 85

理雾关 ………………………………………………… 88

两本奇怪的书 ………………………………………… 91

两个系统 ……………………………………………… 94

煤矿女人 ……………………………………………… 96

摩托车的巴黎 ………………………………………… 99

墨画的大牡丹 ………………………………………… 102

奶昔 …………………………………………………… 104

难忘的年 ……………………………………………… 106

秋日思语 ……………………………………………… 109

日落时分 ……………………………………………… 112

杀樱 …………………………………………………… 115

山峡中的大肚川 …………………………………………… 118

伤害 ………………………………………………………… 121

第 二 辑

烧柴煮饭 …………………………………………………… 127

湿漉漉的海棠花 …………………………………………… 129

死而无憾 …………………………………………………… 132

绥芬河 ……………………………………………………… 135

探监 ………………………………………………………… 138

螳臂当车 …………………………………………………… 141

天才与恶棍——卡瓦拉乔 ………………………………… 144

啊，土炕，土炕 …………………………………………… 148

托尔斯泰的困惑 …………………………………………… 150

外国的月亮 ………………………………………………… 153

为什么他们要抵抗？ ……………………………………… 156

伟大的逃兵 ………………………………………………… 159

伟人与战争 ………………………………………………… 162

魏司令 ……………………………………………………… 166

我爱狗剩儿 ………………………………………………… 168

我的三套车 ………………………………………………… 171

我读"二周" ……………………………………………… 174

我所认识的李信鹤 ………………………………………… 177

我最像的那个人 …………………………………………… 180

习惯大于血缘 ……………………………………………… 183

先验论 ……………………………………………… 186

小雪 ………………………………………………… 188

幸福的人 …………………………………………… 191

殉 …………………………………………………… 194

遥远的边疆，永远的春节 ………………………… 197

也说卜留克 ………………………………………… 199

《驿动的心》和《东风破》……………………… 201

玉芳 ………………………………………………… 204

袁家坟 ……………………………………………… 207

水泥和石灰 ………………………………………… 210

这个冬天 …………………………………………… 213

真爱与恋物癖 ……………………………………… 216

指令 ………………………………………………… 218

煮酒论英雄 ………………………………………… 221

庄明高的故事 ……………………………………… 224

自在的河流 ………………………………………… 227

最后一只野兔 ……………………………………… 230

做梦 ………………………………………………… 233

第 三 辑

最真实的记录 ……………………………………… 237

一个家族的奋斗史 ………………………………… 280

第一辑

阿陀的春天

　　樱花谢的时候我离开上海，回到阿陀樱花刚刚开放。一连多少天在山野里转着，不时地总有一个冲动——想办法弄一棵樱花树到上海去！让上海人认识一下真正的樱花是什么样子。上海那樱花放在阿陀它自己都不好意思开放，单瓣，苍白。我相信就是日本的樱花也不见得比得上阿陀的樱花，因为那里的樱花都是种在公园或路边为了让人观赏的，免不了总要有一些做作。而阿陀的樱花漫山遍野就这么蓬勃地、蛮野地、自顾自地开放着。无意地走进了一条人迹罕至的山谷，腾的一声，一片樱花火一样在你的眼前燃烧起来，你吓了一跳，大气都不敢出。事情往往就是这样，就如同哈尼梯田，本不是为人观赏的，那里的人们只是为了种田吃饭，哪里想得到弄成了那么一片动人的风光？阿陀的樱花也是这样，因为青岛搞开发区，曾经一度樱花树很值钱，农民一哄而上，漫山遍野都种上了樱花。农民就是这样，永远别想种地发财，大家都种时，这东西立刻就不值钱，甚至干脆就卖不出去了。从育苗，到嫁接、移苗、整形，每一棵树都耗上了心血，现在是卖又卖不出去，毁掉又舍不得，于是只能任由它们生长着。

3

林宽担一担柴走上坡来，天热了，仍旧穿着一身扶贫办发的军用棉裤棉袄，毕竟八十四岁了，一年不如一年，百来斤的担子让他举步维艰，但他就是这么一步一步地走上坡来。我把镜头对准他，他的脸是长年不洗的，乌黑，鼻尖和颧骨上有三个白点，灰泥掉了。他抬头看见对着自己的镜头吃了一惊，甚至有点儿发怒，我把相机从他脸上拿开，他笑了，哟，小姑夫啊。我大声喊他，你就不能弄一辆小车推着吗？担着有多累！

　　夜里一场小雨，春雨贵如油啊，大家都抢种花生。谁家媳妇拉着犁，后头一个老头儿用力扛犁，不用问，年轻人上班儿去了。阿陀的地块儿太小，手扶拖拉机都调不过头来，起垄都用这种人拉的小犁杖，比镢头效率高。引起我特别注意的是这个年轻媳妇手里还抱一个孩子，边拉犁边抱着孩子的真少见！她拉到地头，抹了把汗水，对我笑道，熊孩子放地下乱爬。

　　去年大嫂一死，大哥就垮了，不停地说一些叫人心酸的情景。他每天从外面回来一进家门就觉得大嫂还在屋里做饭，进屋一看空空的，他就要流眼泪。有一次他回家一看门开着，忍不住叫了声，他娘！觉得大嫂真的回家了。屋里走出来的是大女儿，她是回来看父亲的。他说，我也就是对你们俩说啊，对别人我都从来不说啊。悲伤是不宜常对人诉说的。妻子回来对我说，大哥因为是独子，从小就娇惯，结婚后又一切都靠大嫂，连一顿饭都做不熟，大嫂一死，日子就没法儿过了。儿子、女儿一大群，但是谁也代替不了老伴儿。其实大哥比林宽还小一岁呢，看样子和林宽差多了，林宽一辈子单过，也就那样了。

　　风从山口刮过来，强劲猛烈，千军万马呼喊着冲锋一样，我躺在炕上，觉得这小土屋像要塌了。

小径上铺了一层一指多厚的樱花花瓣儿。脚踩上去能感觉得到那稚嫩在纷纷破碎，甚至听得到疼痛的呻吟，我停下，止步不前，惶恐万分。

暗　夜

　　暗夜，雨停，起风了。南屋门没关好，被风刮得咣当一声响。我努力想重新入睡，充耳不闻。然而门响穿过竹林，沿雨打湿的水泥甬道啪嗒啪嗒走来，穿窗而入，死乞白赖地在我耳边呐喊。它惊起了我遥远的记忆，四十四年前那同样的暗夜开始苏醒。楼上不知是哪个房间的门没关，北风从山上滚下来，不停地摇动，咣当咣当彻夜响。我没有勇气上楼去关上它。我的周围簇拥着无数的鬼魂。那是深山里的一幢二层小楼，据说是日本关东军的一所医院，不知道为什么炮火把整条山沟里所有的工事建筑都夷为废墟，它却奇迹般地保存了下来，当然也破败不堪，弹痕累累。我和妻子流浪至此，以避风雨。我抱紧妻子圆木般结实的身体，不敢叫醒她。十八岁的妻子健壮得如同一头牛犊，也同牛犊一样傻。

　　杨树多悲风，我房后的杨树林萧萧飒飒，真正的秋天到了，不时有飘落的叶子狠狠地撞到后窗上，发出砰砰的声响。只有在这样的暗夜里我才能再回到遥远的边疆，那条山沟。我们一路向东，向北，再向东，再向北，一直到达中国版图的边缘才停下脚步，再跨出一步就是苏联。

6

唉，你这抖索在十二月寒风中的蒿草啊，以你的枯败来显示这北方的悲哀。一座荒楼立在山坡上，立在夕阳中，如同一个老人孤独地徘徊在自己的坟墓旁。每年春天，会有几只不知名的鸟儿来到楼顶上，我知道它们是来自我们的故乡，我亲切地招呼它们，它们也向我鸣叫几声，我潸然泪下。

异乡一梦四十年，黑发出关白发还。长白山下西风急，松花江上秋水寒。我居住的那条山沟是长白山地延伸到黑龙江省的余脉，雄浑而漫长。漫卷诗书喜欲狂，青春作伴好还乡……妻子染黑了头发，我们回来了，然而迎面而来的是钢铁机器的冰冷与高楼大厦的倨傲，在故乡我们成了异乡人。"儿童相见不相识，笑问客从何处来"，若有人相问，那还有人间的温暖，而我们走在昔日的大街上无人相识也无人相问。村镇边缘，我们居住下来，一如当年我们栖身于那荒楼。如此暗夜，秋风萧瑟，我搂紧妻子这双四十二码的大脚。这双大脚踏遍了那条山沟，翻开黑色的处女地，撒下金色的种子，我们在那远离故乡的山沟里生存了下来，过了二十年。

如此暗夜，星光灿烂，整条山谷喧闹起来，无数的黑影，从炸塌的水泥工事爬出来，从深埋的土层里钻出来，他们皆为回不了故乡的幽灵。幢幢黑影边舞边唱，唱着思念故乡的歌儿，悲哀而苍凉。星空碎片飘落如雪，每天下班我手提一盏矿灯从中走过，它们的气息寒冷侵人。从此我有了走出那条山谷的决心。终于走出来了，却蓦然发现青春的妻子被遗留在了那条山谷，我并没能带她走出来。在离开多年之后，我又一次回去，恍然看见年轻的妻子正担一担水从泉边走来，沉重的满满两大桶水在她肩上如同无物，霞光洒在她的花布衫上，两旁的草上沾着亮晶晶的露珠儿，她幽怨地看了我一眼……我一屁股坐下，悲从中来，我把青春的她给遗落了。如此暗夜，我搂紧妻子这双四十二码的大脚，这

7

是我唯一带出来的，唯有它们一如当年。它们伴陪着我走过了千山万水，度过了无数春夏秋冬，从青春到白头。

　　一场秋雨一场寒，风更大了，房后杨树林的落叶越过房脊飘进院子里来，触地有声，特别是它们落到那只破水桶上，响声如铜鼓。遥远的那条山谷该落雪了，我怀念那年轻的我和年轻的她，我更紧地把这双大脚抱在胸前，或许我能让那遗落在远方的她也能感受到一丝丝暖意。我只能如此了。

白 果 树

　　白果树的叶子落光之后，向着天空无限延伸，虬枝盘节的树冠像庞大的根系，深深地扎进蔚蓝的苍穹里。它一边紧紧地抓住无限遥远的时空，用力扭结起来，一边把厚重的大地一把揪住，那已经远去的苍茫就和坚实的大地联结在了一起。

　　巨大的树身上钉着一块铝合金的牌子，上面的文字是：

　　国家一级古树

　　银杏科：银杏属

　　gingkgo　gingko

　　编号　0721

　　树龄：665 年

　　胶南市人民政府：2004 年 9 月制

　　公元一三二八年，这块土地里一粒白果挣脱坚固的硬壳，开始扎根发芽，探出稚嫩的脑袋，第一次看见了一个朝霞满天的世界。同时，在安徽的一个农村里，朱姓家有一个男孩儿降生，他听见了一声雄鸡响亮的啼叫。这是一棵普通的然而又幸运的白果树，它承接着日月精华，沐浴着风尘雨露，生存下来；这是一个非同寻常的孩子，虽然他幼年饱受贫寒，甚至为了吃饭当过和尚，但他后来创建了大明帝国。六百多年的风雨沧桑，如今，那位不可一世的皇帝早已化作泥土回归大地；盛极一时的大明帝国也灰飞烟灭许多年，而这棵白果树犹自生机盎然。它见证了那蒙古人的元帝国的败亡，见证了大明朝从兴起到衰败及至消亡的整个过程，又见证了女真铁骑突入中原，从兴起到衰落的整个过程。叱咤风云的数代英雄们，皆已雨打风吹去，踪影全无，甚至是当年所有的各种形式的生命，都在这漫长的岁月里湮灭了，只有这棵白果树依旧枝繁叶茂。这是唯一从那段风尘里走过来的生命。白果树寿命最长的能活到三千多年，中国商代的一棵白果树仍旧存活。一般的白果树都能活到一千年以上。在地球上，树，只有树木是能见证数百年历史的生命。只有古树能把数百年甚至上千年的时空联系起来。我们无法不对这些古老的生命心存敬仰。

我的手掌抚摸着杨村这棵巨大的白果树，在心里怀念我们村的那棵白果树，它已经死去整整半个世纪了，比眼前这一棵要高大数倍。它实在太巨大太古老了，在它的枝干上寄生着众多的别的树种，有槐树，有松树，有柏树，有榆树，最让人们注目的是那一丛丛的枸杞。每当秋天到来，树叶落光枸杞子成熟，一串串红玛瑙一样的珠子就从树上垂挂下来，鲜红欲滴。树上还寄居着近百只喜鹊和数千只麻雀，当然还有令人恐惧的蛇的家族，据说有一条碗口般粗的大蛇。那是一个白果树王国，一个神秘的世界，一个可望而不可即的世界，童年的我常常会在树下久久地仰望着，直到脚下的大地开始旋转。我幻想着自己有了飞升的本领，到树冠上去看一看那些寄生的小树，那个大如麦草垛的喜鹊窝。终于有一天，这个梦想实现了，那就是轰轰烈烈的一九五八年"大跃进"。一听说大人们要把这棵白果树伐倒，孩子们兴奋得奔走相告，终于可以看一看那个神秘的世界了。人们像蚂蚁那样，忙碌了半个月，终于把它给弄倒了，然而当它轰然倒地那天，我们大失所望，它倒了，就那么躺在地上，像一道岭岗，但是没看到那碗口粗的大蛇，那些寄生的柏树、榆树也如别的树一般无二，只是天空显得空旷了。后来它被填进土炼炉里去烧了，什么也没剩下。那棵白果树经历过上千年的岁月，什么狂风暴雨、洪水干旱、火灾兵难，都没伤及它的生命，甚至它的一条主枝曾经被雷电击焚成了乌黑的焦炭，它依旧活着，但它没有躲得过那场"大跃进"的灾难。

杨村的这棵白果树，当年曾经果实累累，自从我们村里的那棵白果树被"杀"掉后，它就再也没有结过一个白果。白果树是雌雄异株，也就是说，虽然这两棵白果树相距八里之遥，还隔着一条河，但它们，年年都通过半空里的风传递着生命的信息。它们是息息相关的夫妻树。那棵白果树已经在这个世界上消失半个世纪了。这棵白果树是它的遗孀，在失去了丈夫之后，它默默地过着孤寂的时光。

我的家乡是一个古镇，它曾经有过古寺、佛塔、石牌坊，在疯狂的"大跃进"年代里被毁于一旦，这对我们这个古镇是一个永远无法挽回的损失，这是我的父辈们犯下的不可原谅的错误，使我们的家乡失去了历史。这差不多就等于一个人失去了记忆。毫无疑问，我们的后代们也将永远忍受着这种失忆的痛苦。

保 管 员

　　有一位保管员让我印象深刻，他是县物资局的一个玻璃仓库的保管员。瘦小的个子，寡言少语，成天闷闷不乐的样子，据说曾经当过兵，有一定的资历。物资局从煤矿抽调一批搬运重物的力工，我就在这个物资局干了两年，大部分时间是抬木头，嗨哟嗨哟地喊着号子上楞。物资局是最吃得开的单位，水泥、钢筋、铜材、铝材、木材、玻璃，都归他们管，当年这些都属于紧缺物资，物资局局长的权力就很大。我那时住在一栋二战时日本关东军留下的破楼里，窗户上没有玻璃，用旧报纸糊住，光线昏暗不说，一点儿也看不到外面。我就找到这位玻璃仓库的保管员要求他卖给我几块玻璃，仅仅是几小块儿。在当年的农村很多人家根本就装不起玻璃，能在一根窗棂上装上一块巴掌大的玻璃向外看一看就不错了。玻璃保管员很痛快，说，没问题，我给你四块，咱有这个权力。玻璃是易碎物品，仓库里的碎玻璃自然就归保管员管，他可以把一些碎玻璃割成小块儿再出售。当然你还要拿这些小块玻璃到会计那里交钱。当时看他拿玻璃刀嚓嚓地割的时候，我感激得不知说什么好。可是只割出三块，再也找不出可以割第四块的碎玻璃了，我说算了吧，就用报纸糊上也可以，有三块就很好了。他说，那像什么东西？难看死了，怎么办呢，怎么办呢……他团团转却怎么也找不到一块可以割第四块的玻璃了。忽然，只听得砰的一声，一块整张的玻璃倒了，碎了。他说，这没办法了，谁叫你有福气呢！

他几下就给我割出了第四块玻璃。我感激涕零，看出他是故意碰倒的。一般人费多少力气都弄不到的东西，我一句话就得到了。我抱着四块玻璃千恩万谢走出仓库时，正有一个人手里拿一张纸条赶来，声称局长批给了他两块玻璃，要求保管员给他割。这位保管员对条子看也不看，把手一挥说，没有，割不了。那人手里拿着那张纸条呆在那里了。走出几步，保管员对我说，不尿他，有本事让他批整张的吧。在当时物资局局长批出一整张玻璃也不是一件小事儿。我对这位玻璃保管员更是感激万分，以至到今天我仍然能清晰地记起他的面貌和他当时挥手的样子。

当一种财产或物资为公有或国有时，国家就成了一个空洞的概念，无法实行具体的管理，管理只能委托某一个具体的人，而这个人就必然在一定程度上占有了这种财产或物资，由保管员成了主人。就玻璃保管员来说，你不能要求玻璃不碎，又无法掌握玻璃破碎的数量，所以就给了玻璃保管员很大的运作空间。

菠　菜

是菠菜决定了我的命运。生命接近尾声阶段，我愈加看清是菠菜影响了我的一生。我永远记得爷爷喝菠菜汤时那贪婪又激动的样子，我第一次感觉到了自己了不起，那年我十三岁。于是我第二次又去偷菠菜。那是中学种的一大片菠菜。虽然已经算是春天了，但天气还冷，草木没发芽，只有菠菜开始动了。菠菜是最耐寒的一种蔬菜，春天可以连根挖出来吃。但是第二次给巡夜的抓住了。那是半夜，记得没有月亮。弄到小学里，后来小学里让我写检讨，现在想来那真算不得是个什么事儿，但当时对我来说真比砍头还可怕。我是少先队大队长，注意，整个镇小学里只有一个大队长。我经常受老师委托全面管理我们一个班级。孩子的自尊心才是最强的，强到像玻璃一样，同时又非常脆弱，所以孩子自尊心受到刺激极容易自杀。当时我有两种选择，当着全校同学的面做检查，或是放弃干脆不上学。那个冬天已经有很多同学因为饿不上学了，但我非常愿意上学，即使饿得不行也愿意上学——因为我听老师话，我学习好，总是受表扬。为了能继续上学，我选择了在全校学生的面前做检讨。后来"减刑"，只在班级面前做检讨。但对我来说仍旧如同上刑场，从开始到结束，我一直泪流满面，泣不成声。滂沱的泪水打湿了我最早的检讨书，从那以后，所有的检查就无所谓了。耻辱虽然不能忘却，但也是可以过去的。

是后来发生的一切改变了我的一生。老师曾承诺只要我检讨得好，就仍旧是一个好学生，我也曾努力要重新做一个好学生。但是升中学的时候，我被刷下来了。以我的学习成绩这是不可能的。有一个同学不知道从哪里得到了消息，学校给我的道德品质打了个丙等。当时小学升中学只有三个项目：语文、算术、道德品质。道德品质打成丙等是最低的等级，对一个十三岁的孩子是不应该有的，但他们给我打了个丙。我从一个最听老师话的学生一下子变成了一个最仇视老师的学生。他们欺骗了我。早知如此我是不会检讨的。痛心入骨的羞辱白受了。我永远记得我的班主任是一个二十岁左右的女老师。现在想来那不一定是她的决定，因为那是一个惊动了校长的事件。

对于一个孩子来说，学校、社会也是一个大家庭，充满了温暖与宽容，老师差不多跟父母一样可以信赖，可以依赖。如果你失信了，欺骗了他，哪怕只有一次，整个社会从此就崩塌了，而且再也不能建立起来。这就是少年犯很难改造好的一个重要原因。可以肯定，他第一次偷东西时，大人们一定会对他进行坦白从宽的教育，要他尽可能地把一切"犯罪"事实都坦白出来。结果呢？自然是坦白得越多受的处罚越重。从此，他就永远对这个社会失去了信任，而不仅仅是对某个人。

一个马车老板对我说，套辕马时要特别小心，不能让车辕里有任何尖锐的东西，万一辕马按照口令向辕里倒退，一下子戳伤了它的屁股，这辕马就完了，它再也不会听从口令往辕里倒了。我就是那次给戳伤了屁股。

老师就是孩子们的上级领导，走上社会之后，我把对老师的成见毫无道理地延伸到了所有上级领导身上，再也不与他们合作。如果不是那次被戳伤了屁股，我很有可能就从一个好孩子、一个好学生、好学生干部，过渡到社会上的好职工、好部下，晋升到好干部、好领导，今天就是光荣的退休老干部啦！当然，也有可能成为一个贪官，此时正给关在监狱里。

我的人生轨迹是这样的：听话的好孩子—学习认真的好学生—模范班长—戴三道杠儿的大队长—有劣迹的少年—社会上的刁民—让领导不放心的什么分子。这种突变，截然相反的角色转换，都是菠菜惹的祸。菠菜的耻辱压了我一生，从不对人言，直到近些年越来越老，才渐渐摆脱，觉得对一个十三岁的孩子那算不得什么，他们应该原谅。

出世入世

　　从山口吹来的风很硬，刮在脸上让人拾起少年时的感觉，酸楚而绵长。太阳落下去之后，绿树青草和庄稼都变成灰暗的颜色，只有刚修的这条水泥防火道反倒在天光映照下更加泛白明晰起来。去年这条山路还很难走，雨水冲刷得脚都放不平。在这样的时刻我没有胆量走进释净意曾居住的土屋里去了，只能站在道路上看着下面那零乱的院子和低矮的小屋模糊的轮廓。每次来阿陀我都要爬到山根下看看，这次在晚上，我不知不觉就走上山来。

　　白天我进去过，这门楼是一年年倒塌的，开始只是歪了，后来更歪了，然后倒了一边，另一边还摇摇欲坠地支持着，今年完全倒塌在地，木板门也腐烂了，我踩着走进了他的小院。夏天的时候门窗完全给藤类爬满封闭，现在是早春，它们还没长起来。屋门的锁锈坏了，不知是什么人用一根带子系在旁边的一棵梧桐幼树上，它生长风快，带子深深地勒了一道环痕。我犹豫了一下，把带子解开，推开门走了进去。我给自己壮胆，这样私闯民宅，他不会介意的。释净意在的时候我进来过几次，他很郑重地用那种很烦琐的茶道形式请我喝过茶，今天是真正的人去屋空了。那是白天，阳光灿烂，但屋里昏暗，窗户很小而且玻璃上沾满灰尘，勉强能看清地下散乱的碎纸、塑料瓶、一双旅游鞋，还有一些绳索，这是释净意曾经上山拖柴用的。炕上还铺着一块毯子，我和他就是在这炕上一边谈话一边喝茶的，历历在目。他说他有很重的糖尿病，他从对面看我都是模糊的。他很年轻，只有三十九岁，去世那年也只有四十一岁吧，死之前他就把遗体捐献了。他死后是他的姐姐来把他的遗物拉走的。现在能算遗物的只有后墙上还挂着的一块匾，认不得是谁的书法——一粥一饭当思来之不易，一丝一缕恒念物力维艰。丁丑年夏，为秉强书朱子家训句。不知道"秉强"是不是他的本名。他靠化斋生活，他说这个宗就是要求穿不能有隔季衣，食不能有隔夜粮。他很惭愧地指着炕下的几包挂面对我说，看，这都是我的朋友们送来的，我算什么修行的，他们都快把我弄成财主了……他看了我一眼又说，不能责备僧人不劳而食，我们只是职业不同，好比教师，你能责备他们不种地吗？我们每到一处都为当地的施主诵经祈福。

这土屋共三间，西间是释净意诵经打坐的地方，光线更暗，窗户还是那种老式的木棂窗，没有玻璃，是用纸糊的。我用力才看清里面的东西，昏暗的窗下是一个破烂的写字台，散乱着一些画笔，我不由得暗笑，毕竟还是不能完全忘记本行啊。他在清华学的是工艺美术，曾开过一家广告公司。靠后墙的简易书架空了，那年雨水特别大，屋后的山水直往屋里渗进来，把释净意苦恼坏了，他对我叨念着，我这些经书可怎么办哪？现在一本经书都没有，大约是委托他的姐姐替他搬走了，完全看不出这里的主人曾经是一位僧人。留下的倒是一大摞印刷品，抽出一本看了看，是广告订单，这标志着他当年也曾在商场上打拼过，说不定还挣过大钱。还有一个装相机用的破烂摄影包，这种结实东西能使用到如此程度，可见当年他工作的辛勤，不知道后来是什么机缘使他出家了。我拿起这个破包，认真看了看，从地下找了一个锈迹斑斑的指甲刀，费了好大劲，把上面的两个塑料插扣剪下来，我摩托车箱包上的插扣坏了又到处买不到，这就当是释净意送我的纪念品，请他保佑我一路平安吧。

手里握着这两个塑料插扣走出门来，又小心翼翼地用带子把门系住。转过房山，吓了一跳，一株桃花开得轰轰烈烈，明艳得让人不敢看！我站在那里愣住了，难道释净意活着也会把这看成是一种幻象吗？他说佛教与其说是一种宗教还不如说是一门学科，一门研究人类精神的学科。他说佛教是无神论的，如佛祖释迦牟尼本人就是一个普通的人，他活了八十多岁，是一个正常人的年龄，至于佛像之类的更不是神，只不过是一些提醒大家注意的标志物罢了。他甚至声称他是唯物的，但是他把世界看作一种幻象，认为只有精神不灭。他是矛盾的。我劝他回青岛家中去好好治一下他的病，他微微一笑道，我把这个臭皮囊早就放弃了。他在天的精神能否看着这盛开的桃花？

他房后那株桃花给我留下了深刻的印象，桃花的红是一种最有生命的红，从中心花蕊红开，向外渐渐淡下去，到花瓣边缘就淡成雪白了。这是一种青春的红，人面桃花。鲁迅先生总有些叫人脊梁都发冷的句子，他说，冢中白骨以它的永恒傲视着少女颊上的轻红。桃花就是少女颊上的红，很轻很轻。

答袁滨和理洵

感谢袁滨和理洵读了我的小文，而且还如此之认真，受宠若惊。我对周作人知之甚少，是那位前辈的一句话对他有了不佳的印象。那场战争，中日双方伤亡比率将近十比一，也就是说那些军人既然已经负伤，毫无疑问他们杀死了大批的中国人，知堂先生——真该死！在读理洵的文章之前我竟然不知道应该称呼周作人叫知堂先生。他去慰问那些日本伤员时该说些什么呢？称赞他们杀敌英勇是当然的，是鼓励他们伤好继续杀下去，还是什么别的？我真想不出他说了些什么。已经过去了半个多世纪，在当时的境况下，周作人的这种行为或许应该被原谅了，但今天仍旧有人对这一行为重新表示认可，这种态度就令人不齿了。

袁滨的《谁可以和鲁迅相提并论》应该好好理理顺，这么短的小文章不该前言不搭后语自相矛盾。开头就肯定了鲁迅"在新文学史上的地位恐是旁人无法企及的"，接着就又说"但周作人《乌篷船》就真的逊色了吗？""谁能说周作人才华天生差？"而且文中所举出权威的《中国新文学大系》选了鲁迅二十四篇却选了周作人五十七篇，还举出郁达夫的话和孙郁的话，都在证明周作人不仅可以和鲁迅相提并论，而且要

20

厉害得多。

在我来说，读一篇文章不比吃一根冰棍儿费多少力，味道差，多么大的权威说好也不中。一篇散文又不是什么高深的科技论文，用不着去查什么权威的《大系》。

文中说我调侃《红楼梦》，这是信口开河，我对《红楼梦》是喜欢加崇拜，绝没有一个词一句话是调侃《红楼梦》的。博士的那句话有一个界定，他说在思想领域即使《红楼梦》也绝不能和鲁迅相比。我认同这句话，念书时，教科书上说反封建是《红楼梦》的重要思想，其实《红楼梦》的反封建很不彻底，只反到贾政那个级别，到北静王就是英明仁慈了，再往上到"当今"只有皇恩浩荡。《红楼梦》是中国文学艺术的镇馆之宝，但对中国人的思想领域却没什么影响。袁滨说这不能让他心服，对不起，我写文章从来不想让谁心服，这不在我的考虑范围之内，我只是说出我的想法，别人怎么说我管不着。能有人读就好，能有人读得如此认真更是我没想到的。我说感谢读我文章的人绝不是一句客气话，真心的。哪怕不心服要反驳。袁滨那句质问："现在这个样子究竟是个什么样子？是和谐统一还是混乱不堪？"这种句式似曾相识，让我有点儿发毛，这是陷阱，这两个选项选哪个都会掉进去。两个选项我哪个也不选。如果真的不知道，我就告诉你，既不是"和谐统一"，也不是"混乱不堪"，就是你现在的这个样子，遇到不心服的就要反驳。这是鲁迅重要的思想遗产之一。

最末，袁滨说："我们禁不住要问作者，谁能和鲁迅相提并论？"我不知道谁能和鲁迅相提并论，但我知道周作人不能。

相比较，理洵的文章要通顺得多，他对周作人的了解更是让我望尘莫及的。但他用舒芜和阿英为周作人的作品作序言来确定周作人的地位却不足为训，为他人的书作序，能不夸奖几句？至于鲁迅把周作人排在自己之前就更不能说明周作人比鲁迅厉害了。人之常情嘛，何况还是亲兄弟。

　　说说周作人的代表作《乌篷船》。首先这形式就别扭，看上去是一个叫子荣的人给他写了一封信向他讨教，他写了一封信答复。如果子荣是真有其人，那么这封信扔到邮筒里去就完了。既然发表出来，这人和信大约都是虚设了，但又要装出真有这么回事，就不能不说一些客套的废话。郁达夫说周作人的文章"少一句不对，易一字不可"，那是郁达夫的看法，我觉得就《乌篷船》来说，不是一个字一句话的问题，总体就让人不舒服。他人之间的通信，除非我想知道点儿隐私，否则我是不想读的。周作人是为了追求冲淡平和，以书信的形式娓娓道来，岂不知把所有读者都置于了一个阅读他人书信的位置上。事无巨细，把乌篷船说了那么多，凡是不想去他故乡的人都没有必要去读这些啰唆之语。采用公开信的形式，除非是想让对方难堪，或是发牢骚、陈情，用来叙事还没有成功的先例，限制太大。周作人是做了一种尝试，捧作经典没有必要。他追求冲淡典雅，文章大多是在鼻烟壶里作画，当然鼻烟壶也是一种高超的艺术，但比之江山万里的大画卷总是不行。有人认为《乌篷船》其实是写了一种乡愁，这也太淡了，淡得几乎让人感觉不到。写乡愁的，在他之前有李煜的《一江春水向东流》，同代的有鲁迅的《故乡》，在他之后的有余光中的《乡愁》，都比《乌篷船》要直白、感人得多。《乌篷船》不是一部成功的作品。周作人创立了欧化的白话文体，初创就达到一个高峰，这不现实。

　　像周作人这样追求冲淡平和，专写身边琐事，新疆有一个叫刘亮程的小子，前些年写了一本《一个人的村庄》，也尽是些鸡零狗碎的东西，野地里撒了一泡尿都写了那么老长。但是他的文字背后总有一个影子在晃动——上帝。周作人的文字背后也总有一个影子在晃动——他自己。顾影自怜。这把袁滨和理洵吓了一跳，你敢说刘亮程那小子比周作人大师还厉害？是的，还不是一点儿半点儿。其实这很自然，周作人那一拨儿，他们是革命开创，他们革了文言文的命，开创了白话文这条大道，目的就是让后人能在这条路上走得更远，如果不能超越他们走得更远，岂不是辜负了他们？他们的革命和开创将失去全部意义。稍后的"武人"蒋介石写日记满纸都是"之乎者也"加"夫矣"，作为当年的文人们一定是一提笔"之乎者也"就涌上了喉头，硬拧过来写白话，笔都抓不牢。斗胆说句吧，他们那拨人的白话文和白话诗都很平常。但他们开创了一个时代，我们受惠至今。

鲁迅不同，鲁迅超越了他那个时代和他的同代人。这没办法，他的语感和思想，天赋极高。他追求的不仅仅是"明白如话"，他追求的是一种更高的语言文字境界。他的文字甚至不通顺，但那种感觉让我们今天读来都有一种望尘莫及。有的人就是没这种感觉，那也没办法，他脑子里少了一根弦儿，怎么弹也不会响。

袁滨没有自己的感觉，只是例举名人和权威的结论，这和理洵不同，理洵当年非常喜欢读鲁迅的书，现在更喜欢读周作人的书了。这不外乎两种原因，一是欣赏水平提高了，一是年纪老了。不会是因为欣赏水平的提高而不再喜欢读鲁迅了吧？我曾经非常着迷一些关于"少儿不宜"的东西，现在不了，我自己知道，不是道德修养提高了，而是老了，油尽灯枯，生命力玩儿完了，没什么可以夸耀的。

大　家　庭

　　我的岳父家是贫农，他说他们祖上也并不是很穷，据说曾经还有过一匹骡子和一挂大车，但不知为什么后来就穷了。俗话说"富不过三代"，其实主要是指当年的农村，所谓"富"也不过只有几十亩土地而已，像我们镇上最大的地主，也就是最富有的人家，当年据说是最气派最豪华的门楼还在，现在看上去也不过是仅仅能赶得上一个普通的农村人家。天灾人祸，那点儿家当败起来也不用费多大事。像我爷爷抽上大烟，根本就用不了三代，一代就败光了。岳父弟兄三人，从小就很有志气，哥儿仨发誓要重振家业。老大学木匠，老三学织匠，老二独自一人承担起家里那几亩山地的春种秋收。老二身体最强壮，干起活儿来从不知休息，庄稼地里的一把好手。公社化后当生产队长，大公无私，对自己的亲侄子亲侄女一点儿也不照顾。我家老韩到现在还抱怨说，二大大当队长总是分配给她最苦最累的活儿。据我这位二伯父说，当年凭他们哥儿仨的拼命劳作省吃俭用，已经买了几亩山地，他说再有十几年的工夫，他们家就可以把祖上的家业重新挣回来。中国长期的农耕社会就是这样贫富更替的，富不过三代，穷也不过三代，不出大格儿，也永远不会有什么大的进步。但是解放了，停止了他们重振家业的雄心。岳父是老三，辛辛苦苦地学织布技术，三年出徒，拼上全家的财力购置了一架织布机，结果没织上几匹布就废了。我见过那种织布机，全木头的，咔嗒咔嗒，很慢，半天能织巴掌长的布，而且幅面很窄，也只有三四十公分吧。由于手工纺的纱线粗细不匀，织出来的布也疙疙瘩瘩。倒是老大长年在外给人做木匠活儿，虽然钱是没挣多少，但吃了个肚子饱。

最让我感兴趣的是这一大家庭的日常生活，老大五个女儿一个儿子，八口人；老二四个女儿四个儿子，十口人；最少的是老三，我的岳父，两个女儿一个儿子，五口人。他们的父亲死得早，加上他们的母亲，一个老太太，共是二十四口人。为了一个共同目标——重振家业，他们哥儿仨坚持不分家。无法想象那么狭窄的几间小土屋里这一大家人是怎样睡觉，二十多口人一口铁锅里是怎样吃饭的。卧薪尝胆，励精图治啊！大人还好，孩子们是如何吵闹的？妯娌三人在这个大家庭里喂猪，养鸡，做饭，搂草劈柴，缝缝补补，抚养孩子。一个孩子哭了，跟前的那个女人不管是不是自己生的，一把抓过就用奶子塞住——这很像是非洲狮群里的母狮们，共同哺育，不分你我。这个轰轰烈烈的大家庭一直坚持到人民公社成立，公社食堂化，大家都到食堂打饭吃，他们也只好各自分开。据妻子说，在她的记忆中，她的大娘、二娘和三娘——也就是她母亲从来没吵过架。中国古语说——臭妯娌，意思是妯娌之间关系从来都是搞不好的。这三妯娌能一起居住到解放后的一九五八年真是个奇迹。

老大去世时七十五岁，老三去世时七十一岁，倒是老二出力最大却活到了八十八岁，三人都是癌。老二葬在了东北那条小山沟里，那年夏天，远在黑龙江省的二娘回到故乡来了，一把抓住岳母的手说，他婶儿他婶儿，我就是想你啊，想你啊……眼泪就哗哗地流下来。岳母也背过脸哽咽着说不出话来。我半夜起来，看到两个老女人还手拉着手脸对着脸坐在炕上。第二天我就叫了一个车回她们的村子去看大娘，其实三人当中大娘岁数最小，比二娘三娘小一岁。二娘三娘都是缠的小脚，倒是大娘小时候没经过缠脚，长了一双大脚，她稳稳当当地站在院子里不停地抚摸着两个妯娌的头发说，哟，也都白了头啊。我给三个老太太照了张相，背景是黄瓜架，一片翠绿。心里想，这大约是老妯娌三个最后一次聚会了。大娘先去世，八十九岁，岳母第二年去世，九十一岁。二娘九十三岁了，还活在那冰天雪地的东北。大娘因为是大脚，一辈子都为大伯所不满，所以死时坚决要求不和老伴儿埋在一起。这给我们增添了麻烦，每年清明上坟烧纸都要多跑一处坟地。

大脚的工程

　　我站在崖头看大脚在沟底上演那个推石头上山的神话，他要把一块大石头搬上崖坡，一连抱了三次都失败。这个"西西弗斯"秃头上的汗珠闪闪发光。我绕到沟底帮忙，他正在大口喘息，抬头看见我，很不好意思地挓挲着两只泥手叫了声，嗨，小姑夫……下面不知说什么好了。他年龄比我大，但从妻子那里论起来却比我小一辈儿。我问，你要搬上去干什么？他指指上方说，你看，那棵桃树就要塌下来了。我抬头一看，半山腰有一棵小桃树还没有胳膊粗，正开着一树桃花，桃花是所有果树中最好看的花，什么杏树梨树苹果树都差得远，枣树就更不用说了。桃花的红是最有生气的红，人面桃花啊。他又说，草甘霖不是好东西，图省力，打了几年，草都死了，坡上的土也都塌下来了。我问他道，你今年多大了？他说，嗨，八十。我说，你可真不像八十。他说，嗨，不行了。

　　他不只是身体好，精神气儿也很旺盛。我帮他把石头抬到半坡上，又搬上一些把那塌方处砌起来。现在这棵小桃树安全了。我们坐下来休息，过去从来没留意，在沟里一看，好大的工程啊，一块一块的梯田全

27

都是石头垒起来的堤堰，层次分明，一直垒到崖头，可以看出每一块梯田甚至石头的安放都是经过了仔细认真的思量。安放在巨石板上的那些显然是从别处移来的土，有的只有一张写字台那么大。整条山沟没有一寸闲地。为了灌溉，沟底还砌了一口水井，清亮的水倒映着天上的云朵。节气尚早，种的花生玉米刚刚出头，大葱、菠菜、土豆已经绿油油的了，一片生气勃勃。我问他什么时候开始经营这条山沟，他说，嗨，一九五八年，村子从山下搬上来我就偷偷地动手了，那些别的地方生产队不让动，这里没人，我有空儿就来干一点儿。

原来的阿陀村是现在大水库的中央，当年水库蓄水后国家把人口都移到别处去了，有东北的、西北的，远的有到石河子的，当然也有在附近公社的。故土难离，不久他们又蚂蚁似的从天南地北聚集到了这块光秃秃的山坡上，人们在这块山坡上慢慢地经营起了现在的村子，现在也是一个很有些样子的小山村了，很多旅游的人都到这里拍照片。我想到了有名的哈尼梯田，那么壮丽的风光何曾是为了好看？只不过是当初的人们为了生存，一点一点地筑起来的。

我说，你都八十了，别干了。他笑笑说，打麻将我又不会，干什么？吃穿不愁了，闲着也是闲着，总得有点儿事儿干着吧？

他是这个村里的文化人，当过生产队会计，读过不少书，很有些儒雅气质。

我点点头说，是的，得有点儿事干，大家都一样。

爬上沟来，我再一看，多么微不足道的一条小小的山沟啊。从一九五八年开始到现在已经近半个世纪了，他就经营这么巴掌大的一条小山沟。春夏秋冬，日出日落，风里雨里，这就是他的一生。但你能说他这一生不值吗？有人一生经营了一个科长，有人一生经营了一个处长，这都算是成功的人生了，到今天也就那么回事罢了。比比大脚这条小山沟，很难说值与不值，倒是这些桃树杏树梨树大葱菠菜更实在一些。更重要的是，他还充满着希望哪，比如这棵桃树在一天天长大，明年、后年就结桃子了，这条山沟正在越来越好，他还在为他的理想努力着。别说那些退休了的干部，就连我这样的还能有什么理想呢？八十岁的人，能有几个依旧还在干着自己一生的工程，为自己的理想努力着？

地 铁 里

　　刚凌晨五点，我急急忙忙地往地铁里赶，乘地铁去火车站，马上返回家乡。曾在城市里生活了近三十年，退休七年，都市对我已经格格不入，好像处处都感到威胁。大街上已经有了很多人，现在的都市人比乡村人都要早起。一步跨进车厢，空荡荡的，只有一个女孩子，我在对面的位置坐下。女孩子正在吃饼干，小心地看了我一眼。她的工作一定很紧张，一到班上就连吃早饭的时间都没有。这女孩子大约二十，面貌很端正，一种怜惜的心绪涌了上来，我当年也曾这样紧张地生活过。我们那时不叫农民工，叫盲流，除了工作劳累还担惊受怕，随便一个人就可以把你扭送到派出所里关起来，最终我还是没有在这座都市里待住，跑到东北去了。从那时起，我对这座都市再也没有好感。早起让这个女孩子显然没有胃口，只吃了几块就包起来了，接下来，她开始梳理头发。这时我才发现女孩子的头发居然是绿色的，梳理头发让她遇到了困难，这些头发很长，而且成了一团乱麻，梳子插进去立刻给粘在里面，无论怎么努力也无法梳下来。我看着女孩子和头发搏斗，真想上前去帮忙。女孩子的衣服都皱巴了，我又想这女孩子的住处一定是狗窝一样凌乱，不由得叹了口气，这般年龄正是嗜睡的时候，这么早起对她是一件痛苦的事情，又居住在那样一种脏乱的地方，我想到了自己当年，睡觉的地方还不如她呢，我甚至曾经睡过水泥管子。真可怜，她是干什么工作的？好像不是一般工人，工人不需要把头发染成绿色，但又不是那种过夜生活的女孩子，她们一般在凌晨刚刚歇下。总算把头发弄顺理了，开始画眉毛。我怎么也猜不出这女孩子是干什么工作的。她工薪一定不高，否则就不会到这市郊来租住，这么辛苦地赶早车上班，在地铁里吃饭化妆。不管干什么，这大约就是所谓的"北漂"了。

我回到家乡后才知道自己错失了很多东西，每当对着早晨那一天彩霞，我会感慨地说，久违了；每当黄昏时分，我看着杨树林子里那一轮又红又大的太阳，我会感慨地说，久违了；每当我听着窗外那滴答的雨声我会感慨道，久违了；特别是当我看着青天上那个只有在乡间才能有的月亮时，我会感慨一声久违了。那一次，我抱住土地庙前那棵白果树不由得热泪直流，我离开家乡那年它只有麻秆那么粗，现在我再也抱不过来了。看到我少年时的伙计们，我深切地感觉到自己山南海北出去转了一大圈儿，殊途同归，大家一样都老得不成样子了。那些没有离开过家乡的伙计们，虽然不如我经济上富裕，但也过得不比我差多少。这些年，我常常疑惑自己当年投入都市里流浪奋斗是不是值得，但人只能活一回。回到故乡，我一直都在村镇里，在山野间，发疯似的乱转，寻找那些曾经的记忆。有一次我正在一条小巷子里走，忽见有个头发很长有些凌乱的少年用一种忧郁的目光看了我一眼，我一惊，停下，定睛再看，那少年消失了，我心中大恸，那是少年时的自己啊！我把他遗失在了家乡，永远找不回了。

我站起来，要下车了，女孩子在画唇线，众目睽睽下仍是那么专注，旁若无人。我走出车门，心里叨念着，姑娘祝你好运，祝你好运……匆匆走在站台上，发觉旁边的人投来异样的目光，我才发觉自己说出了声。

地主分子王志伦

第三生产队队长喊道，地主分子王志伦！一位黄胡子的中年人站起来答应，有。第三生产队队长说，猪崽子掉茅坑里啦，还不快去捞上来。王志伦一头钻进茅房里，妇女队长手提着裤子跑出来，指着第三生产队队长骂道，你个坏种！大家一齐哈哈大笑。王志伦后头跟出来，涨红着脸说，我什么也没看见，什么也没看见。

挑粪桶正走着，听见后面一声叫喊，地主分子王志伦！他应声答道，有！好像觉得不对，慢慢回头看，一个五岁的孩子正朝他笑，他不由得生气骂道，你爷爷个腿，你知道什么是地主分子？我们生产队只有王志伦一个地主分子，"地主分子"这四个字好像成了王志伦的绰号，如果只叫"王志伦"三个字就有点儿别扭。他本人大约也不习惯，偶尔听到只呼其名他会眼睛都惊得老大。

他在前边挑着粪桶边走边哼着小曲儿，我在后面推着车听，然后大喊一声，地主分子王志伦！他熟悉我的声音，回头说道，少山，我告诉你，我这地主分子可是冤的，没享过一天过地主日子的福。我说，你休想翻案，铁证如山，贫下中农绝不答应。

33

他的地主分子是一个笑话，本来他家很穷，但是他的伯父有点儿土地，因为没有儿子就把他过继过去了，没过几年，土改时就把他划成了地主。他的亲弟弟是贫下中农，但不能翻案，谁敢翻案罪加一等。虽然冤，但他心态好，批斗就批斗，扫街就扫街。地主分子王志伦，老实交代你旧社会的罪行！他说，我在旧社会欺压老百姓，剥削贫下中农，罪大恶极……在旧社会他才十几岁实在想不出更多的话。大家喊，打倒地主分子王志伦！台上他也喊，打倒地主分子王志伦！平日里，大家也不觉得他是什么阶级敌人，一到运动，就得"依法办事"，该批该斗不能含糊。他有一次跟我发牢骚，光批斗也不给工分，那可是个累活儿啊。

他脑子很灵，会工尺谱，教过我什么《小乔哭周瑜》，俺夫君是周郎，他的亡，奴心实悲伤，姊已为孀，奴亦为孀，姊妹花一样……很悲的调子。他手也巧，当锁匠，有一次我让他给我们家修好了一把锁，我要给他报酬，不记得是几毛钱还是几分钱了，他不要，我硬要给，我们争执起来，他的指甲把我的手臂划了一道血痕。我至今还记得这道血痕。他会号脉，能开药方。那年冬天请他给我爷爷号脉，他号了半天说，我把握不准啊，肚子里没有饭，这手老哆嗦，要是吃饱了，手不哆嗦就能号准了。显然，他是想讨顿饭吃。但是那个冬天我们家也是没吃的，到底没留他吃那顿饭。至今我想起来仍有歉意。

我和妻子每晚散步，选择走鸡市街这条线路，记忆中很宽的一条街，现在却觉得很窄了。我的少年时代就是在这里度过的，但我家的老屋早已被高大的厂房吞没，不留一点儿痕迹。小街的西边却仍旧没有改造，还留有一些旧房子。我指给妻子看西边的两间又矮又破的小屋说，这就是我常给你说的地主分子王志伦的家。小屋仍旧是土墙，被垃圾包围，破纸箱和旧塑料瓶堆得跟房檐一样高了。王志伦早已不在，物是人非，住在这里的是来捡垃圾的外地人。他没有儿子，有两个女儿，现在也不知道到哪里去了。有一年我从东北回来，专门到这小屋里看望过他，记得是一个晚上，他正坐在炕上独自喝酒。他问了我在东北父母的情况，我也问了他在家乡的事情，两个女儿都嫁出去了，老伴儿去世了，他自己单过。他好像没大变化，哈哈笑着一直说好，很好。我问他现在靠什么生活，他说捡垃圾。对了，现在这个住户捡垃圾是不是来继承他的事业？他从挑大粪到捡垃圾大约在心理上是很顺的。他说，少山你别小看这活儿，很可以的，我又跟别人不一样，我不图发财，够吃我就不干了，一般是只捡半天，足够我喝酒的了。

那几年这个镇纺机工业大发展，垃圾有的是。他放下酒杯，拿筷子敲敲眼前的碗，说，看，这是鱼，新鲜的。又敲敲一个搪瓷盆说，这是肉，猪肉，吃不了，炖了一顿又一顿，过去你们叫我地主分子，那是冤上加冤，我没吃过这么一顿饭。我大爷，那个万恶的老地主，真正的地主，他也好喝这么一口儿，就着一条二指宽的小咸鱼，他吃一个集才吃完，他也没过过一天我今天的日子。

那天晚上，他送我出来时，有点儿晃荡，嘴里叨念着，少山，我、我今天可是真正的地主了，打、打倒地主分子王志伦！我俩一齐哈哈大笑。现在，每晚走过这两间小屋时，我恍惚又听到了那哈哈的笑声，不免一阵心酸，他毕竟不在了。

老　屋

　　岳母说，到那一天，她要回她的老屋去死。我对妻子说，这可不好办，现在就把她送回去，八十多岁的人独自在那儿怎么生活？到她不行了那天再往回送，好几千里路，怎么弄得回去？说实话，是我根本没把她的话当回事，觉得她也不过是说说而已。

　　昨天夜里我做了个梦，梦见了我自己过去的老屋，心酸得不行。醒来忽然明白岳母的愿望是非常殷切的，我要认真对待。

　　我的那座老屋已经是破败不堪了，但我每次回煤矿都要在它面前久久地徘徊上一阵子，心里有种说不出的依恋。我给它照了好几张照片，在别人看来肯定不能理解，这样的破房子你照它干什么？我心里是这样解释的：这老屋可是我亲手盖起来的，每一根木料都是当年我和妻子亲自上山去砍的树，每一块土坯都渗透着我们的心血和汗水。可是，别人的老屋呢？肯定他们会有更多的故事，在那里出生，在那里面成长，等等。人对老屋的依恋是普遍的。鲁迅先生回故乡处理他的老屋时心里也充满了悲哀。"渐近故乡时，天气又阴晦了，苍黄的天底下远近横着几个萧索的荒村，没有一些活气了。我的心禁不住悲凉起来……"人们对故乡的思念中，有很大一部分就是在故乡有着他居住生活过的老屋哪。

对居住地的依恋，不仅仅是人，别的动物也有。这在猫身上更真切。常常能看到在人废弃的村庄里有野猫徘徊于废墟间。这就是当年人家养的猫舍不得离开它居住过的老屋，宁可变成没人养的野猫。还有这样的事情，水库建成蓄水的时候，蓄水区的村庄所有的动物都没有了，只有猫还留在那里不走，到最后大水慢慢地淹上来，猫只好爬到高高的露出水面的烟囱上，它在上面凄厉地叫着，直到最后淹死。那情景相当惊人。狗就不这样，狗会跟着主人迁移。

在我当年挖煤的那个小山包上，曾经每年秋天都会有一头老熊出现。年轻时以打猎为生的老安头说，有可能它就是在这个山包上出生的，现在每年都回来看看。这个山包实际上已经没有它藏身的地方了，树林几乎已经砍光了，它的出现立刻就会被人发现。可是它冒着生命危险，每到秋天的那个时候都会准时出现。终于有一年，我们一个伙计借来了一个大铁夹子把它给打住了。那是专门打大野兽的铁夹子，只要踩上，就永远无法挣脱。它给夹住了一个脚趾，它就拖着那个大铁家伙在树林里哗啦哗啦走。最后给用枪打死了。它身中七枪才死。

可见，人依恋自己的老屋是一种动物性的本能或者说是一种天性。我在梦里见到自己的老屋是那么亲切又那么悲伤。我决定想尽一切办法也要让岳母去死在她的老屋里。一个人能死在自己居住过的老屋里其实是一种幸福。比方我就没有这个福分了，我的老屋已经出卖给了另外的人，而一个人能死在自己出生的老屋里那就更是少有的幸福。世界上有几人能历经七八十年的风雨变幻还保留住自己出生的老屋？

二元一斤的《国富论》

　　我算不上是一个真正的读书人，经常在盗版或垃圾书摊上去买书。有人会指责我说，你一个写书的人还去买盗版书是不是太不道德？我会说，谁要盗版我的书，我会问他要不要钱？不要钱，请便。我曾经在书摊上买过五块钱一套的《红楼梦》，太对不起曹雪芹老先生了。去年我看到一个书摊是论斤卖，两块钱一斤，不论什么书，统统两块钱一斤。后来我才明白，生意人太聪明了，对他们来说这其实比打折更合算。原来，一本书如果打两折还不如两块钱一斤更赚钱。什么书都有，真是上知天文下知地理。四大名著、全唐诗、全宋词、元曲、世界名著、世界名画……统统两块钱一斤。我告诉大家，过去盗版书装订印刷都很粗糙，更叫你不能忍受的是错别字满纸，现在不会啦，几乎和原版差不多，都很精美。但如四大名著这类的我早就有了，看到这么精美的书两块钱一斤也只能"忍痛割爱"。我根本就不懂书法，这次也买了几本书帖，王羲之、米芾，还有一本《三希堂》的，我想，这是皇帝的珍藏书帖啊，两块钱一斤！我还买了一本《国富论》，据说这是和《资本论》一样影响了近代人类社会的一本书，而且马克思在写《资本论》

的时候在很多方面也是受了它的启发，完全是好奇，我也把它装袋子里了。不就两块钱一斤吗？

这本书很好读，完全不像康德的《纯粹理性批判》那样，光那些概念就能读得你头昏脑涨。越读我越觉得好笑，正是亚当·斯密的劳动分工、产品成本降低、技术创新等理论，解释了《国富论》这两块钱一斤的价格。真是活该啊。我相信，所有的作者看到这地摊上他的著作只卖两块钱一斤，都能死的气得活过来，活的气得死过去。两块钱一斤，一斤青菜的价格啊！只有亚当·斯密，他能心平气和地接受他呕心沥血创作的《国富论》只卖两块钱一斤。他的论价格里面也能很好、很清楚地论证为什么这本经典《国富论》只能卖两块钱一斤。

口吃。常常心不在焉，签名时把别人的名字签在本该是自己名字的地方。但有人说，他发现的"看不见的手"甚至可以和牛顿发现的"万有引力"一样伟大。他认为市场经济背后有一只"看不见的手"在操纵，既然是看不见，你就无法去设计、计划。凯恩斯说，三百年内，人类无法像爱因斯坦推翻牛顿力学定律那样推翻《国富论》。但是马云说，大数据的发展也许可以使我们能够掌握市场的那只"看不见的手"，那时候计划经济就可以发挥作用了。《国富论》与我们以往的观念相比是有些异端邪说，比如我们认为人之初性本善，毫不利己专门利人，他却认为人本性是自私、利己。他认为一个卖东西的人会倾向于价格越贵越好，而买东西的人会倾向于价格越低越好。还有，我们通常会认为只有人口少才能富裕，必须实行计划生育，他却认为一个八百万人口的城市肯定会比一个八十万人口的城市富裕，因为只有人口数量达到一定规模才能使生产分工细化，成倍地提高生产效率，从而产生更大的财富。当然前提是在同等外部条件下。

不管如何，我以少吃了一个苹果的价格，看到了这样一本与我们以往观念不同的书是值得的。《国富论》里几乎预测到所有国家的经济政治民生问题，却没有预测到这样的一个价值比较的问题——一本经典和一斤青菜。

翻案风与表演场

对于周作人慰问日本伤兵一事，袁滨说："遍查《周作人年谱》《周作人日记》《周作人传》等书，均无记载，大概是道听途说，也就没有了所谓事实真相。"那就是我造谣了。心想，参拜靖国神社总该能查到吧？哪知打开"参拜靖国神社的中国人"词条，不仅仅是参拜靖国神社的证据有了，慰问伤兵的证据也有了。而且不仅仅是参拜，还要"为在侵华战争中死去的军人招魂"并"誓言真心"；不仅仅是一次慰问伤兵，而且是两次"亲切慰问"；不仅仅是两次"亲切慰问"，而且"并两次为他们养伤捐款"，也就是掏钱让他们早日恢复健康回中国继续屠杀。我想，大约袁滨也不常上网，否则用不着去翻《周作人年谱》《周作人日记》《周作人传》了，动一下手指之劳。又一想，自己是太自作聪明了，以袁滨对周作人的研究资历，这些事他怎么会不知道？网上这些资料哪里来？肯定是从袁滨所查的那些书中下载的，人家袁滨早就知道！秘而不宣不过是要好好地嘲弄一下我的孤陋寡闻罢了。

其实我早就错了，还以为慰问日本伤兵这样的小事儿不会有文字记载，哪知当年就上报了。也许慰问伤兵在北京是微不足道的小事一桩，漂洋过海赴日本去慰问当然就是值得记载的大事了。袁滨为尊者讳，极力想抹掉这些事，而我却以为别人像我一样不知道，还想找证据。真是愚蠢得可以。

一九四一年四月，周作人率团赴日本参加会议，"百忙"中特意去参拜靖国神社，为日本侵华战争中死去的军人招魂。

《庸报》曾报道了周作人等人"参拜护国英灵之靖国神社，东亚永久和平之志向相同之一行均誓言真心"。之后，周作人又两次赴日军医院，"亲切慰问"在侵华战争中被打伤的日军官兵，并两次为他们养伤捐款。

鲁迅真是厉害，他说"死人的追悼会是活人的表演场"，那么古人的翻案风就是今人的表演场了。把秦始皇从只为自己一人的暴君，翻案成一心为天下百姓不顾自己性命危险的大英雄，其实跟秦始皇屁关系都没有，只不过是张艺谋为了演戏而已。替秦始皇翻案，替秦桧翻案，替入关清兵翻案，替汪精卫翻案，替周作人翻案，实际跟这些古人毫无关系。今人的表演而已。本来，我对周作人连厌恶都算不上，仅仅是不喜欢他的文章。我甚至都不敢说我处在周作人的位置上就一定不会做汉奸。我只是受不了某些人那仗义执言的面孔。商榷也好，争鸣也罢，把你不同的意见说出来就完了，何必咄咄逼人地质问我："开头就用嘲弄的语调是什么意思？""中国现在是个什么样子，是和谐统一还是混乱不堪？""请问作者，到底谁能和鲁迅相提并论？"弄得我像是在接受审讯。以我的这点儿智商，这些问题我都回答不了。小肚鸡肠的我，怎能不往心里去？于是连周作人也厌恶起来。

道德的防卫机制

　　同类之间的攻击性，在动物那里是一种保护物种生存的本能，到了人类这里却演化成了互相残杀的战争。在任何一种动物中，你都见不到如人类战争这样血流成河尸横遍野的现象。像狮虎狼豹这样的猛兽都有着一击毙命的尖牙利齿，但你很难看到它们互相咬死。

　　就像汽车有前进的动力，同时也必须要有制动装置一样，动物有攻击性也必须要有防卫机制。同类动物之间的防卫机制有各种式样。农村长大的孩子都要和狗打交道，小时候我常见到两只陌生的狗相遇时，各自耸起脖子上的鬃毛，露出雪白的牙齿，低沉地吼叫着，眼看就要打起来了。就在这时奇怪的事情发生了，其中有一只忽然把头转向另一边，而且把它耳后的部位朝向了对方的嘴巴，要知道，这地方是颈动脉，只要一口咬下去，对方立时就会毙命，但是这部位好像有符咒，对方则立刻停止了吼叫，慢慢地走开。小狗则是躺倒在地，把最柔软的肚腹部分暴露给对方，大狗就不会咬它。这就是狗们之间的防卫机制。

　　我经常率领一群本村的狗攻击一只外来的狗，我的狗群有五六只，忠诚勇敢，绝对听我指挥。它们常常包围住邻村的一只狗进行攻击撕咬，那只狗屁股坐在地上，招架前后一齐袭来的攻击，防不胜防，被咬得团团转。（为这事我还挨过父亲一顿暴打，说是毒打也不为过。）但是，从来就没有一只狗被咬死过。一旦这只外来的狗流血了，狗群就会失去攻击的热情，任我怎么呼喊也无济于事。现在想来，首先是我的参与破坏了狗的防卫机制，使它们打了起来，但是狗们有它们的最后一道防线——鲜血。狗是最忌讳沾上同类的鲜血的。狗什么肉都吃，唯独不吃狗肉，你怎么劝诱也不吃，除非是它疯了。

人也是有防卫机制的，下跪。这个肢体的动作不需要学习，只要紧急关头都会做出，不自觉地就会膝盖那儿一软，于是就跪下了。所有民族都不约而同地有这样一个屈服的动作，不论是怎样的文化。我曾经有过被防卫，也就是作为受跪一方的经验，那时正年少，血气方刚。那个偷庄稼的人一跪倒在我面前，不知道怎么回事，我蒙了，掉头就走。本来我是有机会成为刘文学那样为保卫集体财产而牺牲的少年英雄的。他这一跪，我的万丈豪情灰飞烟灭。

很多人都有晕血的经验，当然是人的鲜血。有一部惊悚片，好像叫《沉默的羔羊》吧？那家伙扑到人身上一口咬住脖子就吮吸血液，特别恐怖。他违反了人的生理机制。我见过一个人晕血，只要见到一点儿鲜血就会脸色煞白，呼吸困难。是兵器消解了人的这种防卫本能，用刀砍一个人远不如用牙齿活活地咬死一个人刺激性大。于是就有了战争进行下去的可能。开枪打死一个人又和用刀砍死一个人不一样了。一个现代军人在作战室里一按按钮，几千里外用无人机杀死一个人，他几乎都感觉不到紧张。在广岛投下原子弹的那个飞行员在回忆文章里说，他当时就知道在他的手下肯定要有几十万人化作灰烬的，但他只是觉得良心上略有不安。他没有一点儿生理反应。

战争武器越来越尖端，杀人越来越易如反掌，但人类正在越来越远离战争。人类伟大的智慧正在形成一道新的防卫机制。当动物性的防卫机制被破坏了之后，一种理智的、牢固的防卫机制已经建立起来。人类的世界从来就没有如此平静过，特别是我们中国，六十多年没有战事发生，在中国的历史上简直如天方夜谭。世界上虽然也时有局部战争发生，看那些新闻镜头与过去的战争相比，只能说是一种儿戏。死伤百十个人就是一场大战役，与前两次世界大战相比简直就可以忽略不计。古代的村落遗址，最重要的是围墙，古代的城堡建筑都建在山上，这些都在标记着，当年曾经每时每刻都有战事发生，村与村之间都在发生着战斗。今天人与人之间的武力格斗不再是英雄行为，甚至国与国之间的战争也受到一致谴责。曾经被伟人们预言不可避免的第三次世界大战，正在被今天的人类所推迟或者永远地消解。

服　务　员

　　弗里德曼第一次访问中国住北京饭店，服务员站在门前几步之遥，在那儿聊天却不帮他提行李。第三次访问中国又住北京饭店时，他的行李被服务员直接从车上搬运到了房间。这让他感慨中国改革开放后服务员态度变化之大。他作为一个获得诺贝尔奖的经济学家自然非常关注中国的改革开放，但我想弗里德曼之所以注意到这种细节跟他本人的身体条件大有关系，他只有一百五十多公分的身高，搬运那么重的行李箱确实是困难，但北京饭店的服务员在改革开放前就是看他笑话也不帮忙。

　　王蒙出国回来说，北京的服务员是全世界态度最差的，他宁愿付小费能买他们一个微笑。那时候中国改革开放刚起步，我也有幸领教过当年北京服务员态度之差。我到一个理发店理发，坐下等候的时候没有及时把腿收回来，一个理发员就开始对我进行长达十多分钟的调侃加嘲讽，训得我恨无地洞可钻。念书的学校旁边有一个小商店，每次去买东西都会遇到服务员在柜台里面嗑瓜子，一边聊天一边把瓜子皮吐到柜台外面，任你叫多少声她们也不答应，因为谁答应了自然就会是谁出来服务。她们就那么和你面对面装作听不见。这种情形不仅仅让你买不到东西，而且让你忍受着一种极大的侮辱，但附近只有这一家商店。刘晓庆饰演过一位态度恶劣的售货员，总和顾客吵架，一个当过售货员的人看了告诉她说，你这样成天吵架还不累死？你装作听不见。装作听不见，这是当年服务员的统一服务态度。刘晓庆扮演的服务员在领导和大家的帮助下服务态度转变了，变得非常主动和蔼，但那是电影里，实际上直到今天，凡是国营单位的服务员态度仍旧是最差的。当然比过去大有进步，但和私营单位的服务员还是没法比。如果你到政府机关去办点儿事儿，那些看大门儿的就会让你领略到一种威严，平民百姓要进一个乡、镇政府，面对看大门的也要低声下气，唯唯诺诺。

国营单位最早经营不下去的好像是饭店吧？当年炸油条的都是国营，有一次我进县城，早晨没吃饭，排队买油条吃，排了半天队好不容易轮到我了，那个服务员就是不卖给我，我站在她对面她像看不见一样，因为是一个小县城大家都认识，张大嫂李大姨地，她不断地招呼那些熟人，就是轮不到我。看着沸油里那些翻滚着的油条，香味扑鼻，我饿得肚子都叫了，终于忍不住和她吵了起来，她直接叫着，我就是不卖给你，你告我去吧！最终那油条也没吃上。当然，国营饭店经营不下去还不是因为服务员服务质量太差，而是因为赔账，而赔账的原因是因为偷，大家都偷，一齐偷。吃的东西吃一点儿甚至往家拿点儿总不算是大错误吧？我认识一个厨师，他说当年他每天都要用饭盒带回一饭盒肉。经理总不能下班时让大家都打开饭盒检查一遍吧？

我记得小饭店是最早从国营转私营的，实在经营不下去了。忽然有一天到饭店里吃饭，服务员态度大变，有人告诉我说现在这是某某人自己的了。我大吃一惊，这不是资本主义吗？资本主义还遍地开花，原来一个县城只有两家饭店，后来多得数不过来。现在看到那些打工的往小饭店里一坐大呼小叫的样子，心里就笑，当年你这样的一辈子也吃不上饭。倒是服务员从大爷变成了孙子，没有敢对顾客发横的。如今服务员的日子不好过呀，曾经她们是上帝现在成了顾客是上帝，可以说是天上地下，一落千丈。当然，我说的是私营企业的服务员。

抚远的雪

我很喜欢《往事如昔》这首歌儿，特别是这一句——当北方已是漫天大雪，我会怀念遥远的你……十二月的寒冬，上海依旧树绿花红，我想在那遥远的黑龙江一定是漫天大雪。

鲁迅写过北国的雪：在无边的旷野上，在凛冽的天宇下，闪闪地旋转升腾着的是雪的精魂……是的，那是孤独的雪，是死掉的雨，是雨的精魂。毛泽东写过北国的雪：千里冰封，万里雪飘，长城内外，唯余茫茫，大河上下，顿失滔滔……山舞银蛇，原驰蜡象……然而，他们都没见过真正的北国的雪。

那年我从佳木斯到抚远去。佳木斯，从名字上看，就是一个远离中原文化的城市，到抚远去还要继续向北，向东，义无反顾地一路奔去。中国地图像一只雄鸡，而抚远县就在那个最尖端的喙部。那是一辆叮当响的破汽车，窗户完全被霜冻住，外面什么也看不见，而这些霜是里面乘客呼出的气凝结而成。不知开出多远了，窗户上映出一抹橘红色，我知道这是太阳出来了，很想看看外面的世界，努力用手捂化一点儿冰，但这一个小孔儿在手刚离开立即又冻死。终于，车停了，司机让大家下去活动一下。拖着冻木了的腿跳下车，勉强站住，抬头一看，我惊呆了，雪野耀眼，无边无际，没有一个人影，没有一个村庄，没有一间房屋，甚至没有一座山没有一棵树，只有茫茫大雪。一个雪的世界。多年后我在电视上看《冰冻星球》这个节目时，我就想到了三江平原上的雪，那是一个远离尘世的世界，好似整个宇宙间只有我们这一车人。重新上车时，大家都变得亲切起来，我在那个时间内觉得只有我们才是真正的亲人。整整走了十一个小时，到抚远县城时已经是夜里。

第二天早晨，我在空无一人的大街上走着，只有脚下的积雪嘎吱嘎吱响。那时的抚远县城只是一个不大的村庄而已。整个县城没有一家工厂，据说全县也没有一个种地的，只有渔业，也就是全县人都靠在黑龙江打鱼为生。我在深雪里手脚并用爬上了黑龙江边上的一个小山包，分开枯死而不脱落的柞树叶子，俯看下面冰冻的大江。我又一次给惊呆了，下游的黑龙江宽阔得如同大海，而又不是冻结了的大海那种安详，白茫茫的大江如千军万马以排山倒海般的气势向我扑来，无边的恐惧立刻把我湮没。在西北方向的大江远远看去像挂在天边，在那里天与地消失了界线。又冷又怕，牙齿咯咯作响。我坚持着向江对岸望去，很远的地方只有黑乎乎的一片树丛，同样不见一个人影也不见一座房屋——那是苏联。珍宝岛战役刚刚打过，中苏关系紧张，但是我企盼着对岸出现一个人，不管他是什么人，我会向他奔过去。当你面对一个死的、没有生命的世界时，你会恐惧得发疯。人说亲近自然，那必须是在有人的条件下，当面对一个没有生命的自然时，大自然就是你的敌人，是你无法战胜无法逃避的敌人。我相信登上月球的那个人第一个感觉一定是恐惧，克服了恐惧这就是他的伟大之处。连滚带爬地逃下山，逃离江边，逃进空无一人的县城。

离开黑龙江已经十年，漫天风雪在夜里，在梦中，成了记忆。如今已是古稀之年，我炽热的青春和凌厉的冰雪纠缠在一起。我怀念那北国的风雪，怀念那冰冻的黑龙江。正如那首歌里唱的：在那寂寞如水的夜里，我曾轻轻地拥抱着你……爱的记忆飘满四季，当春风吹干了我的泪滴，青春无悔，往事如昔。

故人往事

　　爷爷有一把折叠小刀，镶嵌着骨头柄，烫着火红色的花纹，是我童年记忆中最漂亮的小刀。有一年，被舅爷——也就是爷爷的小舅子，借去了。姐夫和小舅子的关系一般都不会很好，但爷爷和他的小舅子却相处得很亲密，直到我的奶奶去世后仍旧常来常往。舅爷把小刀借去却再不见还回来，这就是小舅子和姐夫的微妙关系，小舅子总觉得姐夫的东西给他是理所应当，又不好意思直接索要，就拐弯儿说是借用，但总想有借无还。当年，那样的一把小刀算不上传家宝但也是很珍贵的，所以在舅爷借的时候爷爷心里就知道这小舅子心怀叵测，但又不能说不借，总想要回来却又开不了口，于是就暗中嘱咐我说，明天你舅爷赶集来咱家，你就向他要那把小刀，就说那是你的，你要用。我那时很小，不知其中的奥秘，所以舅爷一到我们家我就上前如此这般地说了。舅爷是个很和蔼的老头儿，每次都笑着说下一个集就给你带来。不记得爷爷嘱咐了几次，也不记得我鹦鹉学舌了几次，舅爷有一个大集日总算把小刀给带来了。但不是那一把，是一把铁柄的，说是那一把他弄丢了。也许他是心有所愧，他把这把小刀磨得飞快，比爷爷那把快多了。我用它削树枝，一下子把手都削得很深，血流如注，直到今天还隐约能看出那伤痕。我很喜欢这把小刀，爷爷却非常懊丧，他说，这把算个什么东西！差得远了。但他永远也要不回来了。

爷爷和他的小舅子，也就是我的舅爷，都是很聪明的人，他们俩还有一个共同爱好——抽大烟。爷爷的父辈家境还行，爷爷又是独子，很娇惯，不觉就抽上大烟了。舅爷家是小地主，也是独子，更是家中的宝贝。那年代这种衣食无忧的年轻人，脑袋瓜儿又灵活的很容易就走上邪路。当年中国的社会就是这样，不给年轻人以出路，凡是不能安分守己的大都会堕落。这种小地主出身的年轻人，抽大烟的结局就是卖地，崽卖爷田不心痛，爷爷大约很快就把祖宗传下的地卖得差不多了。恰好这时解放了，划成分时只能给划成了中农。这是爷爷一生中最值得夸耀的一件事，好像他有先见之明似的。哈哈，要不是我抽大烟，你们，都是地主狗崽子啊。因为爷爷抽大烟，他的舅舅对妹妹说，你养这样的儿子，等着吧，死无葬身之地，连棺材都用不起！还好，他母亲去世的时候爷爷还能买得起棺材，而且上了三道漆。他把舅舅叫来敲得棺材邦邦响，说，这不是棺材吗？

舅爷除了抽大烟还爱好锣鼓家什，现在应该叫打击乐吧。他请了个鼓佬在家里养着，专门教村里一帮小青年学习敲打。叭叭呔呔，叮叮哐哐，热闹非凡。这个鼓乐班子直到解放后还常到镇上演出。人们都很奇怪，这帮老东西是什么时候学得这么有板有眼的？这个鼓佬也抽大烟，舅爷除了自己抽还得供这师傅抽。因此家也败得更快，解放时给划成了下中农，差点儿成了贫农。

爷爷和舅爷真心地感谢共产党，他们都说，要不是解放了，他们都活不到六十岁。爷爷活到七十五岁，舅爷活到八十九岁，他们那一代人这都是大年纪。舅爷没儿子，七十岁那年还和我一起出过夫，风尘仆仆在大道上拉车奔走，谁也想不到他曾经是个大烟鬼。

现在都说毒瘾戒不了，看来还是手段不到。

管 理 员

　　当年的生产队有一套顺口溜儿，跟着队长如何如何，跟着会计如何如何，我只记得一句是——跟着管理员吃得胖。我的父亲是队长，本家七爷就是食堂管理员，我的父亲尊敬地叫他七爷。其实他的岁数和我的父亲相当，非常和气的一个人，见面总是笑嘻嘻的，为人也非常诚实本分。当了多年食堂管理员从没出过什么差错，但是到一九六〇年的冬天，却引起了大家的非议，因为那时候全村人都饿得奄奄一息，个个脸色蜡黄，眼皮浮肿，只有他家的人都脸色正常，这是你怎么掩盖也无法隐瞒住的事实。我记得我曾经有一次不自觉地盯住他的嘴唇看，他的嘴唇是那么有血色，跟别人完全不一样，他低下头匆匆走了过去。现在想来，你再廉洁也不能守着粮食不吃活活饿死吧？

　　其实那年的秋天就已经预示着一场严重的灾难要降临了，没有粮食了，食堂不能不解散。我记得已经是深秋，天气很冷，地里庄稼都收完，家家却没分到一点儿，最后的几垄地瓜刨完，只够留种的。分到几户人家蓄藏，记账，农民都知道，不管多么挨饿，种子是绝对不能吃的。某某几十斤，某某十几斤……地头安着一个磅秤，我帮着分拣，手指冻得猫咬一样痛。父亲看磅，管理员七爷负责记账。七爷忧愁地说，这个冬天怎么过？父亲说，有公社哪，总不能叫人饿死吧？最后两扁篓了，七爷用笔戳着账本说，这两扁篓就不记了吧？我吃了一惊，抬头看七爷，只见他的鼻子冻得发红，鼻尖上挂着亮晶晶的一通鼻涕，他的目光游移在父亲脸上，当时我已经十三岁，完全知道这是一件见不得人的事情。父亲沉吟了下说，不记就不记吧。我只觉得心里咂的一声像压上了一块大石头。我们两家就把这两扁篓地瓜给贪污了。地瓜种是存放在炕上面的一个棚子里，伸手可及，但我在饿得最厉害的时候也没想到过要偷吃一个。我知道那里面是有几十斤没入账的，但万一春天交出的时候斤数不够呢？

有一天早晨，七爷忽然神色慌张地跑到我家对父亲说，不好了！仓库被盗了，那一面袋麦子给人偷了。原来食堂解散的时候仓库里还存有一口袋麦子，大约有五十斤吧。太少没法分，就存在仓库里了，这是有账的，谁也不敢打主意。队长两眼盯着仓库管理员半天没出声儿，最后说，要不，就报告公安局吧。当时好像只有公安局而没有派出所。七爷连忙说，好好好，我就去。

但是七爷没去报案，而是他自己就把偷麦子的人给找出来了。当时如果他去报案，公安局的人一看他的脸色就会把他抓起来——大街上看看，谁有你这样的脸色？所有人都认为麦子一定是他偷回家了，可事实偏偏就不是他偷的。原来是他的一个侄子偷的，他只要一想就能想到，知道那一口袋麦子的人不多，而且他侄子就住在仓库的后面。在当时这是一件大案，他找到这位侄子说明了利害，要么你去蹲监狱，要么我去。这个侄子就承认了。这是一个十七岁的少年，只比我大三岁。按辈分他是我的爷爷辈儿，但我只叫他大头，他的脑袋很大。那时候他的父母都饿死了，他带着两个妹妹过日子。他好像是给判了很少的几年，放出来后没脸再回本村，跑到吉林省去了。现在我这位太爷爷和这位大头爷爷都已经不在人世了。

汉奸可不是白当的

我引用了前辈的一句话说:"周作人那汉奸可不是白当的。"立即惹来了袁滨严厉的质问:"开头就用嘲弄的语调是什么意思?"我这句话意思其实很明显——小小地调侃一下而已;他这义正词严的质问意思其实也很明显——我不允许用嘲弄的语调来议论周作人。那位前辈喝茶的习惯很奇怪,不用茶杯而用一个小壶,他当时眼睛几乎失明,手里端着小茶壶抿一口,他笑嘻嘻地说周作人慰问伤兵一事,好像见到了周作人穿着大马靴的样子。仅仅是闲聊,觉得可笑而已,哪想惹恼了一个叫袁滨的人。以我知道的那一星半点儿的知识,根本就没有资格去评论周作人的汉奸是非,引用那句话只是作为另一个话题的引子。就是这么一句调侃的话惹来了袁滨为周作人仗义执言。他第二篇文章就直截了当,关于周作人慰问日本伤兵,说他"遍查《周作人年谱》《周作人日记》《周作人传》等书,均无记载,大概是道听途说,也就没有了所谓事实真相"。

以周作人当时的身份,慰问一下伤兵应该说是他的义务,甚至是日常工作,小事一桩,就跟拉泡屎那么方便,翻箱倒柜地去查找一泡屎,比他去慰问伤兵更是可笑。

"容许我饶舌，再题外补充一点有据可查的真实史料：据《周作人年谱》记载，一九三七年底，日本宪兵欲强占北大理学院，当时的留守教授马裕藻不愿管事，遂由周作人与冯祖荀出名具函去找伪临时政府教育部长汤尔和，由其当夜去与日本宪兵队长谈判，北大二院得以保全。"这件事，袁滨不过是重复了周作人当年在法庭上的自我辩护，这当然是事实。法庭上周以此事为自己辩护乃人之常情，很容易理解；据说当时的北大校长也为他出过证言，也是人之常情，很容易理解。同一件事，袁滨今天重提意义却不一样了，是以功绩来显示。作为战胜一方，这仅是战利品分配之争，北大校产已经过户给了周作人和日本人一方，加以保护是他对日本人负责。以他的预计，日本是最终的胜利者，作为教育总署督办，他已经是北大的主人了。他做梦也没能想到日本人战败。这和日伪当年在东三省建筑了大量的工厂、铁路和桥梁一样，我们从来也没有认为这是他们的功绩。

"1940年，李大钊之女李星华与其弟李光华前往延安，也是周作人疏通，在北京大学预支了两个月的薪金做路费，并办了顺利出北京的证件。"这也是毫无争议的事实，帮助同事的儿女是人之常情，理所应当，也是周作人人性未泯、值得点赞的一处。袁滨在此处重提是为了反驳"汉奸"论，功不掩过，这改变不了周作人的汉奸身份。袁滨要为周作人翻案的意图已经表达得如此明白，不需要我再多说什么了。再说，对一堆冰冷的骨灰去议论他的历史功过和汉奸真假也没意思。

树欲静而风不止，一本二○一六年第十一期的《中国现代文学研究》飘然而至来到我的手上。这是定期分发的丛刊，作协会员人手一册，我想大家都看到了，开篇就是《1939年周作人日记》。

一月一日晴

发信：星华、平白

收信：介白、尔奴

上午启无来访。为暴客所袭，左腹中枪而未入，盖为毛衣扣所阻也。启无左胸重伤。均往同仁医院。旧车夫张三中数枪即死，小方左肩贯通伤。

下午查实无伤，只腹皮少破，三时后回家。傍晚日宪兵队招去问话，至八时始返。

今日来者甚多，不及一一记录。收尔奴赠研究所印卷物二枚。

正如有人所说的那样，知堂先生的文章你以为读懂了其实是没懂。开始我以为别人挨枪了——上午启无来访。为暴客所袭……又认真地读了一遍才明白是周作人自己被人打了黑枪，但没打死。真是天意，子弹竟然是击中了左腹部而被毛衣的扣子给挡住了。那时大约是铜扣子，如果像今天这样都是塑料的，肯定不会这么轻松地写日记了。枪声大作三伤一死，这该是多么惊心动魄的一幕！知堂先生写来竟然如此寥寥数语，从容淡定，胜似闲庭信步，追求文章冲淡平易连日记也炉火纯青，真让人佩服得五体投地。然而从地下爬起来我心里在嘀咕道，真能装！这哪里是一介文人？久经沙场的将军面对如此凶险的场面也做不到。如果在今天这样遍地有监控，视频上的周作人一定吓得屁滚尿流面如死灰。

装，是我读知堂先生文章的总体感觉。很多人就欣赏他这装，觉得是雅。大凡太雅的人都免不了一点儿装。

在被日本兵占领的北平刺杀周作人，比在当时未被占领的河内刺杀汪精卫凶险十倍，若被抓到枪毙是必然的。有人竟然冒着生命危险去刺杀他，周作人做得确实是过分了。在北平多如牛毛的汉奸中也是极为出色的汉奸。今天有人竟为他的汉奸身份叫屈。

像刺杀这样严重的警告也不能阻止周作人前进的脚步，可见他的本质是一个勇敢而坚强的人。以伪政府官员的身份大张旗鼓地出访日本，参拜靖国神社，会见日本政要，以至文艺界的同事要见一下都困难。竹内好写道："相隔七年，周氏这次获得最高礼遇，日程很忙，出门有很多日本政界要人欢迎。但是我们有不得不顾虑的事情，对于顾虑我也不后悔。应该做的事情我们做，不应该做的事情我们绝对不能做。"

日本的竹内好作为老朋友以个人的身份到周氏下榻的旅馆访问，受到了冷淡的接见——"我的来访可能给周氏添了麻烦"。要知道这是在一九四一年的日本发表的文章，并非是战后的撇清。

红极一时啊，不仅仅在中国，到日本都这样。

日记中可以看到，一九三九年周作人和日本人来往频繁，差不多比与中国人来往还频繁，但不知是何许人，故不能妄加评论，有一个人的名字是大家都熟悉的。

一月二十四日　晴

发信：平伯、开明书店、竹田

收信：李勘刚（复）、苦水、张宜兴、耀辰

上午写字，以一张寄冈山之竹。田茂太郎不知何许人也。

下午二时半佐佐木以汽车来，三时半同往访土肥原，因有事未来，四时半返。少铿、令扬来访。

如果这个土肥原就是那个作为战犯被绞死的土肥原，那么周作人被佐佐木用汽车请去相见肯定不会是做学术研究。

　　三月三日　阴，小雨
　　发信：茂臣（航信）
　　上午报载精卫被狙获免，曾仲鸣夫妇被害于河内。
　　下午德友堂、文奎堂来。子馀来谈。

　　请注意，误杀大汉奸曾仲鸣，周作人用的是"被害"二字，这与一般中国人的提法都相反。用词主张冲淡平易，"被害"二字情绪强烈。

　　汪精卫到底是曲线救国还是投敌卖国我不知道，蒋介石该不该刺杀他我更不知道，但从蒋介石的角度看，他给蒋介石制造了大麻烦是肯定的，国家的第二号领袖都叛逃投敌还怎么进行战争？日伪政权的建立，给整个抗日阵线所造成的损失恐怕比几十万军队都大。文化汉奸虽然不拿枪，但摇旗呐喊把侵略和屠杀说成是东亚"圣战"，作用也是不小的。出事儿后日本当局立刻派三个便衣到周家进行保护，可见对于日本当局，周作人的重要性非同一般。

　　九月十二日
　　……下午宪兵队浦本冠、刘捷来访……

　　十一月六日
　　教部派卫士胡、沈二人来暂驻，侦缉队李、王、曹三人均回去。计住此已有十月余，于其去也彼此各有惘然之色。

宪兵队和侦缉队当时对中国人来说，甚至对汉奸们来说都是闻风丧胆的，知堂先生都与他们有来往，而且颇有交情。从一九三九年周作人的日记上看，慰问一下日本伤兵应该是他的日常工作中不值一提的小事。

本期《中国现代文学研究》的第二篇文章是《日本〈中国文学〉月报中的"周氏兄弟"》，作者是小林基起和商金林，从姓名上看好像是一个日本人和中国人共同写的。从这篇文章中还得知，这帮中国文学研究会的日本人在周作人当了汉奸后和他做了果断地切割，而且声明"不应该做的事我们绝对不能做"，"也从一个侧面说明当年日本中国文学研究会同人对周氏的鄙视和警惕"。

本想就文论文，糊里糊涂给扯到人品上来了。这篇文章中还提到，鲁迅逝世后，连素不相识的人都参加葬礼，唯独没有周作人，甚至连唁电都没有。可见为文冲淡平易的知堂先生为人有他决绝凌厉的一面。也许这才是他真实的一面。从容淡定的文风都是在装。假设，仅仅是假设，如果作人先于树人死去，主张"一个都不宽恕"的树人不会这样吧？周作人对《大晚报》的记者是这样评价鲁迅的："起初可以说受了尼采影响很深，就是树立了个人主义，希望超人的实现。可是最近又转到虚无主义上去了"，"他的个性不但很强，而且多疑，旁人说一句话，他总要想一想这话对于他是不是有不利的地方"。本文中还有这样一句话：鲁迅一死，面对"悲痛到了极点"的母亲，周作人非但不设法安慰，反倒说出"我苦哉，我苦哉……"让母亲怀疑他想摆脱"养活"母亲的责任而"气愤"。

汉奸是不能白当的，想白当，日本人也不让，不能白养活。说他们有时身不由己，可能；说他们干过好事，可能；说他们没干过坏事，不可能；知堂先生也不能例外。连慰问一下伤兵这样的还算不上是什么大坏事儿的、鸡毛蒜皮的小事儿都没有干过，给判为汉奸岂不是天大的冤案？蒋介石当年对战犯和汉奸的处理相当宽容，几十年来一直被我们指责，甚至列为他的罪状之一。经过了法庭判决的汉奸，虽不能说材料如山，但证据、证人是俱在的。以今天我们手中这一星半点的材料想替他们翻案，还是免了吧。

黑色不是色？

那天，我和左泓躺在呼伦贝尔草原上，望着让人目眩的高纬度的蓝天白云，天高地远，心绪像这云朵一样悠闲。左泓是影视导演，对光影色彩当然有研究，我问他，这黑色到底算不算是一种颜色？红橙黄绿青蓝紫当然不包括黑色。最终我们达成了一致，黑色其实不能算是一种颜色。但是如何来界定却最终没有结果。

后来，我和一位画家出差同行，又想起这个话题，这是和颜色打交道的行家，他总该有一个准确的概念吧？我先从最基本的开始引入，我说，世界上所有物体本身都是没有任何颜色的，对吧？他看了我一眼，搬出一堆颜料——你说，这是什么？最低，这些颜料本身你不能说它没有颜色吧？我张口结舌。同时，我很震惊，他作为一个画家竟然这种常识都不知道。

今天，我和一位退休的镇长隔墙而居，闲来无事，我重提当年的话题，我说，世界上所有物体本身都是没有任何颜色的……他回了四个字——胡说八道！现在我有了新式武器，我指着他的彩电说，你把它的颜料盒取出来。他瞠目结舌。我嘲笑他道，亏你还当了那么多年中学教员，误了多少人家的子弟！当年大部分公社干部都是从老师队伍里提拔的，这镇长曾当过十五年中学教师。我从什么是颜色，颜色是怎么来的开始讲起，什么三棱镜、光谱、波长、赤橙黄绿青蓝紫……好好地给这位镇长上了一课。

但什么是黑色，照样难住了我们。显然，黑色不包括在这七种颜色里，更不是三原色混合能产生的。他搬出辞海和字典，这是当教师的最后本领了。《新华字典》里：黑，煤或墨那样的颜色。《现代汉语词典》里，像煤或墨的颜色，是物体完全吸收日光或与日光相似的光线时所呈现的颜色。《辞海》的解释几乎完全一样，也是煤或墨的颜色。这些辞典里显然都把黑色确定为颜色，但进一步，什么是颜色呢？一般说来，发光物体的颜色是由它所发出的光内所包含的光的波长所决定的，而不发光的物体的颜色是由它对照射光的反射情况而决定的。我们白天通常所看到的颜色是物体反射太阳光的情况下产生的，也就是大自然的颜色。《现代汉语词典》和《辞海》并没有对颜色进一步解释，只是举例，红色、绿色、黄色……这等于没有解释。倒是《新华字典》里的解释比较科学，什么是颜色？由物体发射、反射的光通过视觉而产生的印象。注意"印象"这个概念，这有些接近颜色的本质了，颜色它不是一种物质而是一种"印象"，也就是说，颜色的本质是人的感觉或说是一种印象。这就引出了一个很玄的话题，颜色不仅不是物体所固有的，而且压根儿就不是一个客观存在。只是人的一种感觉而已。如色盲，对他们而言这个世界就是没有某种颜色的。很吓人啊，这是说颜色是由我们的视觉而生，而非原本在那儿被我们感觉到的。

而黑色就可以说是物体在不反射太阳光的情况下所呈现的状态。那么，黑色也就是一种印象而已。而对盲人来说根本就不能理解什么是颜色，对他们来说是一个永远都无颜色的世界。到此就又显现出"黑色"

的不同寻常，他们能感觉到黑色。我特意问过一个后天失明的人，他感觉到整个世界都是黑色。他说，墨黑儿墨黑儿的。

黑色是什么？黑色是无。记得宋丹丹演老太太时掉了门牙吗？她只是把门牙涂黑了。在舞台的布景上面涂上一块黑色，观众看到的就是一个洞，什么也没有。如果说其他颜色是我们的视觉对不同波长的光的感觉，那么黑色就是我们的视觉神经在没有光的情况下的感觉或印象，从这个角度上来说，黑色就不是一种颜色。

后窗风景

后窗风景像一幅画，永远挂在那里。

由于位置开得较高，它只截取了杨树林的中间半截。我明白了为什么有的人画竹子要只截取中间一段，这样可以给人以无限的想象空间，百看不厌。这片杨树林子已经有年头儿了，我又从来没有修剪过，它们随心所欲地生长，显得很凌乱，单截取中间一段就更加杂乱无章。但我喜欢。像这样的雨天，不能外出，只能待在屋里面对这窗外的风景。前窗倒是宽大得多，外面的景物也更是丰富，但它们一览无余。近窗的是一棵石榴树，石榴已经长得拳头般大了，今年结得多，它们沉重地压着枝条，看上去不胜负荷，但我知道，石榴树枝结实着呢。还有桂花、月季、栀子花等，南边是一丛竹子，院墙外有一棵青桐和几棵杨树。再向外远望就是灰色的天空和一角楼房了。这些东西我看得太熟，正所谓熟视无睹。只有后窗这一小段树林让我百看不厌。杨树多悲风，因为杨树的叶柄细而不规则，哪怕是一丝微风它们就会立刻剧烈地抖动。哗哗的声响很像雨声，我每天就是枕着这样的声音入眠。不会吵着我，大自然的声响再大也是催眠曲儿，只会让人身心放松。如是狂风大作，粗大的树干都在摇动，最大的一棵已经合抱不过来了。这么粗大的树干都在剧烈晃动，显示着风的巨大力量，但它们奋勇地抵抗着，绝不屈服。天地相搏，显示了排山倒海般的巨大力量，让人振奋。

雨越下越大了，一只喜鹊在正对着后窗的一根树丫下躲雨，它缩着脖子，两只黑眼睛对着我，我很想对它说，你进来吧，我绝对不会伤害你。这是一只老喜鹊了，每次暴雨它都会选择这根树丫，果然任是雨多么大都不会淋湿它。我想它一定是经过了无数次的试验，失败，腾挪，再失败，再腾挪，才找到偌大一片树林里这个唯一不会有一滴雨落到身上的角落。喜鹊一般都成双成对，这只喜鹊一定是丧偶的，它显得是那么孤独、凄凉。但我毫无办法。我在炕上最大限度地蜷缩起来，让心里的甜蜜充满所有细胞。到目前为止，我还是幸福的。是它让我感到了幸福。

黄昏时分，慈爱的阳光穿过树林照射进来，树干镀上一层金色，每片叶子也闪耀着银光，金枝玉叶啊。因角度各异，大小不一，它们就以各自的方式在显示自己，阳光下没有两片相同的树叶。生命就是如此。

这片杨树林子高低不一，大小不一，粗细不一，各自生长着，我从没修剪过，有的长歪斜了我也不去扶助一下，甚至有一棵死了我仍旧任它在那里腐朽。这样，后窗的风景就更是杂乱无章，有的树枝倾斜着，有的甚至是横着长，有的搭到别的枝上了，有的断了却不掉下来。看上去不合理，但是它们都有着各自的道理。后窗风景杂乱无章，却有着它的自然法则。我就喜欢它的杂乱无章。树在自由生长却在遵循着自然法则。我讨厌那些人为的整齐划一，那些修剪得平整如茵的草坪，那些修剪成几何形状的树木，甚至那些笔直的楼房，初一看赏心悦目，久看枯燥乏味。

这段河堤经过了两年的施工终于修整完工，水泥和石板铺成了笔直的线条。没有了弯曲的河道，没有了满坡的蓬勃野草，没有了那些遮天蔽日的高大杨树。我对设计者充满了憎恶，劳民伤财，于己于人，于公于私，皆有害而无利，在他看来也许整齐漂亮，在我看来丑陋、愚蠢。

后窗风景挂在那里，每根枝丫都在风中自由伸展，每片叶子都在霞光中自由闪耀。杂乱无章却无限深远，每时每刻都在变幻不定。每当我把疲劳的目光移向它，立刻心旷神怡，百看不厌。这一框风景看似平静实则时时都在进行着激烈的竞争，是一个活生生的世界。靠窗这几棵树，因为是在南边，阳光和水分充足，长得已经两个人才能合抱。而中间那些树则要细得多，它们夹在中间的只有拼命向上生长才能争得一分阳光，因此长得又高又细。而有几棵稍一疏忽被旁边的伙伴给盖住，每况愈下，渐渐失去了阳光，终于枯死。俗语说，人在人下容易，树在树下难活，这就是大自然的法则，超越了善、恶、道德。物竞天择，适者生存，自由竞争。或许，这也是后窗风景让我百看不厌的一个原因。

戒　　备

　　上海的春天已经来临，梅花谢了，杏花谢了，但樱花开了，梨花开了，玉兰花开了。我觉得这种玉兰花和广玉兰不是一种花，据说广玉兰才是上海的市花。的确，上海的广玉兰是这种北方的玉兰树所不能比的，高大旺盛，叶子始终都绿油油的，但广玉兰是夏天才开花的。现在开得最旺盛的是茶花，那种鲜艳的红是别的红花不能有的，茶花树下落红如阵。我发现枇杷树很特别，它们几乎整个冬天都在开花，现在花谢了，枇杷果已经开始成长，这就是枇杷果能很早就成熟的缘故，它们是早有所备啊。我还是一种农民的习惯，早晨起得很早，每天在小区里转一圈儿。今天下着小雨，我光着脑袋在纷纷的雨丝里走着。迎面走来一个打着伞的男人，引起我注意的是他也是像我一样头发几乎光了，走近又发现他好像比我要年轻得多。擦身而过时我很快地把目光移开，如果对视的时候不说话会有些尴尬。树上不知名的鸟儿在叫着，我心里想，如果是在国外，如果对面走来的是一个外国人，我一定会提前和他打招呼的，像这样双方板着脸走过去，不打招呼就很被动，显得没礼貌。因为他一定会和我打招呼，最低也会报以微笑。我忽然发现这才是我们中国人和外国人最大的区别。在中国和陌生人对面不打招呼是正常的，如果你打招呼反而显得有些突兀。家长教导孩子有一句话就是——不要和陌生人说话。我想到了一个词——戒备。中国人的戒备心太重，互相戒备才是我们的特色。

　　只有我们这一代人才能知道这种习以为常的戒备从何而来。我讲一个故事吧，有一个老头儿在田野放牛，这时从小路上走来一个陌生人，这人问道，大爷，从这儿往苏联那边怎么走？放牛的老头儿顺手一指说，一直往东走就是。晚上开大会，这个老头儿就被揪上台批斗了。陌生人是工作队员。万一是阶级敌人呢？阶级斗争是纲，纲举目张。这是中国人当年的生活信条。上面不断地要求，每个人在日常生活中都要把阶级斗争这根弦绷得紧紧的！我就是受不了家乡这种紧张跑到了东北，想不到在黑龙江最边远的山林里仍旧是这种紧张的气氛充满了所有的村庄。我不能踏进别的村子一步，否则就会被叫住盘问。因为没有居民证，县城更是不敢去，抓住就要蹲监狱。警惕所有的人，互相戒备，这是中国人的生活习惯，直到十一届三中全会之后才渐渐地有所改变。上级也不再要求以阶级斗争为纲了。但是互相戒备已经深入中国人的习性和心理深处，我们很难打破和陌生人之间的戒备，大家没有必要就不可能主动打招呼。要像那些没经过阶级斗争教育的外国人那样陌生人之间互相打招呼，大约要我们这代人消失吧。好像不只是我们中国人，凡是崇尚阶级斗争的国家都有这毛病，如柏林墙垮掉之后，东德的国家档案解密，结果弄得很多人都无法面对了，因为大家都举报过别人也都被别人举报过。现在还有一个国家正在过着邻里之间互相监督互相举报的日子。在中国，一些公共场所这种警惕性正在被瓦解，也就是戒备正在被淡化。有一次我骑车走进一家正在建设的发电厂，门卫和我聊起了建设的各种设施和进度，我出来后非常感动。退回到十几年前这是不被允许的！万一我是坏人，要炸掉发电厂呢？这已经成了我们这一代人的思维定式。以阶级斗争为纲，时刻警惕着，时刻对陌生人保持着戒备心态。

现在飞机场、火车站、汽车站、地铁站都在进行安检，但你会感觉到除了飞机场，别的地方都是在装样子，检查的和被检查的，大家心里都不当回事儿。阶级敌人好像都莫名其妙地消失了。除了经济上的腾飞，大家生活上的提高，我想这种紧张气氛的消失也得益于十一届三中全会，但要消除人与人之间的这种互相戒备心理，还需要一段更长的时间。

今非昔比

　　以前，子平见面就对我说，伙计，今非昔比啊，当年咱们下井时一个月工资一百都没有，现在我的工人一个月一万都还嫌少，是咱们的一百倍啊。作为煤老板，给工人每开出一块钱都是割他的肉，每月开出一百多万的工资把他心痛得龇牙咧嘴。我学他的口气说，的确今非昔比啊，当年咱们闯东北你只有十根手指头，现在是腰缠万贯；当年你是给别人管着，现在是别人给你打工。他摇摇头，一副有苦难言的样子。

　　今年，他的煤矿给关闭了，因为死了三个人他不上报，想私了，结果给人举报。他说，你记得吧？当年老陈当矿长时，死了人他连个检讨都不用写，现在，把咱们的矿都给关了！确实太今非昔比了。我们那个煤矿是一九五八年建矿，到今年整整是五十九年的矿龄，断送在他手里了。那是个社办煤矿，他先是承包后是买断，关掉对他当然是一个巨大的损失。煤矿不大，但每年的纯利润都在一千万以上。出事后，他给每个死者赔偿一百二十万，家属们也都满意，表示不再追究，但邻近的矿主举报了他。前一段时期他焦头烂额，近些日子脸色好了。对我说，伙计，再叫我回去干，我也不干了。我深知他的不易，成年累月地窝在那个荒凉的小山沟里，整天提心吊胆，睡觉都不安稳。每到过年，他都要买上礼品，叫老婆把工人亲自送到火车站，老板娘再三叮嘱着，过年回来，打个电话，大婶儿我一定到车站再接你们。这一点也是今非昔比，当年我们干得不好，矿长就会威胁道，你不想在这儿干了吧？现在的矿工到处跑，你这儿不如意抬腿就走人。子平诉苦道，你不得不哄着他们干啊。

有一年我在鹤岗矿务局采访，正赶上下井时间，有一个戴红胳膊箍儿的家伙扭住一个年轻矿工的矿灯不放手，那个矿工苦苦哀求，他就是不放。我一下子想起当年我下井时经常受工长欺负的情景，他看你不顺眼就可以不让你下井。我走上前去用眼睛瞪着这个满嘴酒气的家伙，他被我瞪得发毛了，挥手就打我一个耳光，我揪住他的衣领，我们扭进了派出所。那次采访就是这样结束的。我问子平，你打没打过你的工人？他想了想说，打过。有一次我进掌子检查，用手扶一根支柱，支柱一下子就倒了，我气得把那小子踢了一脚。我说，应该。支柱打不牢等于拿自己的性命当儿戏。过去说资本家不管工人的死活只顾剥削，其实是不对的，工人的死活直接关系到他们的钱财，哪有不在乎自己的钱财的资本家？

现在的年轻人都很难在一个单位干上好多年，大都是走马灯似的，不停地流动轮换，几乎没有像我们当年一样在一个单位干上一辈子的，雇主有的是呀。不知道托洛茨基为什么说这样的话，他说……当国家成为唯一的雇主的时候，不劳动者不得食这一古来的原则，就会变成不服从者不得食。"不劳动者不得食"和"不服从者不得食"从字面上看区别不大，实际上却是天地之差。一个是天经地义，一个是剥夺了你做人的资格。你不服从都有饿死的可能。因为一件小事儿矿长说要开除我，当时我的感觉是天都黑了，我完全无处可去呀。户口本儿在矿上，粮本儿在矿上，房子是矿上的，除了老婆孩子是我的其他一无所有。公社有一年把我们像出租牲口一样全体出租给了一个国营大矿，我们多么想在那个国营大矿留下啊，但公社又把我们一个个像牲口那样牵了回去。当年，人和公社之间的关系绝非仅仅是一种雇主和雇工的劳动关系，而是一种人身依附关系，一旦被你的公社开除就会让你走投无路。但那个时代叫——工人阶级当家做主的时代。

湮灭的辉煌

女真英雄们把明朝的最后一个皇帝赶下南海，在北京坐稳天下，清太祖开始让史官们编写他们民族的历史。这个骁勇的民族来自于白山黑水之间，一步步南下，向上可以追溯到大金国的创立者完颜阿骨打建都的金上京会宁府，即今天距哈尔滨四十公里的阿城。但再往上就一片茫然了，他们不知自己来自何方。他们从传说中知道自己的祖先和牡丹江上游的镜泊湖有一段渊源。于是就为自己的祖先编了一个美丽的故事。天上下来三个仙女在镜泊湖里洗澡，其中最小的妹妹佛古伦吃了神鹊衔来的一只朱果，等洗完澡要返回天宫时，佛古伦却怎么也飞不起来了，大姐下来一看，佛古伦是怀孕了。没有别的办法，佛古伦只能在这镜泊湖边住下来，等生完孩子才能飞回天上。佛古伦在湖边待了十三个月，生下一个男孩儿，并叫他姓爱新觉罗，这就是满族的来源。清太宗命令他的史官们在《清史稿·太祖本纪》里这样写："始祖布里雍，母佛古伦，相传感朱果而孕。"所谓的朱果可能就是现在的沙果。镜泊湖一带很早以前就盛产沙果，一到秋天通红一片。

在北方草木葱茏的 8 月，我们离开金上京会宁府，驱车向东去寻访满族的上一个都城。据很多资料记载，它当在牡丹江流域，镜泊湖附近。

镜泊湖在地图上明显是吃亏了。你只能看到那么狭窄的一条儿。事实上它的水量比一些中国有名的大湖并不少，比那"八百里洞庭"也不见得小多少。它最大水深达七十三米，这是太湖、鄱阳湖等大湖的十几倍，但地图上是无法显示的。它之所以还有点儿为世人所知，那是因为它是中国最大的堰塞湖。这就是说在数万年前这里是一条山峡，由于一次火山喷发，大量的熔岩堵塞了河道，就形成了一个湖泊。这也就是说，这是大自然修筑的一个大水库。

汽车在一片坦荡如砥的平原上奔驰，眼前是一幅奇怪的画面，如此平的大地，既非盐碱地又非沙漠，上面几乎寸草不生。偶尔有几株艾蒿也是细瘦如线。看见那边有几个人在用钢钎打石头，我才知道，我们是在一整块无边无际的大石头上面跑车。他们打出来的是那种带蜂窝孔洞的玄武岩，稍有常识的人一看就会知道，这里是火山熔岩形成的大地。可以想见，当年那天崩地裂时是一种何等惊心动魄的景象。隆隆的巨响过后，通红的岩浆如同滔滔洪水一样从峡谷里奔涌而出。这时候太阳被完全遮蔽了，天空被熔岩的光焰所照亮。炽热的岩浆滔滔地向前推进，覆盖了大地，所到之处，森林草原顷刻化为灰烬。大地一片火海，焰烟亘天，虎狼鹿熊奔逃不迭，连天空的飞鸟都无法逃脱毁灭的命运。

数万年过去了，熔岩冷却下来，化作了石头，大地却仍旧不能恢复它的生机。青天之下，一片沉寂的荒野。太阳当空照耀着，风吹过，只有几棵枯草在晃动。我们要去朝拜这个神秘的圣湖，未到之前，已经感觉到了它那不同寻常的气魄。

夜宿瀑布村，这是一个坐落在石板上面的村子，大多是朝鲜人，他们家家都是旅店。这个小村子有五六十户人家的样子。它的南面就是有名的镜泊湖瀑布。我站在夜晚的村子向南望，一片青白的天幕下面横着起起伏伏的山峦，光线太暗，已经看不清树木，只能看见一些黑色的轮廓。这让人想到山那边似乎有一个神仙的国度。

镜泊湖果然水平如镜，湖水清澈，呈一种蔚蓝色。两岸青山对峙，湖光山影，的确非同一般。马达嗵嗵地转动着，把铁船推向上游，水道曲折有致，峰回路转，看看到头了，却又在前面延伸出一片新的天地。真正是山重水复疑无路，柳暗花明又一村。湖面并不宽阔，但它沿山谷蜿蜒曲折，长达二百多里，它的幽深是一般湖泊所望尘莫及的。

有这样一个传说，当年渤海国的开国皇帝大祚荣，被武则天的大将李楷固追杀到此，前有大水后有追兵，而且人困马乏，粮草断绝。有一老人告诉大祚荣，让他向镜泊湖主求援。大祚荣写了一封信，投入湖中，不一会儿，就有无数的红尾鱼涌到岸上来，大祚荣的军队吃了鱼，士气大振，和唐兵决一死战，打败了李楷固，后来建立了中国历史上有名的渤海国。《金史世纪》中"女直（女真）渤海本同一家。盖其初皆勿吉之七部也"。这里即女真人的祖先活动地。

这个故事说明了靺鞨人之所以在镜泊湖附近建都，是与那时候镜泊湖里大量的鱼有关。

弃舟登山，陡峭的山顶上有石砌城墙。城墙上石花斑斓，年代久远。从这残存的城墙遗址上，已经不能看出当年那些荷戟披甲站在这高高的山城上的士兵保卫的是什么地方，对抗的是什么敌人了。

中午，大家把船停在一个湖心的小岛上吃了饭，又下湖游泳。躺在沙滩上，微风吹拂，阳光艳丽，水碧沙白，葱茏的山林飘着淡蓝色的雾霭。我又想起了那个少女佛古伦和姐姐在此洗澡而受孕的故事。似乎看见了一枚晶莹鲜红的朱果托在一只白嫩圆润的手掌上，那就是满族人的诞生缘由。

从镜泊湖下来，再一次夜宿瀑布村。第二天一早向牡丹江市的宁安县渤海镇进发。道路两旁是青青的稻田，稻香扑鼻，你很难想到车队现在是开进了一个故国的首都。

渤海国是突然出现，又突然消失的。它曾经是相当于今天的英法等国一样大的国家。文化经济在当时处于世界前列。它的这个都城是当年仅次于唐朝长安的亚洲最大的城市。历经了二百多年的辉煌之后，于距今一千三百多年前突然消失了。如流星一样划过天空，连那道闪光也不能留下。

满族人在北京建立起他们庞大的帝国，竟然也不知道他们的祖先曾在此地有过如此的一段辉煌。

清朝初年，大兴文字狱，许多江南的文化流人被发配到此，其中有大学者方拱乾、吴兆骞等，他们从那江南的丝竹歌舞繁华之地，来到这荒凉山野之间，回首南望，云遮路断，苍山如海，故国杳然，他们以为自己来到了一个自古无人烟的蛮荒之地。他们终日徘徊在榛莽丛中，忽有一日他们发现了奇迹，荒野中这长达三十二华里的城墙遗址和这庞大的五重宫殿旧址，把他们一下子给惊呆了，以他们那上知天文下知地理的渊博学识也不能知道这是一个什么地方，他们原认为这是一片亘古以来就没有人烟的地域。他们认为这只能是神人踪迹。这蛮荒地域里的这些灿烂的文化遗存，只能是神仙们留下的遗迹。他们把这些发现写到笔记里，也曾向上奏报给朝廷，清廷也把这些他们祖宗的遗迹当成了神迹。直到民国初年，才有人对这片遗迹进行了考证，知道了这就是那个曾在古书上出现过的渤海国。

五重殿阁建在同一条中轴线上，这和北京的故宫是一样的，现存的殿基高三米，长五十六米，宽二十五米，台基上有五十四个直径两米的巨大玄武岩殿柱底座。殿阁崔巍，金碧辉煌，大祚荣头戴紫金冠面南而坐。文武百官分列两旁，个个蟒袍玉带，气宇轩昂。美女如云，轻歌曼舞，管弦咿呀。香烟缭绕，钟鼓齐鸣。转眼间，灰飞烟灭，紫气消散。只剩得西风萧瑟，断壁残垣。

渤海国与唐朝和日本都有着密切的交往，他们使用汉字，五言诗和七言诗让今人难以区分是渤海人还是唐朝人作的。他们信佛教，从这里出土一个舍利函，由石、铁、铜、银等共七层，里面放五颗舍利子。这五颗舍利子在博物馆中被盗，据说现在某个国家的博物馆里被发现。阳光下的渤海国的灿烂文化遗存在向我们述说着这样一个史实，即刀兵的南下和文化的北上。当一个民族用刀枪打得另一个民族落荒而逃时，文化却能逆刀兵而上，把那个胜利者彻底征服。

满族人建立了大清帝国，由传说中知道他们的祖先与镜泊湖有着一段渊源，却没人知道与镜泊湖近在咫尺的渤海这段辉煌的历史，是他们的祖先所为。这应该是那些英雄们死不瞑目的遗憾。对我们今天来说，也是一个重大的遗憾，如果他们当年知道了这里是他们的祖先的发祥地，只要他们略加保护，今天这遗址上也不至于连一块完整的砖瓦都找不到。

我在齐腰深的艾蒿丛里拾寻陶片，耳边一片萧瑟之声。有一种金红色通体透明的蚂蚱向我脸上乱撞一气。我想，当年的金銮宝殿大约只有这些蚂蚱是故居人了。

一口看上去很普通的玄武岩砌的水井，在古书的记载上却有一个相当华美的名字，叫作"八宝琉璃井"。一千三百多年前，皇宫里的人就是饮这口井里的水。一千三百年后，我从刚提上来的铁桶里饮了一口清凉的井水，再看看夕阳下的荒野和荒野中这颓井残垣，想起了辛弃疾的《京口北固亭怀古》：千古江山……舞榭歌台，风流总被，雨打风吹去。……想当年，金戈铁马，气吞万里如虎。

局限或死角

　　即使科普读物我也不是能完全读懂，曹天元的《量子物理史话》我又读了一遍。其中说到爱因斯坦晚年最重要的一件事情就是和玻尔论战——到底上帝掷不掷骰子——也就是量子论的不确定性原理。以爱因斯坦那样的大脑他就是想不明白量子论的这样一个特性。每次世界物理大会，最顶尖的物理学家们都到了，爱因斯坦就拿出一个精心准备好的设想实验来证明"上帝是从来不掷骰子的"，但是玻尔总能提出一个反对的理论指出他的实验中的错误，把他给驳倒，爱因斯坦灰头土脸败下阵来。但是下一次，哪怕是过了十多年后，爱因斯坦都要卷土重来，再拿出一个实验攻击量子论，一败再败，到死也没驳倒量子论的不确定性原理。爱因斯坦对量子力学做出过重大的贡献，按说他对量子论的不确定性原理仅仅隔一层纸了，不知道发生了什么，他就是止步于此，不能捅破这层纸，他到死也没有想明白上帝为什么也掷骰子。

　　本书里这样的一个结论让人震惊，人类历史上的所有重大理论的确立全都是在它的反对者去世后才被公认的，没有一个理论是说服了它的反对者而确立起来的。这么说，无论是牛顿还是爱因斯坦他们都有过自己的谬误，或者是他们解不开的题目，甚至别人解开了他们仍旧不能认识到。他们都曾经激烈地反对过那些正确的新理论，使之不能得到公认。难道这些人类一流的大脑也有它们的死角？一个在后来看似很清楚的问题，这些人类历史上最聪明的天才怎么会看不明白呢？

历数历史上那些伟大人物所犯的低级甚至是可笑的错误，我们不得不感叹原来这些伟人也都有着他们的局限，或者说是思维的死角。当他们那如探照灯般雪亮的目光扫过我们这个世界时，也有他们照射不到的地方。即使有人告诉他们，他们怎么努力都消除不了自己的这个死角。

棋类游戏最大的好处就是能让你清楚地看到自己大脑思维的局限，就是那么简单的几步棋，但打死你，你也看不清楚，好似你的大脑一走到那个点立刻就瞎了。在别的事上你要看清自己思维的局限，那就麻烦了，那要好长的时间，要付出好大的代价，甚至一辈子都看不明白。

一个人的一生，大约有二十年都是在学习积累知识，首先要学语法，读文学书，锻炼表达能力；再学加、减、乘、除、乘方、开方，学习运算能力；还要做试验，观测物质酸、碱度，了解身边的化学知识；还要做物理实验，体会牛顿的万有引力，亲眼观测电子通过双缝时显示的波粒二象性；我们年轻时对学习投入了全部的热情和努力，基本上掌握了前人的知识，后来的日子里才能发明创造。但仅仅工作了二十多年，渐渐觉得力不从心，衰老起来。就好像一辆汽车刚刚加满了油，忽然跑不动了，全部零件都坏了。我原来有一个设想，如果我们所有的人都长生不老，那么我们人类在积累了知识之后就一直都在发明创造，那样，我们人类的科技将会是一直在突飞猛进，到今天，别说是金星火星，恐怕银河系早已经飞出去了。读了这本书把我的这个设想完全颠覆了。原来人类的进步是依赖着一代一代不断地生息繁衍，而不是依赖着某些天才的永久存在。这一切都在体现着造物的伟大、自然的伟大。

爱因斯坦之伟大，是人类历史上任何一个伟大的帝王所不能比的，但我又设想，假如爱因斯坦是一个控制全世界的帝王，他会不会用权力，或者干脆用武力扼杀量子力学的不确定性原理？我想，会的，一定会的。那么就不会有我们今天处处离不开的这项伟大的物理发现了。这么说，今天的社会发展又是得益于这些伟大人物退出历史舞台，或者说得益于他们从这个世界上的消失。

老　　盖

　　这个冬天，我大部分时间就是躺在炕上读小说，我劈下的木柴三四年也烧不了，于是就把炕烧得很热，躺在上面很是舒服。《聊斋志异》里有这样一个故事，某人是专卖解信药的——信就是信石，我们这块儿叫砒霜为信石，过去服毒的人大多是喝砒霜，那个时候好像没有别的化学毒药。这个人的解药是喝了信石，只要你还有一口气就能保准救过来。当然这药方他是绝对不外传的。后来他犯了点儿事儿，给关进监狱里，他的小舅子去给他送饭，待到他吃完之后，告诉他，这菜里是放了信石的。开始他不相信，破口大骂，一会儿当真腹痛起来。他大叫道，回家去取已经来不及了，你赶紧到药铺里去给我买某某、某某、某某……药吧！于是他的秘方就被小舅子得到了。读到这里，我忽然想起老盖来了。

　　我们在乌蛇沟开矿，请了一个做饭的，孤老头子，姓盖。看他那副邋遢样子，我们问他，你会做饭？他瓮声瓮气地说，我会喂猪。行啊！我们绝对不会比猪难伺候。只是他有很严重的鼻炎，鼻尖上总挂着鼻涕，掉进锅里是难免的。他有治蛇毒秘方，他说，只要还有口气儿就没

85

问题。他常常一手端药一手要钱，给边防军战士治也不客气。但给多给少也不很讲究。药方绝不外传。我亲眼见过，他先是要一大碗水，背过身去，从怀里摸出一个很小的玻璃瓶儿，倒一些红色的粉末在碗里，然后就插进一根乌黑的手指头在里面搅拌。回过身来说，喝了吧。等病人喝完之后，他又说，张开口。他认真地往口里看了看，看到你口里什么也没有了，他就一大步一大步走出门去，头也不回。整个治病过程他只说了两句话，共六个字。县革委把他弄到医院里要他交出这秘方。他当然不交，说道，你们怎么不把当官的秘方交出来？革委会的人说，这没有秘方。他问道，没有怎么俺们老百姓就当不上？于是就给他办学习班，一办就是四个月。软的硬的都用了，他死不开口。最后只好把他给放了。出来的时候路都走不了，他说，不打你，不骂你就是叫你坐着不动。原来干活的人是久坐不了的。我想，如果当年县革委用《聊斋志异》里小舅子这个办法，弄条毒蛇咬他一口，没准老盖就把秘方交出来了。

我们问，你死之后这不就把秘方带棺材里去了吗？他说，传给我儿子啊。谁是你儿子？他说，杨平啊。

年轻时，他是个拉帮套的。据有人统计，解放前黑龙江地区男女比例为十比一，女人少，拉帮套的就很多，就是两个男人共有一个老婆，大家住在同一个屋檐下，甚至睡同一个炕。大部分是因为男方或是年龄大，或是有病，缺少劳动力，就招一个年轻的、体力好的帮助种地。据老盖自己说，年轻时他曾经背一麻袋麦子从老黑山背到乌蛇沟。老黑山到乌蛇沟一百多里路，一麻袋麦子近二百斤，这力气！他是到亲戚家借麦种。我们说，一麻袋你没装满吧？他一瞪眼说，不装满怎么还？我姑夫说，一麻袋，你自个儿装吧，我还不可劲儿装啊？

从来没听说他还有个儿子，我们问，杨平是你儿子怎么姓杨不姓盖？他说，姓杨还是姓盖，不就是一个字儿吗？改过来不就完了。

从此他就开始为改这一个字儿奔波起来。

杨平是最小的一个，前头有两个哥哥、一个姐姐，都姓杨，这兄妹仨确是一父同胞，姓杨是没疑问的。杨平应该姓盖还是姓杨大约他们也无法确定。老盖力争要他姓盖，但那兄妹仨坚决不让，老大杨奎是村支书，小弟姓了盖他脸面往哪儿搁？如果杨平姓盖那等于他的母亲有过外遇。那时已经是二十世纪七十年代，不兴拉帮套了，老盖搬出自己单过，等于和那个家庭完全脱离了关系。老盖先是到派出所，又到公安局，要求杨平姓盖，都说不能随便改。后来告到法院去，法院以老盖拿不出证据为由驳回了他的诉求。搁在今天就好办了——DNA。杨平我们一块儿下过井，大骨架，跟老盖好像有点儿像，但也不能确定。即使开玩笑也没人敢问他这事儿。这事儿就很怪异了，姓盖还是姓杨他本人却是最没有发言权的人。

据说老盖临死时拉着杨平的手说，我死后，你好歹去我坟上给我烧张纸啊。

理 雾 关

　　树木还是葱绿，吹进车窗的冷风直凉到了心底。当你面对一片绿色的田野时气温低得不相配，一种凄凉就会倍加浓烈地涌上心头——毕竟是秋天了。是秋天了，田里的花生已经收获，一场小雨就使得刨出来的花生叶子发霉变黑。年老的男人和女人正忙着把这些乌黑的花生蔓装上手扶拖拉机拉回村里。云层很低，枯萎的玉米秆还立在地里，一副垂头丧气的样子。土地贫瘠，连路边的杨树都是又瘦又矮。这就是理雾关。

　　只因为黑暗中你踩了我一脚，从此我魂萦梦牵一辈子……五十多年前，十字路水库动工，三万多人一下子涌进了这条小山沟。我们来到这里时天已经黑了，公社领导指着一间小土屋说，这就是你们的宿舍。说完扭头就走了。我们愣在那里半天没动，去了灶台大约不足五平方米，我们七个大男人如何在这里睡？用小车推着行李和粮食，徒步跋涉一百多里，实在是太累了。七个人在不足五平方米的地下铺开了行李，不管多么挤，躺下了，而且立刻睡着了，一觉到天亮。以后半年多的日子里，这间狭小的土屋就是我们休息睡觉的地方了。房东是一个寡妇，带着一女一男两个孩子过日子，这两间小土屋里拥进了七个大男人当然是

88

大灾难，这个女人也特别难说话，从见面起就没见过她脸上有过笑容，而且总是恶狠狠地咒骂着什么。虽然是一个县，但这里的话我们不能全听得懂，他们读"是"总是说"寺"。倒是两个孩子很友好，男孩儿十多岁，女孩儿十七八岁。这女孩儿一见面就引起了大家的注意，她生得眉清目秀，身材看上去很瘦小，力气让人吃惊，她每天在生产队里干活还要捎回家一担柴，有一次我把她担回的柴试了一试，有一百多斤。他们一家睡里屋，我们睡在外屋，有时他们起夜就从我们的缝隙走过。一天半夜，一声轻微的惊叫把我惊醒了，原来是女孩儿起夜时一脚踩在了我的胳膊上，我并没觉得很痛，倒是她吓得叫了一声。我装作没醒，看她的影子走了过去，很长时间没睡着。第二天早晨，她悄悄地看了我一眼，这是她唯一的一次抬眼看我，她总是那么羞怯地低着眼睛。像一道闪电，她的眼睛又黑又亮。那眼神很复杂，有歉意又有疑惑，她不能确定夜里踩的就是我。

她有一件白衬衫，她几乎每天晚上都要缝补，那件衬衫几乎成碎片，她要用细密的线把它连起来，又要看不出痕迹，就必须耗费长时间进行缝补。她大部分的脸庞都隐在昏暗里，豆大的煤油灯光照在她前面的脸上，脸上的汗毛在灯光里形成一道光晕罩着她的脸。只要她还在缝补，我就在偷偷地看着，睡意全无。她是那么安静地穿针引线，气定神闲。十八岁的我，心里发誓，将来一定要给她买一件、十件、一百件那样的白衬衫！十字路工程动用了三万多民工，迁移了十几万居民，开工半年后却工程下马。大家都卷起行李回家，只有我扛起行李逃跑了，我跑到黑龙江的一个小煤矿里下井挖煤。三年后，我怀里揣着五百块钱到理雾关找她，村子早就搬迁了，我只知道她姓丁，名字只知道她叫小曼，我打听了许多人，毫无消息。

在东北深深的煤矿下，每次矿灯熄灭时，我就会在无边黑暗里看见她那煤油灯光里的脸庞。还有一次是在大雪封山的森林里，夕阳穿过一片白桦林，我正走着，积雪在脚下咯吱咯吱响，抬头一看，忽然前面的雪地上一团金色的阳光里那个脸庞出现在眼前。

昨天夜里，那个灯光里的脸庞忽然又在梦里出现，我呻吟着醒来。早晨，我告别家人，独自上了长途汽车。白发苍苍的一个老头儿坐在长途汽车上要去寻找他年轻时的一个梦想，可笑。一九七一年后建成的水库不再叫十字路水库而叫吉利河水库。车到理雾关，一下车就觉得这地方仍旧是荒凉的，一个乡政府所在地，终点站却只有两个站牌，最不应该的是几米外的大街上居然有粪便。大街上几乎没有年轻人，孩子也少，只有几个老年人在打扑克。

这次只是来看看这个地方罢了。有人告诉我，七三六路是专绕着库区跑的一趟公共汽车。我上了车，在十八岁时曾经走过的山路上跑了起来。因为连着几年干旱，水面并不大。我大体还能看出那个村子在水中的位置，很自然地又出现了那个在我梦中不知出现过多少次的面影。真是，只因你黑暗中踩了我一脚，让我魂牵梦萦多少年。唉，理雾关，理雾关。

两本奇怪的书

　　一本是耶茨的《革命之路》，让我们这代中国人一看这书名就会想到红旗招展，口号震天，热血沸腾，炮火连天，流血牺牲……这本《革命之路》却是跟"革命"屁的关系都没有，全是婚姻的烦恼、夫妻的纠纷、邻里琐事，只是他们居住的那条街名叫"革命之路"。不知道美国是真有这样一条街还是作者臆造，不管怎样，把一本长篇小说取这样一个名字，对习惯了革命的我们都是很奇怪。这本书很有名，还拍成了电影。《泰坦尼克号》的男女主角分别在这部电影里担任男女主角。虽然女主角还得了金奖，但很沉闷，一点儿也不如《泰坦尼克号》好看。这本《革命之路》只是名字奇怪，不说它了。

　　另一本是《禅与摩托车维修艺术》，其实和维修摩托车是两回事，跟什么禅也没关系，是一本讲哲学的书，但又不能算是一本哲学的专著。好像美国什么家都出，就是不出哲学家。本书是通过骑摩托车的游记来讲解"良质"，我读第一遍一头雾水，甚至把一个人物当成了两个人物，读第二遍依旧是糊里糊涂，读第三遍才稍稍有点儿头绪。

　　什么是良质？作者说这不能界定，作任何一种界定都会使它失去本

91

意，就好像不确定性原理，测定了粒子的速度就必然要失去位置，测准了粒子的位置必然又会失去速度。这就有意思了，既然不可界定，又要向读者来讲解，这是一个什么概念？本来，波西格是一位修辞学教授，他一发现了良质立刻被它给迷住了，他日思夜想，想啊，想啊，最后竟然精神崩溃了，不得不住进精神病医院进行电击休克治疗，痊愈后成了一名电脑技术员。一九六八年和他的儿子一起骑摩托车从双子城出发，横跨美国大陆到西海岸，然后就写了这本书。

他深信已经解决了一个巨大的谜团。用一个字眼——良质——快刀斩乱麻地解决了二元论思想的难题。既然提出了一个概念，不作任何界定是不可能的，否则就等同于什么也没说。他认为当亚里士多德的二元论把世界分为本体和客体时，良质就被扼杀了。他说亚里士多德是树立了一个坏榜样。良质既非本体也不是客体；良质不会单独与主观或客观发生关系，而是只在这两者产生关系时才会出现；良质并不是一种物体，它是一种事件；良质像一个太阳，它并不是绕着我们的主体和客体运转，它不是被动地照亮它们，它也没有隶属于它们；主体和客体是它所创造的，它们才是隶属于它的。作者还引用了老子大段的《道德经》："道可道，非常道。名可名，非常名……能知古始，是谓道纪。"然后他说："良质就是这里所谓的道……"

道可道，非常道。对于道，一百个中国人就能有一百种解释。既然道可道，非常道，那就是老子告诉我们，他所谓的道并非我们所理解的道。我不知道作为一个美国人是如何翻译这个"道"的。道是一元论，我们这代中国人已经习惯了二元论，对所谓的道就更是一头雾水。道是云遮雾罩的一扇门，良质把这门给稍稍地撬开了一道缝儿。波西格是从这道缝里挤进去了，结果是精神和身体分离，以至于香烟烧了手指他都没有知觉，直到手指渗出的体液把香烟熄灭。那段时间里他把房间的地板上都撒满了尿。他疯了，不得不接受电击疗法。终于，他从那道缝里挤进去，又走了出来。现在他用了整整的一本书来反复阐述这个良质，他惧怕陷入像《道德经》那样的"玄而又玄"，阐述中时时与他的骑摩托车旅行结合在一起。他的不懈努力，终于使我们能稍稍地看到了那扇门的那道缝儿，比纯粹的道近了一步。我们也许永远也挤不进那道缝里去，但我们知道了那里还有一扇门，门里另有一个世界。波西格受过专门的修辞训练，后来又成了电脑工程师，具有强大的思辨能力，他的良质比老子的道要坚实、清晰得多，虽然仅能让我们一般人那么白驹过隙地一闪，一斑窥豹那么一惊，已经足够了。一本书仅是一本书而已，不能指望一读就得道升天。对世界还可以有另一种解释。

两个系统

　　我发短信向儿子请教，汉语有书面和口语两个系统，英语呢？回信说，一样，日常交际性语言跟书面正式的语言。

　　怎么会这样呢？我一直认为因为汉字书写麻烦，是为了简约才产生了书面这个系统的。你想，当初在竹简上拿刀子一笔一画地刻上一个三十多画的汉字不是要小半天工夫？要把嘴上说的一句话刻出，如何刻得起？即使后来发明了毛笔，完全写上一句大白话也不是件轻松的活儿。英语不就那么几个字母，简单多了。为什么要产生书面和口语两个系统，大约不全是为了简约吧？

　　汉语的书面语言也叫文言文，由于用的时间长，这个系统渐渐产生了一些口语系统无法替代的自己独有的一套精彩。我记得王毅给我们讲课时曾说过，文言文不可翻译，如："目灼灼似贼也。"这句话他曾经试验了十几个版本的口语，结果都不能传神。我记得自己读过《聊斋志异》的白话版本，真正成了白开水。曾经有人对电视剧《三国演义》中的对话不采用口语有过异议，后来看那些拍摄三国故事采用口语又觉得有些滑稽。关云长手持青龙偃月刀大喝一声："关某来也！"如换成：

"我来啦!"一字之差,大失威风。五四运动有一项重大的任务是提倡白话文,但那些白话诗却实在不怎么样。

也是因为文言文用的时间太久,给人一种以为古人日常生活中也都有些"之乎者也"的错觉。读《水浒传》读到王婆给西门庆拉皮条那一大段话才知道早在明朝时候,中国人说话的口语几乎和现在没有太大差别。也许是作者觉得以王婆这样的身份来"之乎者也"很别扭,就让她说了当时的口语。《金瓶梅》中的对话则完全采用口语了,如形容几个人能吃,一个女人不说能吃,而说"五个人一气儿狠了七大碗!"其中用了这个"狠"字几乎和我们现代的口语一样,我们乡下形容自己能吃往往说:"我逮了他一大碗!"我觉得这个"逮"字用得几乎是传承了那个"狠"字的神。

文言有文言的精彩,口语有口语的精彩,但是现在的小说和电视剧如果再用文言文恐怕是不行了。电视剧中的人物有时也会冒出几个"之乎者也",那是带有调侃的意味了。官方文件、政府报告,包括私人通信都已经没有人再用文言文了,纯粹的书面汉语正在离我们越来越远。看《汉字听写大会》,我们可以看到后来所有的冷僻字举出的例句全都是从古文中找来的。很多人都在为恢复书面系统做努力,读经,提倡国学,包括中央电视台要捂热那些冷僻字,恐怕都是一厢情愿。

煤矿女人

香刚嫁到我们煤矿时，红红的脸蛋儿弯弯的眉毛，说不上十分漂亮，但也颇有几分俏丽。我和国推车，我问，国，你哥给你娶回嫂子，你高兴吧？

嘿嘿，那还用说。

国，你嫂子漂亮吧？

嘿嘿，那还用说。

国，香的奶子好大吧？

嘿嘿，那还用说。

国，有多大？

国用手指敲敲自己头上的安全帽说，差不多这么大。

我的天！

香嫁给林真是鲜花插在了牛粪上，林干活儿不行，脾气特大。比方说吧，他从来不能跟人下完一盘棋，你只要吃了他一个子儿他就会勃然大怒，不是跳着脚骂就是撸起袖子要动手。更要命的是林身下还有国这么四个弟弟和两个不满十岁的妹妹。这一大家人一开饭，简直就是一群猪抢食，只听得一片嚓嚓声。香只能等得大家都吃完再端碗。老头子比我大十岁，那时也只有五十左右吧，但已经掉牙了。看着眼前这一群抢食猪崽子，心满意足地说，人活一辈子，就图这么多人哪。香有时被林骂了就到我家跟老韩诉苦，老韩一拍大腿叫着，我找两个老东西去！香赶忙拉住道，不怨俺爹妈的事呀。

林和我搭档井下推车，香每天让他多带两个包子给我吃，意思就是感谢我拉巴他。虽然不过是白菜萝卜馅儿，但想到香那红红的脸蛋儿就感觉特别好吃。不幸的是林在一次事故中天灵盖给砸碎了，抢救过来之后前额就少了一块头骨，塌陷下去一个坑，很吓人。而且脾气更加古怪，阴着一张脸成天不说一句话，但骂人依旧。我家老韩气得对香说，他再骂你，你就扔下那个破头不管他。香哭着说，不是还有孩子吗？只能熬吧。

十多年后我们又回到小煤矿，香明显老了一些，但开朗了许多，说她总算是熬出来了，孩子们都大了，两个儿子都在县城上班儿，一个还当了公路局的领导，林也不再总骂人了。我们都替她高兴。她忽然从裤兜里掏出二百块钱悄悄塞到老韩手里说，没有多，路上喝碗水吧。老韩烫了手似的赶紧给塞了回去。看她还要争执，我说，我的工资比你多好几倍呢，哪能要你的钱。临走时，她忽然又从家里提一袋木耳赶来，我对司机说，别开门，快走。她追着车连拍车窗，我们匆匆离开了，回头看她红着脸手足无措地站在那里。老韩说，唉，不如收下她的。老韩和我百思不得其解，我们并不记得对她有过什么帮助啊。

花走起路来像在戏台上一样，一路小碎步。她干活儿手也飞快，锄草、割庄稼总是一路领先。那年一场大雪把已经割倒在地的玉米都埋住了，全矿的人都停工去地里抢收。天气很冷，从雪里向外一个个扒那些玉米棒子，一会儿就给冻得指头跟胡萝卜一样了。我们煤矿没有戴手套干活的习惯，大家都时干时停，不断地呵手。只有花蹲在雪里一个劲儿地扒，两只手一刻也不停。回头一看，她从雪里扒出的玉米棒子比我们两个男人加一块儿还多。花身材娇小，但像弹簧一样结实而弹力十足，她抡着大锹装煤车像开动了马达似的，唰唰唰，不会停下。大家排成一排往汽车上装煤，如果你的速度快，你的煤就会淌到别人的格里去，所以大家都会统一节奏，保持和你的前后一致。花从来都是不管不顾，只是一个劲儿地往车上铲。有一次我替老韩装车，紧挨着她，又不能让她吃亏，只能拼命地装，把我累了个臭死。花家的东西，只要你开口相求，拿就是，从不吝啬。毛病就出在这里了，好像只要求到跟前，身体也行。花两只大眼睛很好看啊。有的女人就打上门来了，指着鼻子骂。花红着脸说，您不用生气了，是有那么回事，您家那人苦苦地哀求，俺心一软就答应了，要打要剐随您，但保证不会有下一回了。可是她心太软，好像总是经不住男人们的苦苦哀求。

花脑子里长了个瘤，很快眼睛什么都看不见了。全矿的女人们都去看望她，包括那些和她吵过的女人。出来时都流着眼泪说，花是个好人哪。花死的时候刚四十岁。

摩托车的巴黎

　　一到巴黎，孙静童惊呼一声，哇，摩托车的世界！我一愣，这是第一次从她口里听到"世界"两个字，虽然她来到这个世界已经有四年了，但"世界"这个概念对她来说还是陌生的。是摩托车的轰鸣声震撼了她稚嫩的心灵，能把"世界"这个原本很模糊的概念，妥当地安置在摩托车这个概念之下，可以说是一种超常发挥。

　　红灯一亮，摩托车们便一齐来到了停车线上，绿灯一亮，万箭齐发，所有的摩托车都冲了出去，那些汽车们，不管是多么大排量的豪车还是多么快速的跑车都没了脾气，眼睁睁地看着摩托车远远地把它们抛在了身后。傍晚塞车，一片凝止的红色尾灯，只有摩托车杀出一条血路，勇往直前。摩托车的轰鸣声震荡着凯旋门，震荡着协和广场，震荡着香榭里大街，埃菲尔铁塔高高的塔尖都湮没在摩托车巨大的轰鸣声里。这就是巴黎。好长时间，孙静童都会不时地在嘴里发出低沉的吼声，轰，轰，轰，呜——冲啊！头一低，向前猛冲出人群。让你抓都来不及。

　　巴黎老了，塞纳河两岸你看不到一处新建的楼房，所有的建筑和桥梁都是百年甚至千年以前建造的。巴黎太古老了，整个市区似乎没有一栋二十层以上的高楼，可怕的是你看不到在中国随处可见的那种高高的建设塔吊。一百年前石块铺设的路面，在哈尔滨的中央大街已经成为文物保护起来，这里的香榭里大街仍旧承载着交通要道的重担。唯有这摩托车的轰鸣声给这古老的城市增添了一分生气。能让人想象一下拿破仑当年横扫欧洲大陆的气势的，只有这摩托车的轰鸣。巴黎人太有理由享受生活了，楼房是一百年前早就建设好的，街道是一百年前早就铺设好的，自来水系统和下水道也全都在一百年前就修建完备。还有什么要操心的？二战的大轰炸几乎摧毁了伦敦和柏林，只有巴黎作为不设防城市毫发未损。虽然它一度遭受了希特勒占领的羞辱，但它保住了卢浮宫、凡尔赛宫、巴黎圣母院、埃菲尔铁塔，这些人类珍贵的历史遗产完好无损，到今天，已经很难说是值不值得。在巴黎，你不能不想起大小仲马、莫泊桑、雨果、司汤达、巴尔扎克、福楼拜……当然也不能不想起巴黎公社、法国大革命、罗伯斯庇尔和路易十六。但是这一切都已经远去，面对着秋日的一片安详，好像久远的梦幻般不再真实。

巴黎人太会享受生活了，以至于连小孩儿都懒得生，多年前，希拉克总统曾警告说，以我们现在的生育观念，法国正在自取灭亡！看着满大街游走的叫卖自拍杆儿的中东小伙子，看着时装店和机场售票大厅里那些年轻漂亮的黑人女孩儿，你就知道巴黎正在接受大批移民以维持它的繁荣。（巴黎黑人出乎意料地多，我以为只有美国由于当年奴隶贩卖的罪恶勾当致使黑人成了今天美国重要的组成部分。就我所见好像巴黎的黑人已经有五分之一。）巴黎太古老了，似乎所有的巴黎人都在广场或公园里安详地喂鸽子，或坐在长椅上静静地看着杏黄色的橡树落叶从树梢上缓缓飘下。

文章尚未结尾，忽然传来恐怖袭击的爆炸声，一下子改变了原有的格调。我看到了巴黎人被惊醒，看到了巴黎人的坚强、巴黎人的奋起和热情。祝愿巴黎人渡过难关，重新振奋起来，成为世界的巴黎！

墨画的大牡丹

　　我们这一代人大都会记得《美丽的田野》那篇小学课文，据说是郭沫若写的，描绘了田野的美丽，其中有一句，"工厂大烟囱里冒出的浓烟，像一朵朵墨画的大牡丹……"这在今天看来很荒唐，烟囱里冒出的浓烟无论在何时都是丑陋的、肮脏的，没有人会看作牡丹花一样美丽。但在当时确有美感，空旷寂寥的田野上出现了这样一朵朵黑色的浓烟代表着勃勃的生气，是一种工业文明的象征。在那贫穷落后的时代，行走在一片荒凉的田野上，前方出现了一座工厂，一朵朵乌黑的浓烟让人欢呼让人精神振奋。我们村子距胶州城五十里路，做饭烧的煤都要用独轮车去运，当我们一路风尘筋疲力尽地爬上岭岗，远远地看到城里那股工厂大烟囱冒出的浓烟时，立刻精神抖擞起来，疲劳一扫而光。再近一些，胶州城里的高音喇叭传到耳朵里时，大家都兴奋地叫起来，直扑下去。在今天，那就是令人厌恶的城市污染和噪音。

　　美是很脆弱的，烟雾曾经有过美的历史，如"大漠孤烟直，长河落日圆"，如"暧暧远人村，依依墟里烟"，如"日照香炉生紫烟，遥看瀑布挂前川"等。我曾经在荒山里开矿，小河对岸是一个叫乌蛇沟的村子，每当黄昏时分，家家的屋顶上都冒出一股炊烟，在无风的山沟里升到一定的高度又不能散去，就在这个山村的上空形成一个蘑菇样的烟云罩住，从这烟伞下面传来鸡鸣狗叫声、牛犊寻母的哞哞声、女人找孩子的呼唤声。背乡离井，孤独的我坐在河岸上，幻想着有一天自己也能在那个炊烟的伞盖下有一个自己的家，泪水顺着面颊流下来。

后来我终于有了一个家，那是一条四无人烟的荒山沟，前不靠村后不着店，我就和年轻的妻子栖身在二战时期遗留下的废墟里，每天从矿井下爬上来，疲惫地走进那条山沟，一眼望见屋顶上冒出的烟柱，那种幸福感让人心都颤抖，妻子做好了饭在那里等着我，那是温暖，那是亲情，那是饥饿折磨时的饭食。将要落山的太阳穿过白桦林照在皑皑的雪地上，一抹玫瑰红，凄凉极了，美艳极了，那青色的一根烟柱竖立在废墟上，如同一杆旗子在雪地荒林中耀武扬威。

不知从什么时候起，烟雾逐渐成了让人讨厌的东西，天空雾霾今天让人谈之变色，让人厌恶，让人无可奈何。但如果有人说，你既然有那么美好的回忆，让你回到过去那美丽的田野里去，你愿意吗？我会毫不犹豫地回答，不，我永远不想回到那过去的年代，尽管那时的蓝天白云让人留恋。当年的贫穷比今天的雾霾可怕百倍。

奶　昔

　　童童问我奶昔的"昔"字怎么写，我告诉了他。不多一会儿临街门上就贴出了一张 A4 纸，幼稚的字——出售奶昔。我只当是孩子玩耍没在意，不料下午妹妹忽然大叫着跑上楼来叫道，哥哥，有人找你买奶昔！原来童童不只把招牌贴在门上，还把小广告散发到对门去了。不知道对门的叔叔是真的想买奶昔还是逗孩子玩儿，可真的找上门来了。哥哥和妹妹一定要做奶昔了。奶昔是什么东西我根本就不知道，为什么叫"奶昔"这两个字更想不明白。只知道童童总爱把酸奶和香蕉混在一起吃，他以为这是他的发明，决心大力推广，而且要申请专利制作奶昔出售。晚上，奶奶和童童去买了酸奶和新鲜的香蕉，童童说要明天才能做，奶昔要越新鲜越好。第二天早晨在奶奶的协助下童童把他的奶昔做成，装罐，带着妹妹去给对门儿送货。我站在二楼的窗前看他们交易。先是叫门，出来一个我这般年纪的爷爷，看这么两个孩子上门，很客气地问什么事情，童童就说是来送奶昔的。爷爷说，我进去问问他们是不是订过。这期间童童和妹妹就等在铁栅栏门外，天气很冷，童童光着脑袋，那瑟缩的样子叫我心疼。幸好那位爷爷一会儿就出来了，说确实是订过，问多少钱，童童说两杯十二块。我看见那位爷爷从铁栅栏门上头递出来一张十元钞票，又掏出两个硬币。童童接过来说了声谢谢，然后就欢天喜地地和妹妹回来了，后来知道他只给了妹妹两个硬币。

目睹了这场交易我心里说不出是种什么滋味，我是坚决反对让孩子做这种事的，不管是游戏还是当真，但他们的爸爸妈妈支持这样，爷爷就只能退居其次了。在我的观念中，商人如同奸人，无商不奸嘛。好像这不只是中国的文化，世界文化都是这样，如巴尔扎克的小说中，几乎所有的商人都是坏蛋，最有名的当属莎士比亚《威尼斯商人》里的那个债主，竟然要割下欠债人的一磅肉来偿还债务。在中国，实行了计划经济之后，私人交易不仅仅是文化上的耻辱而且已经入刑，刑名叫作"投机倒把罪"，如果你十块钱进的货，以十一块钱的价格或是更少的加价卖出就触犯了刑律。可是如果十块钱进十块钱出这样的交易如何成立？可知当年实质上就是取缔了个人市场交易。

难忘的年

  噼里啪啦……像断了线的珠子，将近七十个年，一忽儿过去了，几乎没有什么印象，唯一让我难忘的是十三岁的那个年。说来让人笑话，因为贪吃我差点儿撑死。好像在一个月之前我就知道家里还藏有三十斤麦子，不知道是从哪里弄来的，但是要留着过年，不能动。我提议把这三十斤麦子磨了熬粥喝，我们家有六口人，爷爷、父母、姐姐、弟弟和我。我盘算着，每天一斤，能过三十天好日子啊。但是爷爷和父亲坚决不同意，一定要留着过年包饺子。姐姐、弟弟也都盼着能提前熬粥喝，一天哪怕只喝一碗，母亲不发表意见，熬粥包饺子都行。虽然我们是多数，但意见不被重视。我那年十三岁，姐姐十六岁，弟弟十一岁。为什么非得要留着过年？年就那么重要吗？老封建老迷信老脑筋！我们姐弟三个嘀咕了好多天，白嘀咕。

  终于等到过年了，也终于等到吃饺子了，父亲还承诺，过年，不分份儿。灾难于是就降临了。到底有没有肉我不记得了，什么馅也全然没有印象，糊里糊涂就吃完了，吃了多少也不知道。肚子忽然难受起来才知道再也吃不下了。我咬紧牙，一声不吭，坚持着离开饭桌。但是疼痛却是越来越厉害，肚子像要撑破了，动也不敢动，喘气儿都痛，但是不能说。那些年，多吃多占是一种人人都痛恨的罪过，十恶不赦，撑死也不能说！我盯住灯光看，直看得那灯光变成一根一根黄色的丝线，它们和我的眼睛连接起来。除了疼痛别的什么都感觉不到了，我竭尽全力地对付着肚子的难受，我有信心，知道最终是会好的，只有时间能解救我。我在心里默默地数着，一秒，一秒，一秒……能睡过去就好了，但是睡不着，一秒，一秒……我痛恨我自己，为什么要吃这么多？

其实，挨饿的滋味要好得多，干脆来说挨饿其实很舒服，难过也只是一会儿，挨过去你的胃它会自己睡过去的，再也没有感觉。撑着就不同了，它在一点一点地破裂，每一秒钟都在折磨你。好像也不是某一种尖锐的痛，就是让你受不了，恨不得赶快死过去才好。我也知道呕吐出一点儿会好一些，但是那几年长期的饥饿已经使胃完全丧失了呕吐功能，只要通过了咽喉，一切进入的东西它都紧紧地抓住不放，它不会浪费一点儿，草根树皮统统能消化。

不知过了多长时间，终于敢呼吸了，终于敢动一动身子了。太阳出来了，年总算过去了。我从来没看到过这么美丽的太阳。我不知道姐姐和弟弟那个年撑没撑着，到底好不好过，直到今天我也没好意思问，他们也从没提起过。我猜想，那一个年一定不只我一个人撑着。灾荒年其实有很多人不是饿死的，而是撑死的，一旦得到了食物猛吃一顿，胃就像一个疯了的口袋，不顾一切地吞下，直到把自己撑破。结果人躺那儿就再也起不来了。

中华民族有五千年的文明，但是一直也没有解决过饥饿问题，对老百姓来说，多么灿烂也无用。真正可以说中国人吃饱了，是直到二十世纪八十年代。也就是我们这一代人的后半生了，谁能不承认我们是幸运的一代？然而大家都说，如今过年越来越没有"年味儿"了。不再是过年才能吃一顿饱饭，不再是过年才能穿一件新衣，对年再也没有那么强烈的希望了，何来"年味儿"？

到我孙子这一代又出现问题了，吃饭成了他最大的负担，简直是灾难。每一顿饭都要在大人的催促监督劝诱下才能吃完，他有各种借口拖延躲避。我惊讶地发现他小小的六岁年纪竟然发明了自动催吐的手段。所以，每到过年，我第一件事是慷慨地宣布，到我家你可以不吃饭！

秋日思语

　　暑气退尽，太阳一下子变得可亲起来，特别是黄昏将近，阳光艳丽得惊人。宛如美女在窗外，笑意暧昧，直叫人如何在屋里坐得住？自行车于我是难得的交通工具，一是通过性强，什么路都能走，实在不行，大不了扛起来；二是它的速度恰好使你可以边走边想边看，一览遍地风光。沿河堤向南是我常走的老路，十里处有一河湾，生活着四五只白鹭还有一群数不清的水雉，我常去看它们。白鹭起飞时很优雅，并不远去，那些水雉则是鬼一样精，一发现我就拼命往水里钻，它们能好长时间在水底下不出来，真叫人担心它们会给淹死。等出来时已经在很远的水面上。修了河堤之后，河湾给取消了，那些白鹭和水雉不知去了何处，只剩下光秃秃的河岸。坐在办公室里的人们只会在纸上设计、规划，常常是劳民伤财，大煞风景。反正花的不是他们的钱。还好，有这美艳的阳光照在我身上。已经刨花生了，刨出的花生秧子被太阳晒得发出甜腻腻的气味。果园里那些成熟的大苹果即使套在袋里也透出了红色。这种套袋的方法很好，既省去了打药也可防治害虫。

　　既然没看到白鹭和水雉，我不妨再过桥到对面村庄里去走一走。一个跟我差不多的老头儿从街那头走来，手里提着几根油条。真有会做生意的人，他们开一辆汽车在上面边炸边卖，走街串巷。我明知故问，嗨，伙计，这是草夼吗？他说，对啊，俺这是西草夼，往东那边三里路就是东草夼……乡村的老人就这样，只要你一问路他就会向你唠叨个没完。你想，他难得有个生人能和他说个话。不方便马上掉头，免得再和他招呼，往前又骑了一段。街旁有几个胖女人在说笑，还有一些晾晒着的花生和玉米棒子。忽然像给什么撞了一下，一棵小小的木槿花立在路旁，触动我的是一幅久已忘却的画面苏生，一个美丽的女孩儿站在一株盛开着的木槿花树下。正像《东风破》那支歌里唱的那样，"……岁月在墙上剥落看见小时候，犹记得那年我们都还很年幼……"这是一种不常见的花，它们在初秋夏末才开花，我们村好像只有她家院子里墙根下有那么一株。不知为什么她当时就站在木槿树下嫣然一笑，让我记到了如今——树上正开满粉红的花朵。多年后从东北回到故乡，专程到县城去看她，路上我就打定主意一定要抱一下她，了却我少年时的心愿。但是当她站在我面前时，我完全失去了伸出手的勇气，她竟然老成了那副样子！满脸的皱纹又深又密，惨不忍睹。烟花易冷，我发现，越是美丽的女孩儿，越是易老，而丑的，原本就是那样子！教训，到了一定的年龄，万不可去见当年心仪的姑娘。

夕阳更见鲜艳，金色的阳光几乎是平射在我的身上，我蹬着车子，一边轻声哼唱着——谁在用琵琶弹奏一曲《东风破》，枫叶将故事染色结局我看透……

兴伟在河道放羊，自从改造之后，这河水就没了，长满了青草，他每天就在这河道里放羊。我喊，兴伟，回家吃饭了。他比我小许多，回答道，哎，哥你先走吧，我马上就回。他的姐姐兴美当年很会唱歌儿，麦浪滚滚闪金光，棉田一片白茫茫，丰收的喜讯到处传，社员人人心欢畅……歌曲就是这样，哪怕歌词写得再臭，只要旋律优美，也能让人传唱记住。黑黑的，一笑眼睛就弯成月牙样儿。我在东北孤苦伶仃的时候，向周光要了她的一张照片带在身边。很可笑，把朋友妻子的照片揣在怀里是什么意思？那时候我们都还很年幼——这就是从小的朋友。但她很早就死了。我记得的就是她弯成月牙状的眼睛。她的坟墓离我现在住的房子不远，不会超过三百米。我常去她的坟上看看。蒿草萋萋。

人生这条路，起步的时候自然是眼看着前方，而到了穷途末路，就只能回望了。常说人要活在当下，这一个下午我什么也没干，但我收获了一段美好的时光，这美丽的阳光和感觉一起留在我的记忆中。

日落时分

　　飞机升空即面对着一轮正在沉落的太阳，我们就追逐着这轮落日向西飞行，紧紧地咬住，使它久久不能沉落下去。于是我经历了今生最长时间的一次日落，一次辉煌而又凄凉的日落。前面，我们的目的地莫斯科正在经历着另一场辉煌而又凄凉的日落。它曾经是我少年时的梦想，是我的向往，是我的太阳，那时候稍有对它不敬的语言都会受到严厉的惩罚。但此时此刻我绝不是朝圣的心情，像一个商人，我怀着一种逐利的、不敬的念头，我只想去带回一些便宜的商品，如呢大衣之类的。尽管我们叫作家代表团。苏联已经半点儿都不神圣。在黑龙江边境，已经有农民以一船西瓜换回一船化肥，以一只羊换回一辆摩托车，以一箱肥皂换回一架手风琴。后来牟其中就是用四车皮罐头换回四架飞机而发家的。我们这个作家代表团不像是去做访问，更像是去捡洋落儿的。妻子在我的行李箱里塞了三件劣质的羊皮夹克和几件假冒的阿迪达斯运动服。我果然带回了七件呢大衣，一件折合三四十块钱。

　　到达莫斯科时已经是深夜，从车窗向外看街两旁的商店，货架上空空如也，如同遭遇了抢劫。这就是莫斯科给我留下的印象。在以后的半

112

个月的日子里，这凄凉的感觉一直没变，加上秋天，大西洋的湿气使得整个欧洲大陆都笼罩在阴雨中。大街上很随意地扔着一些坦克和装甲车，我们以为是不久前的那次政变遗留下的，刚刚那次军队政变，坦克开进了莫斯科，叶利钦爬上了坦克对着军队进行演说，结果军队违背了上级领导命令，拒绝对新政权开火。萨沙说，不是，那次的坦克清走了，这是美国人来拍纪录片重新布置的。这些美国人行动也太迅速了，他们该有些幸灾乐祸吧？戈尔巴乔夫还算是国家元首，但有人已经把他的巨幅画像制作到板上，招徕顾客和他握手拍照。那效果跟真的一样。我犹豫了下没有前去跟他握手。萨沙对戈尔巴乔夫不感冒，他说戈尔巴乔夫净夸夸其谈，还是叶利钦靠谱一些。萨沙是苏联作家协会派给我们的翻译，刘宪平是我们这一方自己的翻译。萨沙开头总是以老大哥的派头对我们，刘宪平火了，大声地警告他说，你不要以命令的口气对我们说话！两个人都会汉语也都懂俄语，一会儿用俄语一会儿用汉语交叉进行，吵了半天，从那以后他就客气多了。他总是带我们去看教堂，我们又不信教，但那时也实在没有什么可让我们参观的。我们吃力地在泥泞的乡间小路上走着，他对我说，孙同志，你知道为什么外国人总打不赢我们吗？我说，不知道。他说，因为我们的路太难走。有道理！萨沙指着一排楼房说，我们叫它们是莫斯科的假牙。因为莫斯科已经多少年没有新建筑了，只好沿这条主大街边上建了这么一排楼房给外国人参观。

　　天天都要等车，长时间地等，上午十点雇好的出租车还不到，整个半天就哪里也去不了。还有吃饭问题也总是费周折，早晨吃完饭就必须赶紧订中午的饭，否则就没地方吃去。莫斯科的所有饭店都有一个规定，一张桌子一顿饭只卖一次，也就是即使闲着也不能再让人吃饭。计划经济的典型，一切都要计划。最有意思的是卖帽子的商店，每人只能买一顶帽子，道理很简单，一个人只有一个脑袋。经过和售货员交涉，

113

萨沙告诉我说，她说了，你可以买一顶出去，然后再回来买一顶。于是我就买了一顶礼帽，走出门去，再折回来，买下一顶。我往返了三次，买了三顶礼帽，后来送给了刘庆邦一顶。卢布贬值神速，必须在回国前把它们花出去，又实在没什么可买，我这辈子就当了那么一次富翁。进了商店目空一切，只要有就买，不问价钱。大街上排一长队，我想看看是卖什么的，走到尽头处，结果是卖冰糕的，我数了数，四十三个人。刘宪平帮一个摄影的朋友往返地带彩色胶卷，苏联没有彩色胶卷更没有彩色冲印店，他要把拍好的胶卷带到中国冲印，冲印好后再带回到苏联。一位苏联女诗人送给我们每人一大瓶香水，她的要求就是回国帮她美言几句，求中国作协给她发一个邀请函，她想到中国来一趟。我那瓶用不着，随手送给了雷抒雁。苏联作协的领导人也是迫切要求我们给他发一份邀请函。

当时苏联还没有完全解体，只有波罗的国三国独立出去了，立陶宛、爱沙尼亚、拉脱维亚、乌克兰还没独立，我们从莫斯科坐一夜火车就到了基辅，完全就是从一个城市到另一个城市那么简单。一个太阳般照眼的庞大帝国轰然倒塌，民众非常平静地接受了。现在有人说是因为从计划经济向市场经济转型所导致，当年我看到的那座大厦是因为计划经济已经把它掏空，实在撑不下去了才倒塌的。

我亲眼看见了一场震惊世界的巨变，既没有人抗议游行，也没有人集会庆祝，就像一个季节更替的自然现象，在人类历史上都属罕见。莫斯科的日落，辉煌而凄凉。

杀　樱

　　一树繁花轰然倒地时，我不由得啊呀叫了一声。那边联锡过来问，你怎么啦？我一时语塞，无法说出我此时的感觉，就如同一座画栋飞檐的楼阁突然倒塌在你面前；一件华美的玻璃器物正流光溢彩突然破碎；最最如同虞姬伏剑血溅霓裳花容失色云鬟委地怎不叫人惊心动魄！这是一棵高大的樱花树，正盛开得热烈，鲜艳的花朵繁密得看不见枝丫看不见叶子，在我锋利的钢锯下倒在了地下，一地姹紫嫣红，我面对着自己制造的惨剧惊呆了。我从未见过如此惨烈的情景。联锡安慰我说，我刚开始杀头几棵也是心疼得冒汗，后来就习惯了，没办法。

　　他当然比我更是心疼不忍，这些樱花树是他从育种开始，苗出来后又要移栽，长得手指粗再嫁接，因为苗是单樱，要让它开成这样美丽的花就要嫁接。这样美艳的樱花树是不会长种子的，所以才能开得如此繁茂而鲜艳。嫁接活了之后还要再移苗两次，八年之后才长成了这样高大的樱花树。其间他付出的汗水和心血可想而知。现在又要亲手把它毁掉，他是怎样的心情？而我，只是帮忙的，是一个局外人而已。但对这样一种美的摧残仍不能不心惊肉跳。据说这樱花品种最初是从日本引进的，城市开发绿化，樱花树很好卖，联锡他们挣了点儿钱，但大家一拥而上，这一带农民都种樱花，而城市开发有限，于是就卖不出去了。农民就是这样，那些电视上宣传的什么种蓝莓赚了大钱，种橙子发了大财，那都是神话。只要大家一齐种立马就会卖不出去。联锡叹了口气又说，不杀怎么办？卖不出去。他种了一万多棵！如他所言，果然杀了几棵之后那种惊惧消失了，我曾经是伐树的好手，当年在东北的森林里看那些高得看不见树梢的大树缓慢地庄重地，几乎是擦着云彩移向一边去，越来越快最终震天动地地倒下时，恐惧得牙齿咯咯响，但恐惧之后就是快感，通了电流似的快感。樱花树在我嚓嚓的锯声中一棵棵倒下去，我不知从哪里来的力气，越杀越快。溅英缤纷落红如阵，我又体验到久违了的那种可怕的愉悦，原来杀戮生命、摧残美艳是如此诱人！

上海的顾村公园每年都有一个樱花节，记得票价好像是五十元吧？我进去看过一眼，唉，那叫什么樱花！这里的樱花漫山遍野，但谁来看？这些被我屠杀了的樱花在那个公园里绝对是花中的皇后。山野寂静，阳光艳丽，倒在地下的这棵樱花树显示出了一种动人的美丽。生不逢时是可悲的，它却是生不逢地，更添其可悲。那阵杀戮之后，我腰痛得躺地炕上三天不能动。

去年的落花时节我曾在树林里走过，那么厚的一层，覆盖了所有的土地。一片彩色的大地，除了我，谁曾见过？踩上去不仅仅是松软，而是真真切切地感觉到了鲜嫩的花瓣在脚下破碎、呻唤。大观园里的花其实是很少的，有樱花也仅一两株，若是面对这么铺天盖地厚厚一层落花，那林黛玉只能坐地下哭。今年没等到花落，树杀倒了。几天后我惊讶地发现，这些花树死之后竟然不落，死死地粘在枝头。很难看。紫的、红的、粉的色彩全无，灰突突的，枯萎，缩小，皱皱巴巴。我恍然明白，美艳是不宜长久的，它不可以慢慢变老。它只能迅速地、突然地死亡。

除了在哈尔滨居住的日子，我这一生都是用柴烧饭取暖。等这些樱花树干透，我就把它们斫开肢解，拖下山去做烧柴。联锡这些树足可以烧三五年。在炉灶里，这些树枝树干连同紧紧粘在枝头不脱落的樱花都将被红色的火焰吞食，然后，灰飞烟灭。

山峡中的大肚川

　　每年春天化冻时，山崖上的风化石就会瀑布似的流淌下来，这些金红色的砂砾铺满了大肚川的大街小巷，黄昏时太阳的光辉一照，街两旁的房屋和村中央的大榆树，还有在街上溜达的那只老狗，都浸染在了这黄蒙蒙的光影里。踩着脚下这嚓嚓响的沙砾，在这昏黄的光辉里行走，如梦如幻，似曾相识的一切，仿佛时光停止，让人不知何年何月，大肚川恢复了它的宁静。这个历史不长的山村曾经有过两度喧闹的时光，第一次在二十世纪三四十年代，作为东宁要塞的一个据点，一条铁道和火车曾经来到这偏远的山谷。日本关东军的一个兵工厂和军需粮库都设在这里。多年以后，人们在犁地时会捡到大量的炮弹残片，曾经有人以此为业。当年弹药库大爆炸，据说是抗日联军所为。现在，挖沟取土或建房挖地基常常就会有人的厂骨暴露出来，有的双臂仍然被八号铁线拧着，可见是活着就埋进土里的，对大肚川人来说那是一段噩梦的岁月。

　　一九六八年，逃离了革命正火的家乡，我惶惶如丧家之犬，流亡到大肚川河时，两岸杏花如雪。大肚川正是它的另一段辉煌——公社所在地，它成了这条河谷二十多个村子的首府，成了文化、政治、经济中

118

心。一个很大的高音喇叭用铁丝捆在公社大院的大榆树高高的梢头，公社头头们的指示就从那个大喇叭里向四周传播。平时就播放着《大海航行靠舵手》，雄壮的旋律在山谷间轰响。这里正需要年轻的劳力下井挖煤，于是我就一头钻进了那乌黑的、老鼠洞般的煤窑里一干十六年。我们挖出的煤供公社所有的人烧饭取暖，包括他们的家属。还要供一个砖瓦厂烧砖烧瓦。我们挣的工分比农村生产队的工分值都低，因为我们是盲流。煤窑的女人们就开荒种地，打粮食供下井的男人们吃。公社对我们的义务就是委派管理我们的矿长和书记。我们的煤窑正是要塞的同一座山，挖煤用的镐头、矿灯、铁道都是日本关东军修筑要塞时遗留下的。

大肚川像一只大蜘蛛，它的网络把整条河川的每一寸土地、每一棵树、每一个居民都严格地笼罩在它的指爪下。整条河谷所有的村子都要遵照他们统一的指令种庄稼，春天他们下达下种日子，夏天统一除草，秋天统一收割，然后就是统一把打下的粮食运往国家粮库。为了赶时间，社员们不得不把还没有晒干的玉米大豆连夜交到粮库，粮库不得不加班进行烘干，大批的粮食还是免不了霉烂掉。春种誓师大会，夏锄会战，秋收决战，冬季积肥……每个社员家养几只鸡都要它批准，过年歇两天还是歇三天都要它决定。一切的决策都在这个大喇叭下进行，会议不断，一个接着一个。公社领导们肆意发挥，把大肚川带进了一个空前繁荣的历史，工业农业一齐抓，社办农具厂忽然要造汽车，他们只是十几个打镐头的铁匠，公社助理天天蹲在那里督促着他们制造汽车，并且由公社书记为汽车命名为"丰收牌"，那辆汽车居然还跑到我们煤矿去参加了一次庆功大会，后来就不知所终了。

我们吃着最差的饭食，付出最艰巨的劳动，在最恶劣的环境里工作，一年到头咳出的痰像墨汁一样黑，过着最贫穷的日子，但是大肚川却留给我最美好的回忆——因为我在那里度过了最好的年华。曾经大会场上一段样板戏语惊四座，曾经运动会上长跑第一，还有公社食堂里那大米饭和猪肉，最重要的是我在大肚川完成了我最重要的生命的延续，我有了两个生龙活虎的儿子。

大肚川河依然哗哗地流淌，两岸杏花依然开得如雪，一只老狗依然悠闲地在铺着金红色的沙砾上散步，但繁华不再。乡政府门可罗雀，领导们已经不在大肚川过夜，村民几乎和官员断绝了一切关系。高高挂在老榆树上的大喇叭还在，但永久地寂然无声，扯断的电线在晚风中飘荡，大肚川恢复了往日的宁静。

伤　　害

　　曾经的贫穷和苦难是人生的巨大财富，少年时的贫穷能激发人的斗志，奋发图强最终成就事业，经过苦难的锻炼可以使人变得坚强、成熟。然而事情都有它的两面，有利必有弊，贫穷对人的伤害也是显而易见的，如介绍那些贪官的履历时，大多要首先来上一句——家庭出身贫寒。这有悖于常理，既然出身贫寒，应该是稍有点儿钱就会获得满足感，怎么倒成了贪官？然而事实就是这样，绝大多数的贪官都是穷人家的孩子。我认识一个煤炭行业的贪官，他告诉我当年他到县城念中学时，五十里路从来都是步行，只为了节省那五毛钱的车费。五十里路在今天来看只是很短的路程，但要一步一步走，那可就是很漫长。可以想见一个少年孤独地在荒野大道上风尘仆仆的样子。后来从他家里搜出的人民币一面包车都没装得下。熟悉的人都说，他是最不像贪官的贪官。他生活极简朴，穿旧衣服，部下安排吃饭太浪费了他会发火，几乎烟酒不沾。有人会说他这是装，只有受过穷的人能理解，他是出自真心，甚至可以说是出自本能。而且也不包养婚外女人。有一个煤老板告诉我，过年了，他很直接地对煤老板说，给我准备现金，我不要那些虚头巴脑的东西——指奢侈品。走五十里路省五毛钱的经历让他刻骨铭心，纸币严重地伤害了他，他对纸币产生了一种病态的喜好。可以说，所有在家中储存大量现金的贪官，都是对纸币有一种病态的爱好。用"腐败"这个词来解释这些贪官是不准确的，他们的生活并不腐化，有人甚至是简朴，他们是一种变态。纸币的威力使他们在心理上产生了异化，这已经不是一些等价替代物而是生命的目的物。储存纸币成了他们的人生目的。

有一个朋友只要一提起自己的父亲，他就直摇头，他说他的父亲极端地自私，就是穿衣吃饭这些日常琐事都是只顾他自己。他的父亲曾经被打成反革命，蹲过十五年监狱。他说，都说监狱是一个改造人的地方，那是扯淡！他说，一看到父亲吃饭时那种头不抬眼不睁只顾自己的吃相，他就厌恶得饭都吃不下去了。艰难的生存环境迫使这位父亲一心只为自己才能活下来，逐渐成了习惯。长期苦难的折磨消解了人的友爱亲情，使人还原成了动物，只有极少数的人能够经得住长时间苦难的折磨。苦难可以使伟大的人更伟大，但对于我们一般渺小的人来说，只能使我们更渺小。

我记得二十二岁之前我还是一个比较斯文的年轻人，是长期的井下生活使我变得粗野起来。在小煤窑挖煤就是一种苦难，除了不堪忍受的繁重体力劳动之外，还有每时每刻的危机四伏，你不得不时时处在一种紧张的状态中，变得粗暴易怒。井下打架几乎每天都发生，好在井下打得头破血流，上来照样称兄道弟。整整十六年的煤窑生涯对我最大的伤害是造成了我对生命的冷漠，对他人的死亡我总是显得很不在意。常常有人对我说，某某去世了，你写一篇悼念文章吧。我会说，我对他不太熟悉，还是免了吧。其实我心里想的是，我的伙计们二三十岁就死了，他七八十还不该死吗？每次在报上读到"惊悉噩耗，无限悲痛"的句子就产生一种疑问，真的"无限悲痛"吗？说我麻木不仁毫不为过。好像对自己也不太在意，什么血糖血压啦，我一概很模糊，七十岁了还玩儿大排量摩托车让老伴儿成天提心吊胆。麻木不仁好像不只是心理，身体也有这状态，常常看着自己血流如注的伤口很奇怪，怎么感觉不到痛呢？对此我很恐惧，那十六年的井下生涯严重地破坏了身体的自我保护系统。

第 二 辑

烧柴煮饭

　　叭的一声响亮，我抬头看去，只见树林那头远远的一个女人在扳树枝，她把锄头的弯钩搭在枯干的树枝上用力一扯，叭的一声，树枝应声折断。那是妻子，女人很经老，她仍然像年轻时那样强壮有力。她总是喜爱烧柴煮饭，其实我们完全可以烧煤气，用电，这一套炊具也都完备。但她仍在坚持不懈地积蓄木柴，她把干树枝拖回家，用斧子砑成几乎长度一致的一段段，再用绳子捆起来，然后整整齐齐地垛在柴房里，垛在房檐下，垛在厕所里，甚至搬到平房顶上垛成一垛。我告诉她柴禾已经两年也烧不完啦，她还是不屈不挠地囤积。

　　当杨树长到一定的程度时，地下连野草都不能生长，树林里变得很空旷，夕阳的光辉射进来，她显得生气勃勃。恍惚间，时光倒退三十年，一片白雪皑皑山林，她带着她的两个"兵"——永安和永地拉着爬犁在雪地上奔跑，爬犁上垛满了整株的柞树、桦树，在雪地上拖出一道长长的痕迹……那是我在树林里秋天就砍倒的，现在已经快干了。十岁的永安奋力帮助妈妈拉爬犁，还一边呵斥八岁的弟弟快跑。她红色的头巾上挂满了白霜，两个孩子的小脸冻得通红，但头顶上冒着热气。那

127

些年，好像树林怎么砍也砍不完，家家门前都垛着整整齐齐的柴堆。把大斧磨得飞快，一棵棵柞树、桦树，在大斧的锋刃下咔咔地倒下。屋顶上竖起一股炊烟时，整个小山村都充满了木柴的香气。

到今天，我们仍然可以烧柴做饭真可以说是得天独厚，杨树在生长过程中每年都会有一些树枝枯死，门前这么大的一片树林我们怎么烧也烧不完。她对木柴的喜爱远远超出了它的用途，我不相信木柴煮出的饭和煤气、电器煮出来的有区别。她好像喜爱木柴的气味、木柴的形状、木柴拿在手里的质感。只要走路遇到一根树枝，她一定要扛回家，不管多远，像一个扛着长枪的大兵。捆树枝需要绳索，她不怕别人笑话，在商店门前捡人家扔弃的塑料绳儿。傍晚在镇上散步，我逗她说，看，那边有一截塑料绳儿。众目睽睽之下，她旁若无人地跑过去捡了起来。

让我几乎是吃了一惊，过年时，舒童和静童最喜欢的事情也是烧柴煮饭。这是他们唯一能百做不厌的事情。奶奶喊一声，做饭喽。舒童和静童一齐嚷，我来烧火！我来烧火！八岁的舒童郑重其事地坐在小板凳上向灶里填柴，四岁的妹妹静童蹲在旁边给他递树枝，舒童还要时不时地说道，错了，那一根，那一根，真笨。灶里的火光映照着两张严肃的小脸儿，他们对这种只有在电视里看到过的火焰充满了敬畏。让人想到人类第一次用火的情景，黑压压的森林里，围绕着一群大大小小的原始人类，在这危机四伏的荒野里，只有这火堆能给予他们安全和温暖。灶坑里的火焰在跳跃，变幻，舒展，闪耀，喷突，如蛇，如花，如箭，映红了那充满了惊喜的两张稚气的脸。

湿漉漉的海棠花

　　下着雨，雨点噼噼啪啪打在伞上的声音让我很舒服，我喜欢在雨天里这样打着伞散步。常常，看院子里狂风暴雨坐在屋里安然无恙，我就会打几个冷战，浑身都非常舒服，心里愉悦得无法言说。当生命身处凶险的外部环境，而自身前却有一道安全的屏障能够完全抵挡时，就会有这种难得的愉悦，这大约就是生命最基本的三种需求中的安全需求吧？仅仅是一把伞，给了我在雨中的安全。这应当是黄昏时分，太阳还没落下去，因是雨天，光线已经很暗。天光、灯光和雨线交织在一起，天地间黄蒙蒙的。蓦地，我像给什么撞了一下，停住脚步，一排盛开的海棠花出现在我眼前。我从来没发觉这里还有这么一排海棠树，海棠树是很不起眼的一种树，它们就这么默默无闻地站在街旁从没人注意，忽然间它们开花了，不能不让人惊艳万分。更兼这雨中，每一朵都湿漉漉的，真是娇艳欲滴。海棠花是一种娇艳的粉红，桃花是少女红——人面桃花，海棠花是一种婴儿红，分外娇艳。花瓣由深入浅，花蕊嫩黄……渐渐地，一股凄凉从脚底涌上，我想起家乡的海棠花也快要开了。这里是上海。

远在东北的弟弟打来电话说，他要回家乡去。我说，你就别回去了，伙计们离开的离开，不在的不在了，回去你连街道都找不到了。他固执地说，我要回去。我生气了，教训他道，那里已经没有人欢迎你回去了。他不出声。我发狠道，老家谁也不想看见你！他沉默了，半天又说，没人想看见我，我还是要回去。我气得把电话挂断。人言东北就是一个人的当铺，闯好了的不想回去，闯不好的回不去。闯好了的，因为在东北已经有了自己的家产、事业，所以不想回去；闯不好的，穷愁潦倒，没脸回去，就像当年的项羽不肯渡乌江，无颜见江东父老。不可理喻，他闯成那个样子还想回去！

　　是这雨天里的海棠花，是如此娇艳的海棠花让我忽然明白他固执地要回家乡的原因。所谓乡愁，大约就是这么回事吧？它让人毫无准备地、猝不及防地忽然来到你的心里。它让弟弟不顾自己的穷愁潦倒，不顾家乡人的冷眼和嘲笑，义无反顾地要回去看看。这就是家乡，这就是乡愁，说不清道不明的一种东西。弟弟那里春天还早，时常还大雪飘飘，肯定没有如此娇艳的海棠花，什么花都没有，是什么东西触动了他的心底？我们都是七十多岁的人了，离开家乡时只有二十多岁，从少年到白头，半个多世纪都是漂泊在异乡。我曾回过家乡，少年时的伙伴即使仍在，也都淡漠了。不仅仅是乡音无改鬓毛衰，最让人伤心的是当年勾肩搭背的伙伴见了面竟然无话可说，大家几十年的生活路途各异，况且风雨沧桑已经消磨得从内到外都变成了相互陌生的人，完全找不到共同的话题了，只能相对无语。但对家乡那种深藏于心底的情感却总无法消除，不知在什么时候又突然让你感动那么一下子。

　　雨还在下着，在这样的黄昏雨天里，我忽然对所有的生命充满了一种深深的悲悯，大家都活得不易啊，这飘洒着的雨丝，这闪烁着的灯光，这雨中的湿漉漉的海棠花。来来往往在街道上最多的是送外买的和送快递的电动车，他们在车顶上装上了一把固定的大雨伞，急急忙忙地奔跑在大街小巷。这些各种颜色的伞盖在雨中被灯光照得亮晶晶的，飞萤似的在流动。在这些流动的光影下面掩藏着一颗颗年轻的火热的心，这些来自外地的乡下年轻人，背井离乡来到了这座陌生的大都市里，都怀着勃勃雄心要打下一片自己的天地。不管他们能否在这繁华世界里站得住脚，但他们注定了都要和我们一样，是失去了故乡的人，他们再也不能回到那片生养他们的土地上去了。当这些年轻人变成我们这样白发苍苍的时候，也会在某一天某一刻猛然被一种东西触动，有一株湿漉漉的海棠花一直潜藏在心底，不经意间就出现在眼前，他们会想起离别已久的家乡。涌上心头的就是这样的一种深深的乡愁。不同的是，当年我们只能去那些边远荒蛮之地，他们有幸可以来到这繁华世界，这更注定他们不可能再回故乡。雨还在下着。

死而无憾

　　那天，读罢吴若增兄的《我的百草园》（载《今晚报》2016 年 5 月 1 日）不由得长长地叹了一口气，这是幸福的长叹，每个细胞都充满了幸福。我惊奇地发现，人在非常幸福的时候也会叹气。当时，心里涌上一个念头，我可以死而无憾了。若增兄的文章我是每篇必读的，但我不是说读了他的这篇《我的百草园》就死而无憾了，这是另外的一个意思。他的那个百草园令他愉悦，令他惊喜，令他感动，令他的生活充满理想的光辉，其实只有三分之一平方米。而我的房前房后大约有六百平方米，你说是他的多少倍？能不觉得死而无憾？他的百草园里长出一根草芽都让他欣喜万分，而我的百草园里要用锄头，在草生长茂盛的季节铲也铲不完的时候，我会用"草甘霖"和"百草枯"，喷洒之后，那一片茎枯叶黄的景象会让你害怕，人类杀戮生命的手段永远比维护生命的手段要强大得多。"草甘霖"明明是很厉害的除草剂，却起了这样一个颇有诗意的名字。

　　一场秋雨过后，天气转凉，从窗户望出去，大门外的那株青桐叶子黄了，爬在平房上的葡萄叶子红了，而竹丛依然青翠欲滴。我这丛竹子长得特别茂盛，足有六米多高，北方的竹子一般是长不了这么高的，别家的都没有我家的高，我也不知道是怎么回事，并没有特别地照顾。几百只麻雀在里面叽叽喳喳地喧闹，老婆说，又开大会了。竹林又浓又密，鹰无法钻入，安全，它们每天黄昏都赶来下榻。全全弄了一张网来，说一网保证几十只。我说，你敢，这是邻居哪。霜降节气已过，但今年好像要晚，园里的茄子、辣椒、大葱、白菜、萝卜、韭菜，碧绿一片。菠菜和大蒜刚出来，它们在整个冬天都会生机盎然。毕竟秋深，花大都凋谢，栀子花、桂花、凤仙花都败了。紫薇花又叫百日红，据说能开足一百天，现在也败了。樱花和迎春花是春季的花，当然早就不见了踪影，只有月季花还有几枝在开放，比春夏更见猩红得耀眼。此地特别适合月季花，用心培育可以开到牡丹花那般大，所以大家都不种牡丹花。落花时节，红的黄的紫的白的满院子都是，道上铺了厚厚的一层，要是林黛玉那样的来扫，累死她也扫不尽。井边那棵石榴结得很好，压得树枝几乎在坠地了，石榴好像是很少既可观赏又能结果的树，石榴花那种红很特别，类似国旗那种红，而且花期很长，俗语说，石榴开花不害羞，从春一直开到秋。菊花我从不认真培育，就当野草一样，它们年年自开自败，今年天旱，我又没浇水，墙外的菊花长得很差，到现在还没真正开放。

我的园子白这么大，却写不出《我的百草园》那样美的文章来。我想鲁迅的百草园一定也是巴掌大的一点儿地方，江南的园林面积都很小。《从百草园到三味书屋》大约上过中学的中国人都读过。这就是常说的，我们的世界从来不缺少美，而缺少发现美的眼光，关键是把心要注入进去。说是我的园子，其实都是老婆在弄，我只关心我的摩托车。我在乡村转的时候，和那些蹲在墙根的老家伙们一聊，你就会发现，任何一个看上去极简陋的小村子，一代一代，他们那些凄恻缠绵、悲欢离合、轰轰烈烈的故事都要比大观园里多上千倍万倍。可是谁写出过《红楼梦》那样的书？与曹雪芹相比，溥仪要说富贵荣华他是真正的皇帝，要说大起大落他从皇帝到囚犯，要说艰难凶险他经历过九死一生。溥仪的人生经历比曹雪芹可谓丰富得多。可是《我的前半生》和《红楼梦》不能相比。由此，我们甚至可以说，文章写得优劣，小说写得好坏，几乎和作者的人生经历关系不大。当然，更和你占据的地盘儿大小关系不大。

若增兄的理想是在他的百草园里有一天能种出一棵树来。我多么想送给他一棵树啊。我种的最多的是杨树，粗的已经是两个人合抱才能抱得过来。这是一种木材很差的树，只能做胶合板。前几天一个木材商跟老婆商量，要出三万块钱买我后园的杨树。为计算简单，这里木材交易不计算立方而算重量，六百块钱一吨。这就是说，以他的估算，我后园的杨树最低要伐出五十吨木材。

认真想一想，我们每个人都可以找出一个让你死而无憾的理由来，不在于你的占有，而在于你的心。

绥 芬 河

　　他常常在绥芬河边散步，他沿长堤向东走，年轻的杨树在两旁喧哗。在那烟云迷茫的天尽头，绥芬河将穿越辽阔的俄罗斯大地流入日本海。这是中国少有的流入北太平洋的河流。对于他来说，它并不是哺育他生长的河流，但在成千上万的中国人当中，对于他有着一种更深远的意义，曾经在他最为困苦的时候，它收留了他，年轻的他一无所有，赤手空拳来到它的身边，在这里他垦荒种地，生活了下来。沙砾在他脚下嚓嚓响着，抚慰他纷乱的心灵，每当黄昏时分，他都要在这蜿蜒东去的长堤上让山野的风来吹拂掉头脑里的灰尘。他离开这条河流已经很多年，归地重回他仿佛又看到了那个年轻的自己，消瘦而坚韧，成天奔波在河的两岸。赶着三两只羊的老人，迈着悠闲的步子在青草长满的河滩上晚归，而那粼粼水边洗衣的妇女，用砰砰的捶衣声为哗哗的流水敲击节拍。绥芬河和它的居民联手弹奏一支大自然的颂歌。

　　像有一声召唤，他蓦然回首，一轮鲜红的落日正接触在西边青黛色的远山之上。绥芬河面上燃烧起一篷艳丽的火焰，这熊熊的火焰和那轮落日联结在一起，形成一条正在飞腾的光带，灵动飞扬，奇幻辉煌。它不是在沉落而是在升腾，由于急速的运动而洒落的碎片布满长河水面。这壮丽的景象使他的灵魂在震颤，他静心屏气注视着它。

落日总是比朝阳更让他心动，它沉静而不喧嚣，安详而不骄人。它以瞬间的辉煌来昭示时光的流逝、生命的短暂。它是一个历经沧桑的老人却又保持了一颗敏感多情的心，每天每天，它都以最后的光芒抚慰一些受伤的心灵。一只走失了母亲的牛犊在河堤上走来，它一边叫喊一边四处张望，它的叫声里充满无奈的悲苦，河水里反射的晚霞映在它的眼里，使它温柔稚气的大眼睛泪花盈盈，他和它四只眼睛对望着，它问他，你看我该怎么办？

他对它说，你只有坚持不懈地找寻下去，总会找到你的母亲，我理解你此刻的心情，我也曾四处漂泊走失过，最终我还是找到了我所热爱的土地，在这条河上找到了我的家，谁也帮助不了你，你只有不懈地寻找下去，总会有结果。

落日终于衔入山下半边，逐渐收起它的光芒，河面上的光焰不再升腾，凝固成鲜红的血，天地间都陷入静止，牛犊的哞叫由近而远而消失，年轻的杨树们停止了喧哗，连河水也不再流动，万籁俱静。于是他感觉到了时光的流逝，宇宙间它是唯一的动。停止的甚至包括他的思想，他正在融入这山、这水、这落日当中，在时光的流逝里他步入了永恒。他像一根楔子，楔入了这时光的河流中。亿万年之后，人们溯时间之河而上的时候，将会在这一段时间之上发现有一个微不足道的人站立在河堤上。

面对着落日，他无思无欲，平日里忙忙碌碌的一切都失去了价值。生命的一切价值全部在这里，在这河堤上，在这落日里，在这分分秒秒里，在这脉搏的跳动中，他感受到了一个真实的生命。在众多的日子里，像有一只穷凶极恶的狗，总是追得他无暇他顾，以致迷失了自己。

远古晚风吹拂，长河落日徐徐，暮色渐浓，在空无一人的长堤上，他由于感激万分而轻轻叹息，一种博大无边的幸福铺天盖地般覆盖了他的全身。

探　　监

　　《探监》是俄罗斯名画，一位少妇带着她的两个孩子去探望关在监狱里的丈夫，从那青筋突露、关节粗大的手上就可以看出他们是农民，当年俄罗斯的农民因交不上地租就会被关进监狱。丈夫沉默地低着头，把一只手放在妻子的胳膊上，像是刚对她说完了一句安慰话。妻子已经哭得眼睛发红，紧紧地望着丈夫，大约有八九岁的女孩儿眼里含着泪花，也望着爸爸，若有所思的样子。最喜小儿无赖，妻子怀中的婴儿却挣扎着要伸手去抓爸爸腿上的脚镣，大约他觉得这东西好玩儿。此情此景非常动人。然而最让我震动的是囚犯所穿的裤子，这裤子应当是囚服，裤腿上有一排扣子，一直延伸到腿弯以上。我拿这幅画给儿子看，问他为什么裤子会是这样的？他说他知道，篮球运动员也穿过这样的裤子。我告诉他，错了，你其实是不知道，这是因为他戴着脚镣，夜里睡觉要脱裤子，不这样脱不下来，也就是整条裤子都是分两片儿扣上去的。这就是伟大的作品，画面上的每一个细节都是经过处心积虑经营过的，每一个细节都经得起推敲。

　　一般人是不会注意到裤子上的这排扣子的，我之所以能知道，是因为我也探过监。我的工友小木，因为赌博谋杀了他的三个赌友，其实真正的赌徒是没有任何友情可言的，他们都是恨不得你吃了我，我吃了你，但又互相离不开。所谓"赌友"，姑妄称之。他当时穿的裤子就是这样处理过的，他穿的是棉裤不是监狱里发的囚服，是自家带进来的，他把边缝都撕开，用一排小带子系着。当他用一根线绳儿提着脚镣，从监室里走出来的时候，我一眼就看见了他棉裤上那排系着的小带子，而且立刻就明白了这巧妙的设计。按规定我是不能去探监的，公安局局长刘平是我的好朋友，特意交代了看守所所长老金，我平生第一次走进了监狱，和死刑犯面对面。他为自己辩解说，少山，我没杀好人啊！我说，我知道。他说，我们这些人，活在世界上就是祸害，现在我只求快执行，真的。我说，我理解你的心情。真正的赌徒是一些疯狂的人，他们没有了亲情，没有了任何道德，而且是绝对戒不了的，对这个社会只有危害。他只求速死。看守所所长老金说，小木啊，你是先吃东西呢，还是先抽烟？老金特意给他买了两个橘子罐头和一包饼干，那时候橘子罐头很珍贵。但小木说，烟！烟！我第一次见到了那样吸烟的，简直是要把纸烟吞吃进去。也许正是他这种贪婪的劲头儿使他陷入了赌博再也无法自拔。他是一个手脚非常灵敏的人，井下曾经是一条好汉。

分别时我们都哭了，他连说着，少山啊，再也见不着面了，再也见不着面了。他忽然对老金说，我要送少山出去！老金有点儿发愣了，这是违反监规的，可是又不好驳我的面子。不等老金说话，小木强行拉着我的手走到了院子里。那是一个冬天，风很大，他抱住了我，我也抱住了他，我转到上风头想为他挡一挡风，他又挣扎着把我扭回去，为我挡风。那时间我觉得他成了我这个世界上最亲的亲人。当我走到大街上时依旧泪流满面，面对着行人我一任泪水汹涌地流着，风刮着尘土和纸屑在脚边飞旋。过完春节又回到东宁县时，小木已经不在人世了。那时候处决犯人都兴在卡车上游街，两边站着手持步枪的战士。卡车很高，一般犯人都是要战士拉上车，有的干脆吓瘫了要把他抬上去。一位执行任务的朋友向我说，小木真是条汉子，我伸手要拉他一把，他说道，不劳驾，纵身一跃就上了车。这位朋友回忆说，前往刑场的路上，我指着后头的摩托车队开玩笑道，木师傅，多威风啊，这么大阵势给你送行。小木苦笑着对我道，哥们儿，别逗了。那天，小木让大家都很轻松。

三十年过去了，本来已经完全忘记了世界上曾经有过这么一个人，《探监》这幅俄罗斯油画又使我想起了小木，永远是那么机警，充满活力。

螳臂当车

爬上山冈，史大爷指着脚下一条山沟说，当年，在这儿打过一场恶仗，五百日本关东军拒不投降全给打死了，苏联红军死得比他们还多。

这地方距有名的东宁要塞将近一百里，为什么会在这里开战？史大爷说，逃跑，他们要奔汪清，在这儿火车给毛毛虫挡住了。我不由得叫了声，这不是螳臂当车吗，而且还是挡的火车！接着，我给他讲解了"螳臂当车"这个成语。他看我不相信，又说，我亲眼看到的，我给征调来赶马车拉死尸，满沟趟子都是。我说，那不是因为螳臂当车吧？一定另有原因。他是个不善言辞的人，不作声了。那年我刚到东北，二十二岁。

我三十二岁那年，有一天从井下爬上来，觉得哪儿不对劲儿，抬头一看，山林一片光秃秃的，感觉像是到了冬天。不对，这应该还是夏天啊。低头一看，铺天盖地的毛毛虫正以排山倒海之势向煤垛爬上来。伙计们也一片惊叫声，哪儿来的？也许前几天就开始了，但谁也没有注意。现在毛毛虫们吃光了山林上所有的树叶，只想着向高处爬，以为煤垛上还有叶子。我骑上自行车就往家跑，到家是十里路，自行车轮子压

141

碎爬满路面的毛毛虫,一路噼噼啪啪响。从大道上开过的汽车轮胎都给染成了绿色。快到村子时有一个上坡,往常我都是一口气就登上去了,这些可恶的毛毛虫使我不得不下车推行。猛然间我想起螳臂当车那件事了,我多么想去跟史大爷道歉啊,毛毛虫真的能挡住火车啊!可是他已经离开人世多年了。当年一定是铁轨上爬满了毛毛虫,车轮轧上去直打滑,火车给这些毛毛虫硬给挡住了。它们前仆后继,日本鬼子们扫也扫不净,打也打不退,毛毛虫只管一个劲儿地往上爬,而且那段铁路又是上坡,火车理所当然地无论如何也爬不上坡去了,只好破釜沉舟和追上来的苏联红军死拼。

回到家,山上的毛毛虫们果然开始向我的园子里进军,我叫出两个儿子来,说道,你们想不想吃沙果?他们不知道怎么回事,互相望望。我塞给他们手里一人一根树条子,命令道,想秋天吃沙果,给我守住这条线,进来一个抽死一个,不准它们进园子一步!开头两个儿子很勇猛,啪啪地把那些毛毛虫一个一个抽碎,但是它们是打不退的,打死一批,又一批爬进来。打死它们渐渐变得不再好玩儿,两个孩子开始失去了兴趣儿,老大吼老二,打呀,你怎么打瞌睡?这是一种重复的动作,再过一会儿老大也没了力气。这段时间我在园子外拼命挖一条沟,放进水,企图截断它们前进的道路,然而这些可怕的小东西一波又一波奋勇向前,眼睁睁地看着它们越过水沟爬进了我的园子。疲惫不堪,我和儿子们都失去了战胜它们的信心。天黑时我宣布,算了,放它们进来吧。第二天早晨一看,沙果树都光秃秃的了,一片叶子也不剩。后来有人发现把树干绑上塑料膜它们就爬不上去了,但是,为时已晚。当年农村还没有现在这种胶带,如果有就能保住园子里的沙果树。

那是一九七八年或者是一九七九年的事情,我记不太准了。那一带山区方圆数百里一片树叶子都没留下,完全是一片冬天的景象,惊心动

142

魄，让人觉得像是一下子就到了冬天。在以前的几年间谁也没见过这种毛毛虫，毛长又粗，红黄相间，极其艳丽。我家养了二十多只鸡，但是爬进院子里的毛毛虫把鸡们吓得咯咯叫，根本就不敢去叨。我曾放进灶里烧掉它们的毛，试图让鸡来吃，也失败了。到今天我也想不通它们是从哪里来的，那么巨大的数量，总该有虫卵孕育吧？哪儿来的那么多虫卵？奇怪的是它们来得快去得也快，吃光了所有的树叶之后，一夜之间又消失了。还有，它们一片庄稼叶子也不吃，无论大豆高粱还是玉米的叶子都完好无损。当时大家以为山林都毁了，树林这一年不会长叶子，哪知道虫灾刚过，树林又长出了叶子。本来夏天树木是不会萌发的。不到十天，山林又恢复了郁郁葱葱的景象。

人类已经掌握了巨大数量的科学知识，认为总有一天我们会彻底揭开大自然的秘密，其实这只能是理想。我们今天所知道的仅仅是大自然的皮毛而已。

天才与恶棍——卡瓦拉乔

安德烈·贝恩－若夫鲁瓦评论道，坦率地说，卡瓦拉乔的工作标志着现代绘画的开始。

卡瓦拉乔出生于一五七三年，死于一六一〇年，也就说他活了三十七岁就死去。他的画家生涯仅仅十年多一点儿，但现代绘画就是从他开始的。

一六〇〇年，他是突然出现在罗马艺术圈儿的。罗马正在大建教堂。当时天主教堂需要一种新风格的绘画装饰教堂以打击新教的威胁。卡瓦拉乔的画有一种近乎物理上的精确和生动，又具有几乎是戏剧性的明暗对比，这种新风格，达到前所未有的真实性和灵性。耶稣教红衣主教看中了他的画，召他进宫。从此他就一直走红，从来不缺少资助人和崇拜者。当时的罗马城，红衣主教华丽的宫殿之外，游荡着肮脏的群众，有小偷、娼妓，这些人生活在没有希望也没有恐惧的社会氛围中。卡瓦拉乔就出现在这里，他干两周活儿就能挎剑大摇大摆逛一两个月，还有一个仆人跟着，从一个球场到另一个球场，总是准备争吵打斗，整天惹是生非，因此跟他在一起狼狈至极。

他并非生来就是个恶棍。因为瘟疫，他五岁时在一天之内同时失去了父亲和祖父。没有长辈的教导，他四处流浪。他没去罗马描绘经典绘画，如拉斐尔等。他不想，他在普通群众中，他只是睁大眼睛看，他几乎没正经地学过绘画，他从来不学素描。不按学理行事，不要精致美丽，给人以相反的感觉。他画的酒神是个病人，他手中的葡萄也不是好的，苹果有虫眼。他的人物与观者近距离，不高高在上。没有经典绘画中那种"安全距离"，而是向观者扑面而来。耶稣是一个活生生的凡人。圣母是邻家女儿而非神。他画圣马太殉教，他把马太不画作圣人而是一个普通的罪人，突出刺客而不是圣马太。耶稣让人的手指探进伤口里以示真实。在罗马没有人做过。人们被震撼了，强烈，刺激，真实，对力量的捕捉没有人能超过他。他画的神都有凡人的皮，透过外表直指内心。赌场中的耶稣，他不把耶稣强调出来，而是隐在暗中，只用一束光线照耀伸过去的一只手，恐怖混乱，狂暴。他总是把人物置于黑暗中，用一束光突然照亮他们。圣母升天本来是一种象征意义上的死亡，但他把一个死妓女打扮成死去的马利亚，开始作画，这样的画给周围人的感觉是真死而非会复活。

他是一个不折不扣的天才，但他同时又是一个不折不扣的恶棍。出了教堂，另一个卡瓦拉乔就出现了。他拔出剑，到处惹是生非，大叫着，我们要割了你的卵并煎了它！在酒馆里吃饭，因菊芋不合口味，和侍者吵起来，他抓起菜盘砸向侍者，并拔出了剑要杀了他。他和助手们经常辱骂别人，因为作诗诽谤他人而被判监禁，他厚颜无耻地在法庭上否认。他被判在家服刑，没书面许可不得离家。警官本来想放过他，他却狂呼道：爱咋咋地！于是又被抓起来。

他的模特儿莱娜是罗马美人，和帕斯卡隆尼相爱，卡瓦拉乔和帕斯卡隆尼大吵一架后，在一天晚上，卡瓦拉乔从背后袭击了他，他虽然被剑刺成重伤，但有幸逃出了性命。卡瓦拉乔在朋友和赞助人的帮助下逃跑了，逃到了马耳他。一六〇六年在马耳他又和托马索尼因一个女人决斗。托马索尼是剑客，相约在网球场决斗。没想到这个剑客却被卡瓦拉乔一剑刺中，倒在地下，面对受了重伤的托马索尼，他又举起剑，吼叫着刺下去。最终托马索尼因失血过多而死。卡瓦拉乔的资助人和朋友又帮助他逃跑了。法院在缺席的情况下判卡瓦拉乔谋杀罪，斩首，并悬赏只要取得他的首级的人就可以用篮子提着来领赏。但他逃出罗马到了那不勒斯，警方和想领赏的密探都找不到他。在那不勒斯，这里的人都很喜欢他，他受到了赞助人的庇护。在这段短暂的安稳时间里，他画出了牧羊人大卫提着他杀死的嗜杀者歌利亚头颅的那幅名画。而这个被大卫提着的头颅就是他自己的画像。可以理解为他在忏悔——我把头颅都交出去了，总会得到原谅吧？这段时间内他的画作充满了悲天悯人的情感。一六〇九年他又在那不勒斯卷入另一场争斗。有人要取他的性命，他只好又逃亡。易怒、拔剑、狂吼、奔逃，是他的整个生活。

在圣约翰骑士团的庇护下，他又获得了一个创作时期，他创作了《施洗者约翰蒙难》这幅名画。这是一幅几乎跟电影银幕一样大的巨幅画，画面上施洗者被一个身体健美的杀手按在地上，这个杀手握着利刃正在割下约翰的头颅，而旁边有一个美丽的少女手捧带有百合花纹饰的金碗，准备接受约翰的头颅。这表现出了双重的残暴。最让人费解的是卡瓦拉乔在画上的签名，他把他的名字写在约翰的血泊中。这个签名仿佛在血泊中呼喊着，制止暴力，制止暴力！卡瓦拉乔要赎回自己，制止暴力。

骑士团是一个有着巨大权力的组织，卡瓦拉乔在这里又因为攻击一位骑士团的团员而被投进了监狱，但是他又逃跑了。途中他在客栈又与人打斗被打得遍体鳞伤，他打算回到他的故乡，要去波多黎各取回他的一些画作。他沿着海滩向北奔逃，这段路有一百多里，他没命地跑啊跑啊。最终，精疲力竭地倒在沙滩上。而此时，教皇的一个侄子为他取得了赦免，他却一无所知。大海的波涛汹涌呼号着，一个永远在灵魂与肉体中挣扎的天才停止了呼吸。这天是一六一〇年七月十八日。

啊，土炕，土炕……

我很喜欢汪峰的《北京，北京》。

躺在炕上看着窗外铅灰色的天空，几棵杨树的疏枝凝然不动。把手中的《战争与和平》放下，整个冬天我都是白天这样躺在炕上看书，夜里躺在炕上睡觉，几乎哪里也不去。汪峰在《北京，北京》中说他在北京活着也将在北京死去，我大约就是要在土炕上出生，在土炕上死去了。从古到今，北纬三十四度线以北的中国人大部分都是和我一样，在土炕上出生，在土炕上死去。我的土炕和汪峰的北京相比，面积不可同日而语，却实在得多。

不只是中国人，朝鲜人也睡土炕。朝鲜人的土炕比汉族人的土炕大得多，一进房间整个地面都是炕，全家人在同一个土炕上睡觉（有纸门做间隔），而且还可以在土炕上跳舞。真的，我见过很多次朝鲜人的家庭舞会都是在土炕上举行。现在大部分新建楼房是采用地暖供热，也就是把暖气管子全部铺设在地板下面，比墙挂暖气片好多了。我看就是采用了朝鲜土炕这个办法。

庞贝古城大家都知道，公元七十九年维苏威火山突然喷发，把整个城市给掩埋了，两千年后挖掘开六米深的火山灰，发现了这座被人遗忘的城市。比较完整的是一座妓院，一个个狭小的房间里，所有家具已经荡然无存，唯余土炕。数千年前，那些年轻的女孩子就是在这些土炕上接待她们的顾客的。远在中国的东汉，意大利人就睡土炕！

库图佐夫大战拿破仑，那个决定胜负的重大军事会议，就是在一户农家的土炕上召开的——决定放弃莫斯科。俄罗斯人也睡土炕。

也只有在北大荒那样偏远的地域才能有远古的村落遗址保存下来。考古专家们测定，大约距今有四千年了。我站在那个远去的古村头，看着先人们一个个半地穴式的民居，烟熏黑的地方显示着土炕的轮廓。土炕历史悠久，远在石器时代就已经使用。今天人类进入了互联网时代竟然还在使用，可谓千古不变。

每天每天，我都是一成不变地躺在土炕上看书，哪里也不想去，连门都不出。相对的只有天空上那几棵杨树的疏枝。它们是唯一的风景。我读到安德烈伯爵死而复生后出门看见春天的树木时，忽然觉得什么理想、抱负，都烟消云散了，只有眼前的一切才是真实的生活。我感触良多，这冬天的天空和天空上的树枝凄美无比，让我又悲凉又舒服。我幸福地躺在土炕上。

我在土炕上欢笑，我在土炕上哭泣，我在土炕上出生也在土炕上死去，我在土炕上祈祷，我在土炕上迷惘。我在土炕上寻找，我在土炕上失去。如果有一天我不得不离去，我希望人们把我埋在土炕里。在这土炕上我能感觉到我的存在。

托尔斯泰的困惑

托尔斯泰在他的《战争与和平》里说，不能想象一个人或数个人的意志能驱使几十万甚至上百万人在战场上互相厮杀。但是他用了长达九十七万多字也未能给出一个确定的答案，战争的起因和最终的动力到底是什么他没弄明白，显然不可能是那么一个人或几个人的能力，无论这个人的能力有多么大，他都做不到。战争的起因，我们这一代人从小就被教导说是阶级斗争，还有一个说法是帝国主义和资本家为了争夺土地和财富而发动的战争，这都说得通。但是具体到参与战争的，在战场上执行的每一个人就难以令人信服了。无论古代战争还是现代战争，如果认真地去统计一下死去的战士，就可以发现他们都来自同一个阶级，也就是最底层的那个阶级，这显然不能说他们互相残杀是因为阶级的斗争。我们曾经被教导说杀敌人就是要报阶级仇，当你面对一个敌人时你能判断他是属于敌对阶级的吗？恰恰相反，只要稍动脑子就能知道他和你一样，都是穷苦人，是同一个阶级。帝国主义和资本家为了自己的利益而发动战争，这极有可能，他们想打仗，特别是那些军火商，据说他们就是为了卖枪炮赚钱发财而发动了战争。但是他们并不上战场去亲自打仗，具体到每一个在战争中的执行者，他们总不会为别人发财自己去送命。没有人会为了发财去打仗，那将得不偿失；没有人会为了仇恨去打仗，因为你面对的将是一些完全陌生的敌人。如果真有一个上帝，他拿着放大镜来观察地球上的这些最高等的动物，他也会感到困惑，这些小东西为什么会自相残杀？是疯了吗？

如果托尔斯泰晚生一百年，认真地读一读洛伦兹的《攻击与人性》，他就会有所领悟——噢，原来是这么回事。托尔斯泰是作家，是哲学家，是思想家，但他不是动物学家。动物学家洛伦兹从动物身上发觉了战争的根源——动物的攻击性。我们不能不感到沮丧，原来我们人类进化了这么多年，仍然没有脱离动物的本能。

同种之间的攻击性是物种生存的本能，为的是扩大它们的生存空间。你想，如果成千上万的同一种动物挤在一起生活岂不是要饿死？把咱们的种子天南地北播撒开来遍地都是子孙，生存的概率自然就极大地提高。这在植物的生存中也是常用的策略。但有些动物出于生殖的需要和生存安全的需要又必须有一个适当的群体，如鸽子、沙丁鱼、绵羊、麻雀等。解决的办法是在这个群体之内它们又形成了一种相互之间的仪式，相互承认，并且增加了感情，一旦外来群体的动物入侵，大家就齐心合力地攻击。我想，让士兵没完没了地齐步走，操练，就是一种增加亲密感情、互相信任的仪式。战友之间的感情胜过所有别的什么"友"，如学友、病友、牌友、酒友、难友的关系，就是因为成天在一起生活操练的结果。

动物的攻击性存在于我们每一个人身上，它使我们勇敢进取，生机勃勃，但也产生了战争的灾难。我亲眼见过我们人类身上这种动物性的攻击本能，那是在北戴河海滩上，一群战士攻击了一个冒犯了他们的人，那个人已经完全失去了防卫能力，他双手抱着脑袋跪在沙滩上，战

151

士们争先恐后地一齐对他拳打脚踢。这群战士有二三十个，对方只有一个，但大家都有击打他的热情。好在都是赤裸裸的连鞋也没穿，不致重伤于他。好笑的是有一个小战士因为来晚了，大家都散去他才赶到，只好独自跑过去踢了那人两脚。踢过之后有点儿后怕，因为那个人远比他强壮，他又飞快地跑掉了。那挨打的人穿上衣服，原来他是一个警察。差不多是大水冲了龙王庙。

我亲身感受到自己身上的这种攻击性是在"文化大革命"中，那时我已经离开学校了，哪个派也不是，但有一次看到了两派红卫兵在街上相遇了，一方只有三四人，而另一方有三四十人吧。优势的一方极力想挑起战斗，他们朝对方辱骂，吐唾沫，扬沙土，而劣势一方的那三四个学生只是打不还手骂不还口，极力忍让。我清楚地记得我认识的一个学生用手抠掉耳朵里的沙土，只是嘴里说着，我们不跟你们计较，你们是受蒙蔽的。奇怪的是我，当时我激动得心跳剧烈浑身发抖，只盼望他们打起来，自己好插上一把手儿。

攻击性需要发泄，于是就有了体育竞技。其实人的攻击性随处可见，为什么喜欢看拳击？拳击手一场能获得几千美元的报酬，是所有体育运动中最高的，因为那是最直接的攻击。足球是所有球类运动中最受欢迎的，就因为它是所有球类运动中攻击性最强的。

我一位亲身在战场上拼过刺刀的长辈跟我说起拼刺刀的情形，他说当时杀红眼了，心里什么念头都没有，只想向前冲，向前杀。要说什么阶级仇恨，根本就没想。死都不怕了，当然更不可能想到升官发财。战争的具体执行者就是这样的人。十五岁的少年罗斯托夫在战马上挥舞着军刀向死亡冲锋的时候，只是为激情、为攻击本能所控制，什么也没想。

外国的月亮

　　朋友的那句话对我影响颇大，他说，外国的月亮不一定比中国的圆，但外国的小说却一定比中国的好。从此，我读外国小说总在挑剔，读着读着，脑袋里就不由得出现一些中国小说中类似的章节进行比较。巴尔扎克是恩格斯最推崇的小说家，但在读他的《人间喜剧》时，那些烦琐而冗长的场景描写总是让我不得不跳过去，与之相比《红楼梦》里也有场景描写，但要简约得多，而《三国演义》《水浒传》里几乎只有一句话。可以感觉到，巴尔扎克在努力地"再现典型环境"，对于我这样的外国读者来说实在难以忍受。特别是当他一个接一个地设计了高老头儿两个女儿对父亲冷酷的情节时，让人感觉到小说家太过用力了。两个女儿在高老头儿濒临死亡时看都不去看一眼，而且父亲死后都不去送葬，而让那些与他无关的客房料理后事。这样的女儿有没有？肯定有，但绝非"典型"。而高老头儿直到临死都对如此绝情的女儿爱得那么深，毫无怨言，也显得太过"愚忠"。作者的用心太过。

　　巴尔扎克是最著名的批判现实主义作家，对当时的法国社会进行严厉的批判，毛病也就出在"批判"二字上。他认为金钱是万恶之源，借伏脱冷之口，把金钱的罪恶揭露得淋漓尽致。这不能不让人想起中国有一个时期，凡文艺作品中的坏人一定姓钱，名字一定要带上"财"或"富"。痛快是痛快，但总显得有点儿过。葛朗台一见到金子就疯了一样，眼睛放光，临死他也要眼睛看着金子，说，这样好让我心里暖和。咽气时拼命抓住牧师为他祈祷用的镀金十字架不放手，把大家都吓了一跳。精彩自然精彩，但总觉得有点儿过。不知道为什么，我反倒觉得贾敬对炼丹的痴迷反倒比葛朗台对金子的痴迷更自然，更令人信服。金子总还是一件真正珍贵的实物，比虚幻缥缈的"丹"要实在得多，巴尔扎克却不能让人感到更实在。巴尔扎克在这方面比曹雪芹差了一大截。对现实的批判，在曹雪芹那儿也有，对金钱的憎恶也如同巴尔扎克一样深恶痛绝，但是他不深入，站在一个更高层次上去阐述——平生金钱聚无多，待到多时眼闭了。拉斯蒂涅最后是对着巴黎说"现在咱们俩来拼一拼吧"，曹雪芹是"落了片白茫茫大地真干净"。无论从哪个方面来说，曹雪芹都要更超脱一些。曹雪芹对现实是逃避，曾经饱受我们批判，巴尔扎克对现实是积极地批判，正对我们革命斗争的口味。然而，批判就要站在一个完全正确完全把握的立足点上，很难，这样，误判就是不可避免的了，而无奈地批判自然就可以避免许多错误。以今天的眼光来看，巴尔扎克并不比曹雪芹高明多少。你能说《人间喜剧》比悲剧的《红楼梦》高明吗？

《战争与和平》公认为是长篇小说不可逾越的高峰，但《三国演义》的战争故事远比《战争与和平》要精彩。当然用那种行话来说《三国演义》里的人物是扁平的，而《战争与和平》里的人物是圆形的、立体的，但用故事的精彩来弥补完全可抵消。

中国小说的想象力是世界任何国家的小说都无可比拟的，不用说《西游记》是所有外国幻想小说都不能比的，就是《封神演义》里那长着翅膀的雷震子、荷花身子的哪吒、三只眼的杨戬、把脑袋抛上天空再唤回来的申公豹，都足以让所有外国作家们惊叹。契诃夫和莫泊桑是世界短篇小说大师，把《聊斋志异》和他们的小说集放到天平上你不会看到一边倾的现象。

朋友的那句话加上一个限定词才能成立，那就是，外国的月亮不一定比中国的圆，但是外国的小说一定比中国"现代"的小说好。

为什么他们要抵抗？

　　很多年前，朋友们闲聊，其中一个忽然说，要是日伪统治到今天，东三省肯定要比现在发达得多……语惊四座，这是典型的汉奸言论！其时，大家都愣了，但没有一个人立即反驳，因为他说出了当年的事实。那时候东三省的铁路是日伪时修的，工厂是日伪时建的，桥梁是日伪时架的……我们的工厂甚至都制造不出一把像样的镰刀和镐头。在农村谁家有日伪时留下的一把镰刀就成了传家宝。我当年刨煤时用的就是日伪时留下的镐头，都磨秃了还在用，咱们自己锻造的镐头根本就没法相比。我总是反应迟钝，其实我想说，就算日伪把东三省建设成美国，他们——也就是我们的上一代，当年也应该抵抗，而且非抵抗不可！我的这个信念不是来自于官方的宣传教育，我是来自于自己的亲眼所见。

　　我参观过日本七三一部队在哈尔滨平房区以活人培育细菌的遗址，我参观过双鸭山或鹤岗的万人坑，当时给我的震动都不大，真正给了我震动的，让我有了这个信念的是老城子沟劳工坟。那天刚吃过早饭，文管局的人跑进我的办公室说，孙县长，老城子沟发掘出一处劳工坟，你去不去看一看？本来我挂职就闲得无聊，爬上他们的吉普车就去了。黑龙江的十一月本来应该是冰天雪地，那年的冬天却暖和得出奇，刚下过一场小雨，山路泥泞，吉普车一路跌跌撞撞，司机摔跤似的和方向盘搏斗，好不容易才爬上了一片荒岗。有雾，像棉絮般缠绕在榛丛上，缠绕在蒿草上，看不清这片劳工坟地有多大，放牛的老头儿说有一千多座。掩埋得很浅，仅有二十公分的土层。发掘开了二十二座，文管局的人说，从牙齿上看，都是二十到三十岁左右的年轻人。我的眼睛盯在一具壮大的尸骨上呆住了，可以想见这是一个强壮的青年人，但是，他没有脚！从膝盖以下胫骨那儿给齐齐地截断了。那整齐的断茬说明是用锯锯掉的，当时肯定没有麻药，也不会有电锯，而是手工就那么一下一下地拉着。我想到了这个人痛苦的样子。文管局的人告诉我说，这样没有双脚的有四具。为什么要把他们的脚锯掉？只有两种可能，一种是因为他们的脚冻坏了，不得不锯掉，一种是因为他们逃跑给抓回来，锯掉双脚，以儆效尤。大家议论了半天，没有定论，这两种说法我直到今天也无法断定哪种正确。这不是一个军事要地，很多村民都见过附近曾经有一个关东军的粮库，这些劳工就是装卸工。他们都来自吉林省榆树县，日伪当年所有的工程都用异地劳工，防止他们逃跑。榆树县的这些劳工一去不回，仅仅三五年都被折磨死。东宁县前县委书记孙永岱跟我说，当年日伪把农村的男人都统一编号儿，抽调劳工就按号儿来，他也给编了号儿，当时刚刚十多岁还没轮到抽调劳工。一个粮库就能死上千劳工，关东军在东宁县庞大的军事要塞、四通八达的公路网和铁路线要死多少劳工谁也说不清。那天，站在那片荒岗上，我想象着这些鬼魂在月夜之下聚会在一起，思念着家乡，思念着亲人，他们一定会为当时的顺从而后悔万分。他们都是日伪治下的"良民"啊。我想到我自己，如果我早生几十年，这些劳工中极有可能就有一个是我。

我的山东故乡不属于伪满洲国，属于沦陷区，我见过母亲年轻时唯一的照片就是她在良民证上的指甲般大小的照片。我们那个地区属于日本人的治安模范区，曾经有大批的父辈当过二鬼子。法不责众，以致后来凡当过国民党兵的都是反革命，而当过二鬼子兵的都是贫下中农。我当年的生产队长就当过伪军小队长，九十五岁的他仍旧健在，只是耳朵聋。他感叹道，日本人最操蛋的是动不动就把你抓宪兵队里去……可见他即使当伪军小队长也并不受信任，宪兵队里肯定吃过苦头儿。还有，他的岳父有一年夏天正在地瓜地里翻瓜蔓，一颗子弹不知从哪里飞来击中了脑袋。我的对门邻居也当过二鬼子兵，已经去世。那是个冬天，生产队搞深翻地，休息时我们坐在背风的崖下晒太阳，他眯起眼睛回忆道，小日本子那枪打得就是他娘的靠！他说，那天他和一个日本兵在土围子上站岗，日本兵忽然指着远处小路上一个正担着担子走路的货郎让他看，日本兵端起枪来瞄准……我这当过二鬼子的对门邻居说，当时足有二里地远，还隔着高粱地哪，忽闪忽闪的，叭的一枪，那货郎就飞起来了，真他娘的打得靠！我听得入迷，过后才想，那货郎家的老婆孩子正等他回家呢。

官方的参观宣传在某些时候总是苍白无力，只有亲眼所见、亲耳所闻才能震动你的灵魂。用不了多久，也许会有人认为当年我们的父辈的抵抗毫无意义。要知道的是，今天我们所见的日本军国主义是战败后的日本军国主义，今天的日本国体是经过了麦克阿瑟脱胎换骨改造过的日本国体。如果是战胜了的日本军国主义，何止要凶恶千万倍！如果我们的上一代不抵抗或是抵抗失败了，今天轮到我们这一代，仍旧是要抵抗，除非你甘愿像猪狗那样活着。

伟大的逃兵

　　表弟杨风有二分之一的日本血统，他的父亲是日本人。半个多世纪前，我一位本家姑姑做出了一件让我们整个家族蒙羞的举动，她嫁给了一个日本鬼子。素无来往，偶然的机遇让杨风和我住到了一个城市里，有一次文艺界开会，闲聊谈起竟然是亲戚。但他从来就回避血缘这个话题，甚至日本这两个字都是我们谈话中所忌讳的。我想，这是他们一家人都忌讳的话题——他父亲是个逃兵。在任何时候，逃兵就意味着贪生怕死，意味着背叛、胆小、懦弱、可耻……年前说起来，他的父亲，也就是那个逃兵已经九十三岁了，活在这个世界没多少日子了，那位姑姑在世时我就没见过这位姑夫，我忽然决定今年去给他拜年。

　　今年的春节是历年来最暖和的一个春节，大年初一阳光明媚，没有一丝风，走在大街上有一种真正春天了的感觉。杨风家在三楼，也许是因为过年人多，根本就没关门，一进客厅就更是一派春天的景象了，挂一副大红的对联，阳台上一盆迎春花开得金黄灿烂，特别是一屋孩子，吵得天翻地覆。老爷子身穿紫色的唐装坐在一把仿古太师椅上，我上前问了一声，小姑夫过年好啊！老头子连连点头，都好，都好！瘦小，白

159

头，仍然是一副精干的样子，特别是他的那双眼睛几乎不像是九十多岁的人。老人一过九十岁即使视力正常也会眼球浑浊，他的眼睛仍旧黑白分明。就在我和他目光相对的那一刻，我忽然觉得这是一个具有了不起的大智慧的人。想当年攻打上海时的日本军队不可一世，士兵们个个气焰万丈，只有他一个人头脑清醒，毫不受嚣张氛围的影响，及早地认清了自己的命运。日本军队军纪严厉世所罕见，他竟然能不顾被枪毙的危险临阵脱逃，这是何等的勇气！我几乎是在一瞬间忽然改变了我对这位亲戚历年来的成见，他并非贪生怕死。

杨风领出一帮老头子，介绍说，这是大哥，这是二哥，这是三哥……我说，啊呀，咱哥们儿真不少，你们可真是一大家人啊。杨风说，你忘了咱还有三个姐姐哪，我们约好了今年大家一起来我这里过年，哈，天南海北都来了。

我挨个和他们握手，心里想，这可全是一个逃兵临阵脱逃的结果啊。据说当年进攻上海的那支部队后来又去了菲律宾，大部分都战死了。也就是说我眼前的这位九十三岁的老人当年即使不死在中国士兵的枪下，也极可能死在美国大兵的枪下。然而，他及早地逃跑了。

"贪生怕死"历来都是一个贬义词，这其实是大自然赋予我们所有生命的一种本能，有错吗？自己不怕死，也不让别人活，那就是当今的恐怖分子，你能说他们有一种优秀品质吗？

走出这个热闹的大家庭，外面阳光灿烂，我心里想，老爷子当年的临阵逃脱救了他自己，也少杀了许多中国人和美国人，同时，你知道他一人的临阵脱逃影响了多少日本士兵？如果当年哪怕有十分之一的日本兵像他一样，不，哪怕日本军队有百分之一的逃兵，也会溃不成军，那就肯定不会有"九一八事变"和"七七事变"，血战太平洋更不会发生。那就不会有中国人、亚洲人、美国人，甚至日本人后来的那场大灾难。他是一个伟大的逃兵。

杨风表弟和我有共同的爱好，下棋。当然也是同样地臭。他是一个书法家，留一部大胡子。

伟人与战争

　　好像是佛斯特说的，如果把《简·爱》比作一座精致的小房子，那么《战争与和平》就是一座宏伟的大厦。海明威相当自负，他说，世界上所有的小说家都不在话下，只有老托尔斯泰是他永远打不倒的。虽然有"文无第一，武无第二"的说法，但是托尔斯泰和他的《战争与和平》是无可争议的顶峰。诺贝尔文学奖没有颁发给托尔斯泰是诺贝尔文学奖的遗憾而不是托尔斯泰的遗憾。不知有多少曾经获得过诺贝尔文学奖的作家和他们的作品现在已经完全被人遗忘，而老托尔斯泰和他的作品至今仍辉煌地立在那里。我相信，瑞典科学院为当年没有颁发给托尔斯泰文学奖肠子都悔青了。

　　在《战争与和平》这部小说中既有宏大的战争场面也有缠绵的爱情故事，这样的两副笔墨都能达到极致，在别的小说家那里几乎是不可能的。这些都不去说它了。又一次读完这部小说给我的冲击却是托尔斯泰的三句话：一、伟大的人物在战争中的作用其实是微乎其微的。二、历史上所有的战争，没有一场战争是按照计划进行的。三、伟大的人物在历史的浪潮中位置既不在前锋也不在后面，而是处在中段。

"伟大的人物在战争中的作用微乎其微"？这与我们一贯的观点完全相反，我不知道"微乎其微"在俄文中是如何表达的，译文中我记住了，确实是"微乎其微"。那么，中国历史上的战争伟人如管仲乐毅、孙武孙膑、诸葛亮刘伯温不都是有一个就能保证百战百胜吗？特别是在《三国演义》中，只要有一个类似赵云那样的大将，你就是有百万雄兵也要被杀个落花流水。现在想来，那全是说书艺人为了省力，说起来方便，我们被误导了。这风格延续到了今天的电影电视剧，在伟人的指挥下，大刀比机关枪厉害，飞镖比子弹还快，图热闹而已。托尔斯泰笔下，伟大的拿破仑是个矮胖子，最大的本事是撒谎。而打败他的俄罗斯统帅库图佐夫也英明不到哪里去，年事已高，成天昏昏沉沉打瞌睡，唯有见到漂亮的女人才能打起精神，眼睛发亮。他的所有战略战术就是尽量避免和拿破仑硬拼，能拖就拖。托尔斯泰那里，战争中没有伟人，不管是攻打俄罗斯的拿破仑还是保卫俄罗斯的库图佐夫，全都没有一点儿过人之处。身为俄罗斯贵族的托尔斯泰应该有点儿爱国主义，但是没有。看不出他对拿破仑的憎恨，也看不出他对库图佐夫的热爱。在我们中国，历史上可曾有过库图佐夫这样的大英雄？他把横扫整个欧洲的拿破仑打得落荒而逃。岳飞、杨家将、戚继光，他们的英雄业绩与之相比黯然失色。如果要我们中国的作家来写，库图佐夫不知是多么光彩照人的大英雄。而亚历山大一世更是了不得的皇帝，当欧洲几乎所有的皇帝都匍匐在拿破仑脚下称臣的时候，独有他奋起抗衡，三次打败拿破仑两次占领巴黎。如此伟大的业绩岂是秦始皇、汉武帝、康熙大帝所能比的？如要中国的作家们来写，岂止是万岁万岁万万岁！

　　还是那句话，伟人之所以伟大是因为我们在跪着。

　　在战争是怎么打起来的这个问题上，我们也一贯认为是某个战争狂人发动起来的，如希特勒。托尔斯泰只用一句话就能把我们始终认为正确的观点彻底推翻，他说，很难想象一个人或几个人的意志能驱使几十万人甚至上百万人在战场上厮杀。是啊，即使是一群羊你也赶不动啊。对于为什么无冤无仇的几十万上百万人会在战场上进行你死我活的拼杀，托尔斯泰也并没有弄明白，他认为这是人类历史进行中的规律，无法避免。这一说法显然并不足以服人。

没有一场战争是按计划进行的吗？中国有一句众所周知的话——运筹于帷幄之中，决胜于千里之外。历史小说中是这样写的，军师授予某某三个锦囊，紧急关头打开一看，危局迎刃而解；今天的电影电视常有这样的镜头，伟大的人物在地图上画一道红色的箭头，军队就按照这箭头前进，接着就是胜利的锣鼓。用心想一下，实际情况不应该是这样的，打仗嘛，当然要有敌对的两个方面，双方当然都要进行周密的计划，如果战役按照一方的计划进行，那么对方岂不是白痴？托尔斯泰笔下的战争是一场混战，常常谁也不知道怎么胜的，谁也不知道怎么就打败了。这才是战争，这才是实际。军事史上说放弃莫斯科是库图佐夫坚壁清野的战略部署，要困死拿破仑，托尔斯泰认为是库图佐夫的无奈之举；军事史上说莫斯科大火是库图佐夫为了陷拿破仑于冻饿而下令放火烧光，托尔斯泰认为是拿破仑的军队做饭时不小心失火；军事史上说拿破仑战败是因为严寒和饥饿，托尔斯泰认为是在莫斯科缴获了过多的财物，法国士兵们个个成了财主，无心打仗，拿破仑指挥失灵。

打开百度百科"库图佐夫"的词条是：俄国卓越的军事家、统帅，被誉为俄罗斯的救星……托尔斯泰不承认库图佐夫是他的祖国俄罗斯的救星。某个伟人会成为一个国家或一个民族的大救星，那是古代神话，现代的历史资料仍旧如此标注就纯粹是捧臭脚。成功时把功劳归于某个人，失败时大家就把罪责完全推给他。

伟人在历史事件中所处的位置，我认为托尔斯泰说得比较中肯，俗语说，出头的椽子先烂，伟人如果处在历史的风口浪尖上当然就没有机会成为伟人。陈胜吴广起义，项羽和秦军厮杀，刘邦当皇帝，历史就是如此。

书中，托尔斯泰始终以高高在上的角度，以批判的目光俯视着这些历史上的伟人，对哪个也不尊崇，包括亚历山大一世，今天来看，他有这个资格。

魏 司 令

　　被岁月狠狠地踹了几脚后，我们这一帮人已经七零八落，剩下的也都少皮没毛狼狈不堪。已经开始上菜，赵兴举着电话说，魏司令说他没车，让咱们派车去接他。我说，什么狗屁司令，不判他刑就算他烧高香了，不要管他。赵兴当年曾经是魏司令的部下，现在有一个不小的企业，他曾给落魄的魏司令一个小厂让他管理，哪知不多时就让魏司令给弄得民不聊生。原来他造反那套叱咤风云的本事真正管企业却是狗屁不通。不多会儿，魏司令就自己走来了，可见他离这里并不远。这帮人中，当年他可是全县第一个坐小车的人，那时我们车毛儿都没摸过。全县就一台北京吉普，帆布篷的那种，归县委书记坐。后来县委书记被打倒了就归魏司令坐。头发是染的，下面露出了白茬儿，眼睛更见斜了，当年校体育队里我第一次见到他这双斜眼时，心里就想，这小子如果是头牛也会顶人的。我亲眼见过他打刘建东耳光，把刘建东从车上揪下来，反拧着胳膊架到台上，他上前左右开弓，啪啪就抽了两个耳光，因为是正对着麦克风，那耳光响亮得让人心惊。后来刘建东站起来时想找他算账，他闻风而逃，跑东北去了。

这个说，魏司令我敬你一杯，那个说，魏司令我敬你一杯，明知道大家不怀好意，还是来者不拒，嘴里咕哝着，本司令我当年……他当年并没做过大恶的事，但是，当他被打倒时，学生、教师，甚至连村民都把受的怨气发泄到了他身上，从四面八方赶来找他算账。即使被揪时他也有值得骄傲的，那么多做他的信徒的女孩子都甘愿为他做出牺牲，她们胳膊挽着胳膊紧紧地把他围在中央，替他承受着劈头盖脸的拳头耳光，一边还高唱着《国际歌》，那场面很是悲壮。

魏司令很快就嘴里呜噜不清了，不停地说着，但谁也听不清他说了些什么，很难说是真的还是故意的。忽然，他站起来绕过桌子向我走来，手里还端着满满一杯酒，对我说，少山，我敬你这一杯酒。我坐着没动，对他说，我不会喝酒。他说，你喝水，我喝酒。此时，我们已经心照不宣，当年，他曾说过我父亲是反革命，不过后来并没有采取什么行动。但我一直记在心里。我只好站起来喝了一口水。他一仰而干，又抓过我的手紧紧地握了握。可见他并没有真醉。

下楼时，他在前面，我身边的一个人忽然指指魏司令的裤裆说，你看。我一看，他的裤子下面都是湿的。我说，别，给他留点儿面子吧。

最近一次聚会，魏司令没来，我问了一声，赵兴说，中风了，来不了啦。我说，成天在酒里泡着早晚会有这一天。赵兴说，他牢骚着呢，总觉得现在什么都不好，就他纯洁。我说，我们这一代其实是被污染了的一代，不仅已经从舞台上消失，而且正在快速地从地面上被清扫干净。

我爱狗剩儿

　　在那个坚决要消灭阶级的年代，其实是更加严格地划分阶级，单是农民就划分了好多阶级，雇农、贫农、下中农、中农、上中农、富农、地主。工人划分为八个级别，叫作八级工资制。我们刚进煤矿的就连级别也划不上，叫作合同工，人身所有权归农村生产队，生产队叫我们干多久就干多久，所得工资还要交回生产队一部分。最累的活儿都是我们这些合同工干的，但是待遇最低。那些国家正式矿工我们都要尊称他们为师傅。煤矿工人就是出大力的，哪有什么技术？但是这些正式矿工我们既然尊为师傅，又是真正的工人阶级，就免不了要端起架子来。只有连生不是这样，连生是井下电工，他才是真正的师傅，但他好像从来就不觉得比我们高一个级别，和大家不笑骂不说话。他常常喝得醉醺醺的来上班儿，井下倒头就睡。按规定下井是坚决不允许喝酒的，但是他人缘好，没有人举报，队长也不管。大家都称呼他叫大舅哥，有时一见面就干脆叫声"我爱狗剩！"算是打招呼。狗剩儿是他妹妹，井下绞车司机，万绿丛中一点红，高大健壮，往你眼前一站你就会觉得热气扑面，特别是那一双眼睛，像猫眼一样闪着绿光，看你一眼会让你发疯。看见连生进门来，有人喊一声，一、二、三！大家齐声喊："我爱狗剩儿！"连生好像听不见一样，依旧笑嘻嘻地调侃着大家的外号，他差不多给我们每个人都起了一个外号儿。有时他惹恼了某个人，这人就会升级，把"爱"字换成"干"字，他照样不生气。

有一天，他忽然恼了，脸色铁青，举起明晃晃的电工刀骂道，谁他妈的再开这个玩笑，我就捅死他！原来，狗剩儿生了个孩子。在今天一定会有人不相信，她为什么不去流产？那年代人工流产是要有单位介绍信的。从此，再没人敢说"我爱狗剩儿了"。

肇事者竟然是合同工小胡！小胡是挂钩工，唯一天天和狗剩儿有接触的人。抓起来一拷问，供认不讳。大家愤愤不平，痛心疾首，好白菜让猪给拱了，其貌不扬的一个人。而且，已经有了两个孩子，连生的愤恨可想而知。他拿皮带抽得狗剩儿鲜血淋漓，狗剩儿只有三个字，"我愿意"。矿长也出面，只要狗剩儿一改口，就把小胡送公安局。但狗剩儿只有那三个字，"我愿意"。最后的解决办法是小胡媳妇抱来一只老母鸡，把狗剩儿的孩子抱回村里去养了。她不能让小胡去蹲监狱。

大家一直不解，以狗剩儿那样的女孩子怎么会看上小胡？后来我当了挂钩工，终于明白了。绞车司机不是人干的活儿，那种寂寞不是常人所能忍受得了的，八个小时，甚至十几个小时，只有一个人坐在那么一个狭窄的小洞里守着一台绞车，没人说话，不能动。她唯一的联系是挂钩工，虽然只有一根电线，三个信号儿，一停，二拉，三放，但可以表达你的情绪，比方说你生气了，紧按电钮不放，绞车司机那边电铃就一直吱吱地叫唤，让司机震耳欲聋，而且白光闪烁耀眼欲瞎。同样，绞车司机也可以通过这根粗大的钢丝缆绳表示自己的情意，她这边缓缓地起动，钢丝缆绳慢慢抽紧，欲语还休，坐在钩头上的挂钩工自会感觉到那边的绵绵情意。如果她突然起动，钩头一跳，差点儿把你绷下来，你就知道她在耍小脾气了。

夜里忽然梦见了狗剩儿，重回了一回年轻时，唉……

我的三套车

大家都很熟悉这支歌儿——冰雪覆盖着伏尔加河，冰河上跑着三套车……

在《近卫军临刑的早晨》这幅油画上我又见到久违了的三套车。中国的马车从秦始皇的铜马车到电影《青松岭》的主题马车都是两个轮子的，一直到今天马车消失，好像都没有发展成四个轮子的马车。两个轮子的马车相对小，一般只有一套或者两套。当年我赶的车就是四个车轮的三套车，因为那个地区紧邻俄罗斯，那里的马车都是三套车。画上三套车的车轮上沾着新鲜的泥土，表示经过了长途跋涉，从遥远的地区赶来，车轮上那铁瓦让我感到非常亲切，几乎想伸出手去抚摸。银灰色的铁瓦由于长时间在地上滚动磨得发光，逼真得能让人产生错觉，这种质感只有油画能够达到，中国的水墨画在这方面就逊色了。四只轮子的三套车跟现在的半挂重卡结构一样，前两个轮是转向，整个车身用一个铁栓插在前轴上。这种结构比两个轮的马车载重要大得多。

我的三套车是牛车。长套是一头雄壮的公牛，它特别巨大，而且体形引人注目，不像一般的牛那样大腹便便，它的肚子是紧缩的，像奔马

171

的肚腹。我赶着它所到之处立刻就会围上一群人来观看，大家一个劲儿地称赞，啊，好牛呀！呀，真他妈的壮啊！大约现在开一辆劳斯莱斯的也不会比我神气。边套是一头小母牛，没什么好说的，很调皮，总是把套索弄得一团糟，当它太过分时长套会一头把它给顶到路沟里去。在今天我最怀念的是那头老辕牛，我接手的时候它已经有些老了，也曾经是一头很了不起的公牛，但拉起车来脚步有些迟缓了。我跟队长说要求换掉它，队长说，你这样的新手，只有它才让我放心。

　　不久，进山拉木头就验证了队长的话，在崎岖的山路上，它立即瞪圆了眼睛抖擞起精神，一改平日那种昏昏欲睡的样子，坐坡，冲坡，拐弯儿，准确而敏捷，完全是凭着一种本能驾驭着四轮大车。有几次在千钧一发的凶险时刻它反应迅速，化险为夷。很多人翻车了，我的三套车安然无恙，不能不对它充满了感激。车到陡坡前，不等我的口令它就向上猛冲，有一次因过度用力两条前腿跌倒了，它就那样跪在沙石上用两只膝盖向上拉车，当时我被惊呆了，我并没用鞭子抽打，甚至都没有朝它呼喊，它就那么拼命地向坡上爬。这种三套车是没有刹车装置的，下坡时全靠辕牛用屁股坐住。在一片冰川上我滑倒了，快速滚动的铁轮眼看着要切上我的腿，我吓蒙了，似乎听见了咔嚓一声响。但是，车停住了，老辕牛拼命地坐住了车，它的四只铁掌在冰面上划了两道深深的沟痕。那一刻我躺在地上向上看着它，硕大的头颅在蓝天上是那么的雄伟庄严。

　　地下是皑皑的白雪，天上是一轮圆月，山林的夜晚寂静无声，只有老牛反刍时肚子里不时咕噜一下。我把手放在犄角根部感受着它的温热，这是牛身上最温暖的地方。它是我朝夕相处的唯一的生命，当年我也是独身一人。牛的寿命很短，也就是十年左右。这头老辕牛已经有了足够的生命经验，它不再像年轻的牛那样急着往前赶，它知道前面没有什么迫切要到达的目的地，它只想走稳眼前的每一步。它的生命和我的生命仅有过短短三年的交集，我如今也走到了它当年的路程上。生命就是这样，没必要急于往前奔的，迟早都会到达同一个地方。

春天的树林里似乎空气都被染绿，新叶总是散发着一种苦涩的清香，三套车的四只铁轮在深深车辙里缓慢地滚动着，在三套车所到之处，大地都要被它的铁轮切割上两道无法愈合的伤痕。三头牛拉着车穿过两旁的枝丫，向着不可见的林中深处行进，布谷鸟的叫声像棒槌一样捶击着山谷，我不再用鞭子催促老辕牛，任它迟缓地晃动着身体。

……有人在唱着忧郁的歌，唱歌的是那赶车的人……你看这匹可怜的老马，它陪我走遍天涯……

我读"二周"

　　曾经，一位老前辈对我说，周作人那汉奸可不是白当的，穿一身军装去医院慰问日本伤兵，那么小的个子还穿一双大马靴，咔咔的，多滑稽！

　　当年周作人忽然火起来的时候，我在读他的作品之前就告诫自己，可不要带偏见啊，千万不能因人废言，汉奸一样可以写出好文章，比如说胡兰成。但是读完之后我感到奇怪，好在哪里呀？一篇散文我还读不懂？后来又读过他的一些文章，不能说不行，但绝不能和鲁迅相提并论。

　　军政府枪杀女学生事件，周作人也写了一篇纪念文章，这不可避免地就会让人拿来和鲁迅的《记念刘和珍君》相比较，也就是一篇平常的纪念文章而已。鲁迅那种悲愤的情绪一点儿也感觉不到。我对自己说，这是性格的原因了，看来他的确就是一个性情平和的人，不像其兄那样容易有激情。但如此惨烈的事件，写文章嘛，总是要表达一点儿情绪的，像这样的纪念文章让人读了如白开水还不如不写。

　　鲁迅的《社戏》是选进中学课本的，大家都熟悉。巧了，周作人的《乌篷船》同样是写故乡的，也写到了绍兴乡下的船，也写到了庙戏，俗语说，不怕不识货，只怕货比货，放在一起读一读，你只会觉得周作人的《乌篷船》是一篇很精致的乌篷船的说明文罢了，与《社戏》放在一起，它不配。

我手边有一个《散文精品》选本，精选了"五四"以来所有文学大家的作品，直到我们身边的当代作家们，不可谓不全，不可谓不精。选了鲁迅两篇，郭沫若一篇，周作人四篇！可见那个时期周作人之盛。今天再来翻翻，无话可说，唯有一声叹息。似乎是为周作人多年受冷落来抱不平，所以要多选上几篇。当年，老先生们写文言文已经习惯，写白话文倒成了一件很别扭的事情，据说周作人开创了一种欧化的白话文体，也许在当年周作人这四篇文章明白如话，真的是精品，但在今天看来，真是平常而又平常了。如果夹在中学生的作文里，老师会批上——表达清楚，语句通顺。别的就不会有了。如果把鲁迅这两篇《野草·题辞》和《秋夜》同样放进中学生作文里，问题就有了，有的老师会批上语句不通，表达不清楚。甚至会找来学生，指着"……墙外有两株树，一株是枣树，还有一株也是枣树"对他说，你直接就写成一句，墙外有两株枣树不就得了吗，为什么要这么啰唆？而有的老师会吃一惊，找来学生问，你这是从何处抄来的？或者，因为没读懂而拿着去请教造诣更深的语文老师。

周作人与鲁迅相比，不在于他当汉奸，不在于性格的不同，也不在于情怀的高下，而在于才华，这是天生的。……当我沉默着的时候，我觉得充实；我将开口，同时感到空虚……过去的生命已经死亡。我对于这死亡有大欢喜，因为我借此知道它曾存活……天地有如此静穆，我不能大笑且歌唱……这样的句子周作人一句也写不出。特别是——在我的后园，可以看见墙外有两株树，一株是枣树，还有一株也是枣树……读

175

这句的时候好像看一幅电影镜头，一株枣树缓缓地摇过去了，又一株枣树又缓缓地摇过来。记得第一次看到梵高的《蓝色的蝴蝶花》时吓了一跳，只觉得那些花叶像蛇一样在摇曳着纠缠着向上生长。死盯住用力去看，也不过就是一些色彩和线条，甚至有些笨拙。对色彩和线条的这种感觉，仅此一点，梵高就是一个伟大的画家。鲁迅的有些句子拆开了来看，很平常的几个字，组合起来却产生了莫名其妙的感觉。文字语言这种感觉，仅此一点，鲁迅就是一个伟大的文学家。

再重复那句话吧，不是说周作人不行，而是说他不能和鲁迅相提并论。

和一位理科博士通话，他说，中国人的思想如果少了鲁迅，不会是现在这个样子，或者说会少了一些东西，如果少了一部《红楼梦》，也就是少了一部书而已。

这是从"理科"角度来看鲁迅。如果少了个周作人呢？

我所认识的李信鹤

　　十二岁那年我得了一种怪病，直到今天我也不知道那是什么病。那天我正撒着尿，忽然腿痛得裤子都提不上了，我哭起来，母亲把我弄进屋里。从那天起我的右腿就再也伸不开了。那时我们住在别人家里，一九五八年"大跃进"，有人到我们家里说这里要建工厂，你家搬走吧。爷爷说，还搬什么，我们走就是。共产主义嘛，所有的东西都是公共的，家具也都扔下了，连做饭的锅都没带走，吃饭有食堂。今天的拆迁兴师动众，当年就这么简单，连一纸通知都不用，口头告知一声就行。我家原来就是今天的东佳集团大门那儿。从那天起我就躺在土炕上动不了，好像也吃过药打过针，腿就是弯曲着伸不开。后来好像不太痛了，出门上街时扶着墙，出去正好用右腿跳着，回来就困难。大约有半年时间我就这样躺在炕上活着，有时候也看小伙伴们在街上玩儿。父亲那时被弄到青岛炼铁去了，家里只有母亲和爷爷。本来弟弟就是腿有残疾，我又成了一条腿的孩子，爷爷和母亲的忧虑可想而知。终于把父亲叫回来了，有人告诉他说薛家庄有个叫李信鹤的人看病很好。我一直认为此人叫李新河，多年之后看到《胶南县志》才知道他叫李信鹤。十二里

177

路，是父亲把我背到薛家庄的，那时不仅没有公共汽车，连一个自行车手推车都找不到。回来时父亲实在背不动了，正巧有一辆过路的马车，央求下，答应把我放在马车上，我记得很清楚的是那马车上拉着一匹死马，死马嘴里冒出很脏的泡沫，弄到了我身上。

李信鹤那时就已经是个老头儿了，在我的印象里他的模样很像齐白石。到今天我也没见过他的相片，无从知道他的真实模样。他说话慢声细语，很斯文的样子。看过我的病后，向他旁边的一位军人说，这孩子得的是某某风。是什么风我没听清。旁边的那位军人是军医，当时薛家庄有一个师的驻军，这位军医是他的学生。这位军人离开的时候，李信鹤对父亲说，他识药，但不识病，指的是他的学生。李信鹤嘱咐我说，你喝药的时候一定要咬紧牙，这样……他示范给我看，要从牙缝里喝，里面有干长虫（蛇），别喝进刺去，喝完药最好发汗。那药气味极难闻，喝上之后，半夜我一声大叫，我的腿伸直了！我的腿伸直了！爷爷和父亲母亲都来看，果然是伸直了。已经半年没伸开过，我的惊喜，全家的惊喜，可想而知。但是天亮时，这条腿又蜷缩起来。我万分沮丧。第二次到薛家庄看病父亲好像是弄了一辆独轮小车，推着我去的。李信鹤看看我，早有所料地说，就是这样的，再喝一服才能好。

如他所说，我喝完第二服药果然完全好了。到今天这岁数，我唯一能比同龄人骄傲的就是两条腿，比他们都能走路。我对李信鹤感恩，所以要写这篇文章。后来听说他调到胶南县医院去了，年纪太大，每天限制他看病的人数。

我被中医治好过病，但我仅看过那一次中医。我不相信中医那套理论，湿、热、阴、阳、经络、黄帝内经。我常跟人争论，你说中医是骗人，不能治病，但我确实是喝中药治好过病，你要说中医是一门科学，我又确实不能苟同。我也常看网上那些争论文章，都是各执一词，有的说中医就是骗子，有的说中医治病疗效如神，只有一个人的文章我认为是中肯的。他说，中医学是一门两千年前的医学理论，两千年前的物理学理论是什么样的？两千年前的数学理论如何？两千年前的化学理论如何？两千年前的天文学、两千年前的地理学是什么样的？两千年前的天文学当然是太阳围绕着地球转，全世界都如此，两千年前的地理学在中国人认为天是圆的地是方的。同样，两千年前的医学必然也是谬误惊人。严格来说，中医这个概念就不科学。它不过就是一套两千年前的医学理论，并非中国所专有，人类都有过这样一个只靠经验，只能用植物等自然物质医治病痛的阶段。

只有李信鹤让我绕不过去，我无法解释他为什么没有 CT，没有 X 光透视，没有化验就能判断如此准确。如果说凭经验，哪个中医大夫没有经验？如果说是他特别认真，认真的大夫比比皆是。我只能解释他是一个异数。在那么偏僻的一个小村子里，既没上过专门的学校也没受过专业的训练，也并非是一种家传，为什么他就能非常突兀地走出来成了一个卓越的中医大夫？只能说他具有一种常人所不具备的对病症的敏锐的感觉，或者说是一个生物体对另一个生物体的感应。同时，又具有一种异乎寻常的对草药的思维逻辑，或者说是一种奇思妙想。毫无疑问，他是一个天才。在《胶南县志》上唯有一人因学术成就而入志，这就是李信鹤，这足以证明他的医术得到了公认。他可以说是百年一人，千年一人，胶南县最值得纪念的一个人。感谢王台镇修志，给了我一个了却多年心愿的机会。

我最像的那个人

　　我最像的那个人离去了。"姥娘门儿上随三代。"小时候母亲就常说，你很像你大舅啊。母亲比大舅大七岁，大舅几乎就是她抱大的。志愿军回国那一年，大舅照了张相。我二十二岁那年，也弄了那样的一顶军帽戴上照了张相，简直是一模一样。在这个世界上，大舅就是另一个我。小河边杨柳树，大舅在柳条下面挖土……我像大舅一样爱干活而不爱说话；我像大舅一样节俭得近乎吝啬；我像大舅一样爱干木匠活儿，但说实话，他的手艺不如我。

　　一九四六年，十七岁的大舅跟随大家一起到县里民兵集训，将要结束的时候，忽然宣布，前方吃紧，大家都不能回去了，全部入伍。当时临近过年，很多孩子都哭了。大舅说他没哭，他说，在哪儿过年还不是一样！好像是第二年，大舅他们就被俘了。哪承想这支敌人的部队很快又被我们的部队打败了，仓促撤退时他们这十几个俘虏就成了累赘，只能就地解决。黎明，拉到村外枪毙，经过一个打麦场，当时刚刚打完麦子，场园上堆满一垛垛的麦秸，这队俘虏在绕过一个麦秸垛时，大舅忽然一头撞了进去。慌乱间竟然没人发觉。我常想，这机灵劲儿我可没有，我总是遇事犹豫不决。不知过了多长时间，一个穿红衣裳的小媳妇抱麦秸做饭，发现了大舅。她告诉大舅，那些国民党兵都走了。大舅脱下军装，换了一件短裤头儿，戴了一个破苇笠，开始了漫漫回乡路。边讨饭边走，回到村里时已经不成人样子了。又黑又瘦，头发老长，浑身灰土，只穿一件小裤头儿。一进门，姥姥问，你是哪村讨饭的？村里又征兵时，大舅跑我们家躲着，姐姐说，她好像记得有一个男人坐在我家炕上。村里人说，既然老大不在，那就只能让老二去了。大舅想了想就回家了，他说，好歹我有些经验了，还是我去吧。于是他第二次入伍。大舅的运气真是不济，他又被俘虏过一次，但又一次逃脱。这次他觉悟提高了，主动归队。也不能说大舅老打败仗，孟良崮战役就是一个大胜仗。但是他从来也没讲过出色的故事，只要提起那次战役，他只有半句话，啊呀，那仗打得……说这句话的时候他咧着嘴，连连摇头，完了。一场大战他归结为半句话。

雄赳赳，气昂昂，跨过鸭绿江。他回来只讲过一件事，他们躲在坑道里，下过一场雨，山上冲下来的水都是红的。大舅这一生的运气很难说，如一颗子弹打穿了他的胳膊却没打断骨头，向外一点儿打断骨头，向内一点儿打进胸膛。只是他负过伤却不算是残疾军人。他立过一次三等功，因为他打下一架美国飞机。他当高射炮兵只打下一架飞机，于是我知道打飞机不像电影上那么容易。但是他说后来耳聋，就是那次飞机在他头上爆炸震坏的。近些年他耳聋得厉害，已经无法与人交谈。

大舅真正的坏运气是从六十年代开始的。大妗子得了帕金森病瘫在炕上不能起来，接着又得了精神病，犯了就嚷大家要杀她，成夜折腾，大舅连个安稳觉都不能睡，那点儿抚恤金就全都给她吃了药。每次他都愁眉苦脸地对我说，这是什么病呀？怎么总是治不好呢？八十岁的老人了还要天天伺候瘫在炕上的病人。有一次他恨恨地指着躺在炕上的大妗子说，二十五年了，整整二十五年了！要是有杆枪我真想一枪崩了你啊！但是只要有一点儿好吃的，他都要省出来给她吃。雪上加霜，表弟又得了肝癌，大舅的运气到了最低点。我找到民政局，我说，这太不公平了，一个退休的小公务员、一个退休的小学教师每月工资五六千块，一个当了十二年兵，打了五六年仗，流过血、立过功的老兵，每月只有不到一千块。他们说，要说贡献确实不能相比，可他是农民，国家政策就是这样定的，我们也没有办法啊。但是大舅很满足，他说，差不多一年一万块啊，国家对得起咱了。

春节后我去给大舅拜年，他说，好了，过了年了。年前他已经病得很重，他很怕死在过年期间，让大家都过不好年。八十八岁了，他满足了，果然几天之后他就死了。他一死，大妗子就不再吃饭，一个星期之后也死了。她知道没人伺候自己了。这原是大家都犯愁的难题，还是她自己给解决了。对于大舅的去世我没怎么悲痛，只是觉得这个世界上我很像的人没有了，有一种说不出的感觉。坟上的草长得很茂盛，没人知道下面是一种怎样的人生。

习惯大于血缘

独自给岳母守灵，泪如泉涌。我问自己，你爱她吗？当然不爱。那是为什么？

夜已深，大约是下半夜三点多钟，整个村子一片寂静，连一声狗叫都没有。炕上躺着岳母渐渐僵硬的遗体，我在地下给她烧纸钱，一张一张放在长明灯上点燃，等它烧成灰后再包成一个纸包。据说这就等于阴间的红包，她到那边用来打点一路上的恶鬼强盗等。我极力想忍住眼泪却更加汹涌，真正是鼻涕一把泪一把，把地下的纸包都打湿。我安慰自己，她已经九十一岁，按农村说法应该叫"喜丧"，我用不着悲伤。她自己就说过，这辈子知足了，死这事儿只是不好乐罢了……是的，在她的一代人中她算是活得时间最长的了，她姊妹六人，那些都比她要少活二十多年，如果不是在我家里她早就会死去，我尽到了赡养的责任，我不该这样流泪。她爱我吗？当然更谈不上，本来她就不是一个感情丰富的老太太，你想吧，她的丈夫早她十七年就去世了，接着她唯一的孙子、她唯一的儿子相继去世，她都能活得好好的，足见她是一个活得很麻木的老人。我为什么要如此涕泪纵横？自己实在也说不清。

去火化的路上，灵车在山沟里穿行，两旁开满了桃花梨花，间或还有玉兰花，绿树的嫩芽正在把山坡封闭，真是一个好时节啊。但我仍旧止不住泪水在脸颊上直流，这让我很难为情，我是跟她血缘最远的人，根本轮不到我流泪。这车上的人有她的两个女儿，有她的侄子，有她的外孙，有她的孙女，我却比所有的人流泪更多。我怕让他们看见，扭头向着窗外，几乎都不敢去擦拭。农村的灵车就是普通的面包车，当中停放着逝者的遗体，两旁坐着她最亲近的人，本来按习俗我是可以不去火化的，但我硬是爬上了车，我要去送她最后一程。当行驶到一个名叫陡崖子的小山村时，妻子说，娘啊，你的老家到了，你就最后看上一眼吧。听到妻子这一声呼唤，我差点儿哭出声来。我立刻想到一个山村姑娘在这里出生，然后长大，嫁到了外村，生儿育女，一年年地老去，现在停止了呼吸又途经这个小山村，然后再也回不来了。

在火化厂最后送行的时候，看着排队的这群人，我忽然心中大恸——只有我们才是真正的一家人啊！我找到悲伤的理由了，在所有的人当中，不管亲缘关系远近，老太太的离去其实都是无关的，他们回到家什么也不会感觉到。只有我、妻子，和她，我们这个三口之家破灭了，只剩两口了。十七年来，每当我回到家，那屋里就坐着一个老人，我已经习惯了。十七年来，真正是朝夕相处，每天都在。每天吃饭，我都要放好三双筷子三个碗，然后再叫一声，娘，吃饭啦。最近这十年，我们住的地方差不多就是荒郊野外，晚上我和妻子出去散步从来无须锁门，家里还有人哪！尽管她路都走不稳了。我们是那种老式的两扇厚重的大木门，散步回来，天已经全黑了，我们啪嗒一声响亮打开门，一推，屋里明亮的灯光照满院子，老太太端坐在炕上，这是我们家的守护神哪。从此以后，我们再也不能不锁门就外出了。时间是可怕的，它能把毫无血缘关系的人维系在一起，我已经习惯了她的存在。一旦失去将使我充满了悲伤。到了我这般年龄，已经不能适应任何变化，凡变化就意味着失去。不再有强烈的欲望，不再有迫切的需求，生活就是习惯。当习惯成为生活的全部的时候，任何改变都会让你恐惧。

习惯大于血缘，这从很多动物身上就能发现。当它们长时间地生活在一起形成习惯之后，其中的一个离去将会使另一个无法适应。它们是不知道血缘的。她的孙女和外孙，他们的无动于衷甚至使我愤怒。他们不但有着很近的血缘，而且都是亲身受过她的恩惠的。

先 验 论

　　我把康德的《纯粹理性批判》摊开来放在书桌上，意思是强迫自己读完它，但最终还是放弃了，我读不懂。翻看了目录，发现整本书讲的都是先验论，我不由得哑然失笑——这对我并不陌生，四十多年前我就批判过先验论。"文化大革命"后期，全国曾经发起过一场批判先验论的运动，时间很短，很快就过去了，大约今天已经很少有人能记得。那时我在一个公社小煤窑里挖煤，管工业的公社助理老冷要我们批判先验论，每个人都要发言。对这东西直到今天我也弄不明白到底是什么意思，我记得我苦思冥想的发言稿写的是：人类的所有知识都是从经验得来的，不可能有别的来源，世界上根本就没有什么先天的知识，根本就不可能有什么天才。并且我举了例子，如我们井下的轨道，只有你下去，在里面跑过，才能知道什么地方拐弯儿，什么地方有岔道儿，而且必须记住，这就是知识，不下井，不亲自跑一跑，你能知道？当时我是推车工，记住轨道对一个推矿车的矿工至关重要，弄不好掉了轨能急死你、累死你。老冷表扬了我的发言稿，我很得意，这可能就是我至今还记得先验论的缘故吧？

人类到底有没有不靠经验获得的、先天就具有的知识，在今天仍是一个值得讨论的问题吧？比方说小学生都知道地球围绕着太阳转，如果要从经验获得，那么当然就是"地心说"了，日出日落，我们不是天天都看到太阳在围绕着咱们的地球转吗？"日心说"怎么可能是由经验获得的呢？哥白尼不可能到太阳上经验过。爱因斯坦的质能方程如何由经验获得？他总不能像科幻影片里那样亲身去时空隧道里跑过吧？

回想当年我们批判"先验论"，不仅仅是荒唐可笑，更是可怕，他们竟然能把如此独断的理论渗透到我们那么偏远的地方去。那是一个边境线上的公社小煤窑，老鼠洞一般。现在电视上不是老说东宁要塞吗？就是那座山。日本人在山上挖工事，我们在山下挖煤，只不过中间差了几十年。当年我们挂在嘴上的一句话就是统一思想，他们有能力把他们的思想统一到边远的一个老鼠洞里，真是无孔不入，真是世所罕见。在那个年代，我从来不打防疫针，我隐约感到他们会发明一种药物，注射后让中国人都变成半痴呆。今天每当在电视上看到极端组织在毁坏文物古迹时，我就会想到当年红卫兵的"破四旧"，他们跑到集市上去强行剪老太太们的发髻，要把旧的东西从形式上到思想上彻底铲除。

"统一思想"曾经被我们认为是天经地义的，其实我们应该要求统一行动，却不可以要求统一思想。要干成一件事必须统一行动，而对思想则可以允许不统一，允许你想你的我想我的。

小　雪

父亲车祸意外身亡，小雪坚持要自己给父亲擦拭身体。五十六岁的石匠身体一直非常健壮。后来，少妇的她对我说，爸爸的阴茎真棒！我惊讶地看着她，四目相对，她的目光坚定神态庄严。三十多年后我仍然历历在目。

小雪不由分说把母亲硬拉到自己家里住下，然后她回去给母亲收拾衣物。母亲生了他们兄妹共八人，小雪有五个姐姐、两个哥哥，她最小。她发现母亲在一个"好好学习天天向上"的旧学生书包里藏有一百多封信，都是没拆开的，收信人薛玉平。这老太婆好狠啊，原来她把三姐的信全给扣下了！小雪守着摊在面前的这些一封封发黄了的信件咚咚心跳。她拆开一封看了下，写信人叫刘志刚。最后一句话是，玉平，我知道你不会理我了，但我还是忍不住要给你写信啊。这老太婆心也太狠了！小雪全明白了。

小雪和一帮不到十岁的女孩子每个星期天都到山脚下剜菜拾草，一队打山洞的战士从小路上走过，她们就扯着嗓子齐声呐喊，解放军叔叔好！解放军叔叔好！班长就从挎包里掏出一个馒头，每人掰一块分给她们。已经十五岁的三姐，远远地站着看，从不近前来。有一次小雪悄悄地掰了点儿要塞给三姐，三姐却恶声说，馋鬼，噎死你！有一次，三姐还是那么远远地站在山坡上看着她们喊解放军叔叔好，突然有一个小战士从队列里出来，跑上山坡去往三姐怀里塞了一个馒头回身就跑。姐姐三口两口就吞下去半个馒头，小雪眼睛盯着她手里的那半个，指望三姐能分自己一点儿，哪怕一口也好。三姐却把那半个塞衣兜里说，这半个回家给奶奶吃。这样的戏演了好几回，看得小雪好着急，只盼着自己也快快长大。第二年，妇女主任的母亲把三姐安插进村缝纫组里，说，大了，不能让她再和那帮小黄毛混在一起剁菜拾草了。缝纫组加上这个学徒一共三人。第二年，小雪有事去缝纫组找三姐，看见一个年轻的解放军叔叔蹲在屋里，脚下堆着带来的破了的军装。他们打石头，扛石头，搬石头，抬石头，衣服坏得很快。小战士好像认出了小雪，脸一红，低下了头。小雪也认出了他，正是那个给三姐馒头的小兵。也许因为长年累月在山洞里，面皮又白又嫩。又过了一年，小雪记得很清楚，那年她十岁，三姐大她七岁，十七岁了。某一天，她听见妇女主任在屋里打人，外面哥哥姐姐们面面相觑，只听里面母亲尖叫着，你改不改？你改不改？树条子抽在皮肉上啪啪响，挨打的却一声不吭。石匠从外面回来，一探头，啪的一声，一条子抽来，额头上流血了。夜里，母亲哭着对父亲说，那小兵马上就复员回五莲了，那地方比咱这儿还穷啊。石匠就像块石头一样，毫无声息。过了几天，母亲把三姐送到东北大姨家去了，那地方是黑龙江东宁县，边境线上。中苏关系紧张，没有边防通行证寸步难行。这期间，复员的小兵刘志刚不屈不挠一直给三姐写信。那时候邮递员都是把信送到村办公室，妇女主任轻而易举地全部截获。三年后，他们全家都从山东省搬到了黑龙江省东宁县，父亲在建筑队依旧凿石头。

189

小雪叹了口气，把这些信收拾进书包，骑车送到了收信人薛玉平家。三姐虽然还不到五十岁，但已经老得不像样子。小雪把书包递给她说，你的信，晚了点儿，然后扭身就走，她不想看三姐痛哭流涕的样子。三姐和姐夫张宝成从来就没有感情，虽然也有了一个儿子。这也许就是母亲一直保存着那些信的原因吧？愧疚？如果三姐婚姻幸福，她早就把那些信给烧掉了。绥芬河市原本是东宁县的一个公社，因为是边境口岸，升格为市，成为中国最小的市。小雪调到绥芬河市邮电局做业务员。她利用工作便利开始打听刘志刚这个人，只知道他是山东五莲县人，三个月后有了消息，知道他在两年前死了老婆。这让小雪心中一动，她决定让三姐和这个当年的恋人见上一面。那天天气很冷，飘着雪花，她在出站口不停地跺着脚，对刚从东宁赶来的三姐说，你觉得合适就和老张离婚。绥芬河虽然是一个偏僻小站，但下车的旅客却很少是农民。当一个头戴剪绒棉帽又黑又瘦的农民打扮的人出来时，两人不约而同地走上前去。那人也一眼认出了三姐，颤声叫道，玉平——好像要握手又缩了回去。小雪把他们塞进一辆出租车带到宾馆，又像赶两只羊似的把两个人推进订好的房间里说，你们聊吧，没人打扰。

　　小雪跟我说，她第二天去看他们，觉得什么也没发生。她说，三姐看上去很平静，把她的包儿收拾了一下，回头对刘志刚说，有事就打电话来，连握一下手都没有就走了。我是白忙活了，我下午只好把那个老农民送上火车。

　　这就完了？完了。

幸福的人

　　蹬上坡来，汗流浃背，路旁一堆乱七八糟的老头儿，我停下车子走过去。这是一个小卖店的门前，老板娘让出一个凳子说，坐一坐吧。这个村子叫丛家屯，我煤矿的伙计小丛就是这个村子里的人，回到家乡总想来看看这个地方。我开口问道，你们这个村子有一个闯东北的曾经跟我一块儿下煤矿，他的眼皮上有个疤……这句话一出口就停住了，我旁边这个老头儿恰恰是一只眼睛，但小丛的名字我忘记了，只能这样问，实在对不起。幸好老板娘说，对，是丛兆瑞，自打走了后就再也没有回来过。旁边一个老头儿说，呀，也七十多岁了，听说在那边有了两个儿子。老板娘问我，听说他老婆精神有点儿问题？我笑道，就这样，当街就拉尿。老板娘略吃一惊道，啊呀，不轻啊。我接着说，但是很年轻，也很好看。我想起当时小丛刚结婚几天，忽然对我说，伙计，我伤天害理啊……我不知道怎么回事，他却呜呜地哭起来，边说，我大她二十岁啊，整整二十岁啊，白白胖胖的，我大她二十岁啊。小丛当时已经三十八岁了，他的这个小媳妇只有十八岁。他泪流满面，这是幸福、感激的泪水。

191

一个老头儿说，要是他不闯东北，在家娶不上老婆，更别说儿子了，他家成分不好。

丛家屯是一个立在小山包上的村子，土地贫瘠，就是地主也仅仅是比别家多几亩山地，但当年斗地主是每个村子都要斗的，小丛家大约就给划上了。另一个老头儿说，丛兆瑞有学问啊，我俩是同学，他四年级没上，直接跳级就到五年级了。这倒是我从来不知道的，我只知道他是一个很老实的人，少言寡语从来不和人吵架，刚下井时被我骂过，只是红着脸不说话。在他结婚后，脸上整天都是笑。有一次已经要迟到了，我到他家去叫他下井，他的小媳妇堵住门不让我进，说，没在家，没在家。我闯进去一看，小丛被一个筐扣在炕上。我叫他说，已经晚了，还闹！小媳妇拦住我说，我不让他去上班，搂我困觉，搂我困觉。

小丛曾经跟我说过，丛家屯跟他一般年龄的差不多一半儿是光棍儿，他爹临死拉着他的手说，儿子，你要给咱们家留条根啊。他说就是因为爹的这句话，他一口气闯了关东。多年后我回煤矿，遇见小丛带一个半大孩子放羊，我问，这是你的儿子？他笑着说，这是老二，老大在县城里开车哪。我说，你很幸福啊。他红着脸只是笑。去东北后五十多年，他从来没回丛家屯看看，但他把有两个儿子的消息传递给了丛家屯的人，他不能让自己的幸福默默无闻。

这堆老头儿有十来个，奇怪的是他们不像别村的老头儿那样或打扑克或下棋，更奇怪的是他们之间不说话，就那么站着，蹲着，坐着，泥塑一样。就连脸色和衣服也都跟土地一个颜色。我想，小丛如果不去东北也是他们中的一员，也像他们这样一声不响地坐在这里。从光屁股时就在一起，七八十年的时光，他们之间实在没有什么可说的了，谁都找不出一句新鲜的话、新鲜的事儿可以向伙伴们说。小丛在那遥远的地方找到了他的幸福，那里此时已经冰天雪地。

我下山时对这一堆乱七八糟的泥塑一样的老头儿心生怜悯，他们当中大约有一半儿是老光棍儿。一个生命来到这个世界上，最大的使命就是延续下去，也可以说是唯一的使命。一只蚂蚁、一棵草都在为此而奋斗终生，如若不能达到，对它就是一种最大的失败、最大的悲哀。无论以多么冠冕堂皇的理由，剥夺了这个生命的延续都是一种犯罪。

殉

墓道碑坐落在岗顶的岩石上，岩石是那种火红色的石英岩。每次我来到这里总能见到那个满面忧愁的少年，他单身一人孤苦伶仃地坐在墓道碑前，遥望着北边的家乡，家家屋顶上升起的炊烟正笼罩了村镇。那就是十四岁的我，我心痛他。至今已经过去半个多世纪。因为偷菠菜，我小学毕业时学校给我道德品质评为丙等，当时考初中只有算术、语文、道德品质。道德品质评为丙等是最低等级，于是不被中学录取，只能远离家乡去一个叫作"辛安农业中学"的临时学校上学。这个学校既无校舍也无任何设备，加上校长一共有五位老师。在一个修水库时闲置的空房子里，在山坡上，北风吹刮着，非常冷。后来很快就被取消了。现在很少有人能记得还有这么一个学校。但我在那里开始了我的中学，是我终生难忘的几年。耻辱，委屈，形单影只。这座墓道碑就是从家乡到学校的中间点，我背着吃的口粮每星期都要经过此处，走累了，在这座碑下歇一歇，向后看自己的家乡，向前看那遥远的不可知处。

岭下这个村子叫徐村，曾经有一个儒生叫韩鹏震，他的老婆因丈夫去世而殉了丈夫自杀，后人给她立这块碑。立碑时间为光绪五年三月。

后来是红卫兵把这块碑给砸碎了。"文化大革命"结束之后，她的后人从台湾回来又重新粘起来，外面用水泥箍一道，成了这个样子。

心里非常凄凉。我想到了"殉"这个字，当年的我是殉我的一个理想，就是努力上学，到底能怎样也并不知道，只知道必须上学。去年，我的人舅去世了，我久病在床的舅母从那一天开始就不再进食，十天后相继去世。大家都觉得她是做出了一个非常明智的抉择，解决了大家无法解决的难题。而这块碑的主人——一个年轻的女人自杀也许是出于一种旧的理念，也许是因为感情太深，无法接受独自一人的生活。无论出于哪种理念，都是她的自由选择，只是觉得要跟随着丈夫而去。二百多年之后，这些砸碑的红卫兵们也仅仅是要殉一种风潮而已，没有把他人莫名其妙的一个理念，化作自己的一种激情和行动最令人厌恶的了。如果说这个女人为她的丈夫殉葬是愚蠢的封建理念，那么为他人的理念而殉，比这种封建理念的殉还要愚蠢十倍百倍。那群激情澎湃的青年人如今都已经苍老，这座墓道碑还是这样立着。

这就引发了另一个问题，也是另一种可能吧。她没有殉会怎样？红卫兵忽然中止他们的行动会怎样？我如果没上这个农业中学会怎样？我只能假设自己可能回到村里再也不上学了，我也可能成为一个普通的农民，或者一个小工厂主，也可能当一个小学老师，还是仍旧会因为写作找下一个工作当作家。都有可能。我很多次来看这块碑，就是因为当年那个只有十四岁的孩子在这里曾经非常痛苦过，他强忍着孤独的痛苦坚持着远离家乡去上学。那是他一生中最痛苦的时光。值不值得呢？很难说。人一生当中很少有你的努力是值得的。我把那时光殉了一个理想，红卫兵把他们的青春时光殉了他人的一个信念，或者仅仅是一个愚蠢的口号而已。而这个女人把她的一生殉了她的丈夫，或许，只有她的殉还有意义。

时已深秋，荒草萋萋，夕阳正红，我独自站在这荒岗上。这里当年曾经是唯一通往东南方向的道路，于是人们把这座墓道碑修建在这里以供过客瞻仰。当年的我路过里时，已经有了另一条道路，我因为徒步，仍旧还是走这条小道，那时已经很少有人走了，我读碑时人与碑皆寂。当红卫兵们在砸破它时已经很少有人从这里路过，但他们不放过它，把它破碎成了三截。而今天，这条小路早已湮灭，根本就没有人经过这里，唯有残碑立在这里承受着秋风和夕阳。一个白发苍苍的老人，分开茂密的蒿草，又一次在这里回想着当年那个十四岁的少年。

遥远的边疆，永远的春节

走出胜利村，夕阳正红。我带领全家给父母拜年，现在要返回矿村，沿河川向西，迎着一轮又红又大的太阳。金色的光辉在白雪皑皑的原野上荡漾，雪地染上了美艳无比的一层橘红。一条洁白的大道在眼前，没有一个人影，只有我们一家四口，两辆自行车，我载着老大永安，妻子载着老二永地。孩子们大约舍不得离开爷爷奶奶，闷闷不乐，默默地坐在自行车后座上一声不响。两岸山林肃立，天地寂静无声，唯有自行车轮胎在积雪的路面上滚动，发出吱吱的响声。就在这时，一种少有的感觉莫名其妙地产生了，我忽然觉得这些深雪里探出头来的艾蒿和路边的矮树都活了起来。那些历经了一个冬天的艾蒿高的低的、粗的细的，还有那些小树，都变成了和我一样的活物，正叽叽喳喳地说着什么，而我也觉得自己变成了和它们一样的东西，虽然听不清它们的纷纷议论，但能感觉到大家之间的亲密。恍惚间，我忘记了玉花和两个孩子，似乎只有我和这些小小的精灵们在这雪野上。

这种感觉在过河时消失了，一下车，我回到了现实。后来我们每年都到胜利村给父母拜年，但那次的感觉却再也没找回来。

河面上的雪被风吹刮干净，冰面像玻璃一样透明而且呈蓝色。冰层结实得汽车也能在上面跑，但我们不敢在上面骑自行车，怕滑倒。天寒地冻，河水依旧在冰层下面汩汩流淌着，顺着河川向下游望去，横着一道形状奇特的山梁，山顶是水平的，那就是苏联。阳光正把那里照得纤毫毕现，山石、积雪、柳丛，特别是半山坡的白桦树林，上层是红色的树梢，下层是雪白的树干，层次分明，一幅凄美的油画。大肚川河从那里转过山脚，就开始流入苏联大地。那边没有村庄没有人迹，是一片没有生命的土地，每年这边的村庄高高地挂起红灯笼，鞭炮齐鸣，近在眼前的那片异国的土地寂静无声。即使在中苏关系紧张的时期，这一带边境依然平安无事，那片白桦林依然宁静祥和。一样的山林一样的雪野，我常常独自眺望着那边，感觉到一种无边的神秘蔓延我的全身。

转过一个山角，我们离开河川，是一条盘山公路，渐近矿村时，永安在后面捅了我一下说，追上他们。我用力蹬车，玉花也觉察到了我们的企图，弯下腰加快速度。两辆自行车在大道上开始追逐，两个孩子在后座上大呼小叫地给各自加油。最后我还是把玉花超过了，永地哇哇大哭，我只好放慢车速。等着他们追上，永安在我后头用力地晃动，嚷着，爸，你怎么啦？怎么啦？我小声说，咱让着他们吧。

我在那块土地上过了整整十六个年，永安在那里过了十个年，永地在那里过了八个年，他们的童年都是在那里度过的。今天的永安和永地一个在广州一个在上海，我和玉花也回到了山东故乡，每当永安和永地带着两个孙子到山东来过年，我们都要说起那冰天雪地里的春节。

都远去了，那冰雪的河川，那苏联的白桦林，特别是那转瞬即逝的奇妙感觉。那种物我两忘的感觉后来在别的地方也曾出现过几次，但都不如那次那么清晰。那遥远的边疆，那永远的年。

也说卜留克

当年在东北，每次走进大兴安岭都会不由自主地想起两个人，岭东迟子建，岭西陈晓雷。一条大道在林中穿行，静悄悄无一人，你会觉得天地间只有你一车一人，这条大道就只为你一人铺设。荒无人烟，只在此情景你才能有最深的体会。然而就从这荒蛮之地里走出去了两位作家，奇也不奇？莽莽林海无边无际，凛冽清澈的溪水淙淙其间，你猛然醒悟，这是两个精灵，大兴安岭的精灵，从这林梢上扇动着黑色的翅膀而去，把这大森林的清新、荒蛮和凄凉播撒于中国的文学界。

我小时候吃过卜留克，有人手里拿一个圆形的绿色的，既不是萝卜也不是土豆的东西问我，你认识吗？我当然不认识，那人叫道——卜留克！我也像晓雷文章里的众人那样兴奋地叫着——卜留克！卜留克！太奇怪的名字了。只是不知道为什么至今没有在中国推广开来，因此它至今也没有一个汉化的名字。如辣椒，如西红柿，都是外来品种，很快就有了汉化的名字。卜留克应该是甘蓝的块茎，我见过它的叶子，很像甘蓝叶子。但我一点儿也不记得它的味道了。它没有推广开来，我想是味道并不如晓雷说的那般好吃。在晓雷的记忆中味道是那么美，大约是因为糅进了晓雷童年的回忆味道。童年的记忆总是那么美好。直到今天读了晓雷的文章，我才知道了卜留克的来历——原来这是一个俄罗斯名字，怪不得舌音这么重。

我深深地感动了，卜留克其实有一个凄惨的故事。红色政权把沙皇一家大小二十余口枪杀在地下室里之后，又驱逐了沙皇政权的所有旧官僚和贵族，他们大部分流浪到了中国的哈尔滨。而远东地区的一小部分地主和富农在黑龙江完全封冻的时候，趁暗夜，踏着冰雪越过了这条大江，潜入了对岸的大兴安岭的密林中。那时候的大兴安岭还是荒无人烟，直到一九五八年铁道兵把铁路修到加格达奇的时候，他们还认为是进入了一个完全无人的地域。那群流亡到大森林里的俄罗斯人过着几乎与世隔绝的生活，背乡离井，远在异国他乡，生活的艰辛不难设想，但他们生存了下来。离开故乡的时候，不知道是哪个揣上了一把能在高寒地区生长的蔬菜种子——卜留克。官僚和贵族们把欧洲文化和建筑带到了哈尔滨，于是就有了秋林红肠和黑列巴，还有索菲亚大教堂和果戈理大街等，而地主和富农把卜留克带到了中国。卜留克在一个大兴安岭生长起来的孩子的童年记忆中留下了美妙的印象，于是就有了这篇美文。但这是一个无比凄美的故事。唉，卜留克，卜留克……

《驿动的心》和《东风破》

  外甥开车送我去机场，音响里播放的是《青花瓷》，我感叹道，真好！后排倏地探过一个大孩子的脑袋，叫道，舅姥爷，你也喜欢周杰伦的歌儿？孩子以为我这年纪的人只能喜欢《大海航行靠舵手》。我说，有的喜欢，《东风破》《青花瓷》《菊花台》……歌词写得也真好。中学生说道，恰恰相反，俺们语文老师说这些歌语句都不通。我一时语塞，的确是不通，如《菊花台》中，"飘落了灿烂，凋谢的世道，愁莫渡江，秋心拆两半"——"春心"我懂，"秋心"是什么东西？如何拆成两半？还有，"一辈子摇晃，你的笑容已泛黄，徒留我孤单在湖面成双……"如《东风破》中，"夜半清醒的烛火不忍苛责我，一壶漂泊浪迹天涯难入喉，枫叶将故事染色结局我看透，你走之后酒暖回忆思念瘦……"思念还有肥瘦？如《青花瓷》中，"冉冉檀香透过窗心事我了然——"这句是什么意思我就一点儿也不"了然"。"釉色渲染仕女图韵味被私藏……"我就不懂得韵味怎么还能私藏。特别是这句"天青色等烟雨，而我在等你"，不仅仅是语句不通而且与事实都不符，陶瓷专家给周杰伦当面指出，青花瓷根本不是天青色。周杰伦说，我也知道，但这样唱着方便。唱着方便大约是音节上口吧？其实我喜欢方文山写的这些歌词很大程度上就是因为它似通非通、似懂非懂。但是它们很美。《东风破》本是一首古琵琶曲，苏轼填过词，且不说方文山翻写得如何，可以肯定的是，他对这首苏词意境的感悟要比许多古诗词选家要强得多。许多选家都把这首重要的苏词给遗漏了。

当年姜育恒《驿动的心》一唱，全国一片呼声，错啦！是骚动的心。心只能是骚动，无法驿动。单是"驿动"二字就莫名其妙。但是姜育恒置若罔闻，一口气儿驿动到了今天。有二十多年了吧？相比而言，《驿动的心》无美感，《东风破》虽然也不通，但让人觉得很美。这个"破"字放到哪儿都不好看，唯独放在这儿出现了无比的美。什么东西都是破了不如囫囵，风破了虽然不可能却好听好看起来。对"破"字的运用，近些年还有了什么"小破孩儿""破小孩儿"等，这也是"破"字的妙用。你不觉得很亲切吗？换一个字恐怕远不如。

听音乐时你就会感觉到，语言文字在表达感觉方面是极其有限的，音乐倒强得多。有时你会为找一个词或一句话表达一种感觉急得发疯。于是有些人就试图别出心裁地突破一下，这就让那位以语法修辞为生的语文教员难以忍受了。

接受这些东西是需要有语感的，没有语感绝对不行。即使对一些经典的东西没有语感也不行，只能是出于敬畏不得不随风而已。曾经网上流行一篇文章说，唐诗宋词只不过是一些拙劣的填字游戏罢了。说唐诗宋词是游戏可以，还要加上"拙劣"二字就不妥了。但我很佩服这个网友，一是他诚实，他说的是自己的真实感觉，不装。二是他的勇敢，他说出了很多人想说而不敢说的话。唯一不足的是他不知道自己没有语感。

语感和乐感一样，很普通，有没有都不是大问题。就像有的人闻不到气味，有的人分不清颜色一样，不耽误吃饭睡觉更不耽误升官发财。但你要向他们讲清楚就麻烦了，甚至可以说永远也办不到。我们都知道，向一个先天性的盲人说红色的太阳、蓝色的大海是没有意义的。他们只知道温暖的太阳、辽阔的大海。如果是一个后天的盲人他当然知道这两句话有另外的意思，但他要试图向同样看不到的先天性的盲人解释什么是红色，什么蓝色，也是办不到的。张爱玲去听交响乐，她听到的是一片乱七八糟的噪音，她坐住了忍受这份折磨是顾及自己的身份，她说，据经验，我知道总能熬到散场的。如果告诉这位断言唐诗宋词仅仅是一种填字游戏，还要加上"拙劣"这个限定词的网友他其实有一种缺陷，没用，他只会恨你。如果有人去给他讲解"大江东去"，他会很诧异，这不就是大实话吗？总不能说大江西去吧？

玉　芳

　　人类月亮都上去了，但眼前不很高的一座山却是你难以逾越的一道障碍，爬上来累得我气喘吁吁。我坐在困龙山脊上，阳光明媚，春风浩荡，吹到我汗流浃背的身上正好。山东坡是我居住的村子——阿陀，这山西坡只有三四户人家，绿树掩映着红色的瓦屋静静的，好像没有人居住，我忽然想起玉芳来，妻子说玉芳还是孩子时就给送到这其中一户人家放羊。玉芳是妻子大娘家的姐姐，其实两人同岁，只是大几个月。我每天都能见到这个姐姐在妻子身上的印记，妻子的右手拇指指甲永远是破碎的。就是小时候玉芳给她咬碎的，很丑陋。农村孩子常常砸掉指甲，都能重新长出来，看不出什么特别，但妻子的指甲是从甲根那儿给咬碎了，长出来都永远是破碎的，一直到今天。我好像看到，为争一件什么东西，一个女孩子狠狠地咬住了另一个女孩子的拇指不松口，鲜红的血从她的嘴角流出来……

　　奇怪的是她们俩很好，在所有十几个姊妹中是最好的伙伴。一直到老。

　　西山坡有阴影，长着一些矮矮的松树，巨大的石头隐现。土层太薄，松树也是长不高的。我好像看见一个女孩子赶着两只羊在其间寂寞地走着，时而仰起头来看看山顶，山的那边就是她的家，她有很多姊妹同伴，但是她见不到。因为家里孩子多，她就被送给这边一对孤寡老夫妻放羊，只为了挣口饭吃。那年她八岁，从此她就永远失学，一辈子不认字。最让她感到痛苦的当然是失去了玩耍的伙伴，一天到黑和两只羊在一起，把羊赶回圈，面对的就只有两个老人。乌黑的小屋里，一个老太太，一个老头儿。有时候妻子她们从山东坡爬上来，站在山顶上向西坡大声地呼喊她的名字，她就拼命地跑上来跟她们玩儿一会儿，然后就恋恋不舍地各自东西分开。

太阳明晃晃地照着，我叹了口气。如今这些女孩子都是白发苍苍的老太太了。她们一打电话我就知道，你个穷种，你个死不了的，你个浪货……那语气跟当年孩子时没有差别。去年打电话跟妻子说她又回村里去了一个月，给人家打工捡木耳挣了几千块钱。她在市里住儿子家，本来用不着她干活儿了，可是一到农村忙时雇工，就眼馋得忍不住了。儿子、女儿都反对她回村里去打工，可是她还是去了，借口是帮忙。她干活儿飞快，好像不知道累。一回到村里大家都争着请她去帮忙。有一次雇主的媳妇累得坐在地下要休息，她捡起土坷垃就打，喝道，木耳都要烂了你还能坐得住！这样的雇工谁家不抢？

跟妻子一样，她后来也是为了嫁人跑到东北去的，现在我们回到了故乡她却留在了东北。当年是我到牡丹江车站去接她，没见面，我以为她把妻子的拇指咬成那样子，一定是一个很厉害的大姑娘，在火车站见到的却是一个很瘦小，而且总是怯生生地看人的女孩子。但不久就听说她的厉害了。丈夫是一个很老实的人，他们从来不吵架，但老公公却是个很厉害的家长。据说有一次，老公公操一把铁锹追着儿子要打，玉芳一见，抓起一根棒子拦住，喝道，我看你敢动他一根汗毛！老公公说道，儿子是我的，我要打关你什么事！玉芳说，丈夫是我的，你打坏了要我来伺候！公公气得干瞪眼，只能恨恨而去。

今年打电话跟妻子诉苦说，累了，一干活就腰痛。妻子说，活该，你看你那腰弯成大虾了，还干！

袁 家 坟

　　我居住的镇东有一个村子名叫庄家茔，镇北有一个村子名叫袁家坟，顾名思义，这是守墓人后代繁衍成了村庄。庄家茔的村民都姓庄，而袁家坟的村民却并没有姓袁的。这里有一个故事。直到如今，此地殡葬的风俗都要用纸扎的一对童男童女抬到坟地烧化，意思是要他们去那边伺候死者，这大约就是古时候殉葬风俗的延续，后来用佣代替，再后来更简单化就用纸扎的了。据说，当年袁家是一户有钱有势的大户人家，京城里都有人。有一代子孙为了尽孝，在殡葬父母的时候就真的买了一对活的童男童女抬到了坟地，而且还真的就砌进了坟墓里。为了让这对童男童女活的时间长一些，还放进了一缸水和一些干粮，瓦工在封砌墓道的时候不忍心，偷偷地放下了一把锤和一个凿子，但是孩子太小，没能凿开墓门逃出来。后来，袁家的坟头就有了两只麻雀，叽叽喳喳不断地叫道：袁家坟袁家拜，袁家死了无人埋。果然，袁家人不久就死绝了。村里选举那年，我特地去看了看张贴在大街上的选民名单，袁家坟村真的没有一家姓袁的。

　　蔡发财是和我一块儿下煤矿的伙计，他就是袁家坟村的，我们两村只有四里远，自行车没蹬几下，过了小桥就是袁家坟村。村头坐着一伙老人在晒太阳，几个在打扑克，几个在谈天。那边，幼儿园里的孩子们在滑梯上大呼小叫。已经是冬天了，杨树落光了叶子，河边的一排柳树依旧翠绿，柳树是比较耐寒的。和煦的阳光照着村子照着树和人们，初冬的阳光是如此让人喜爱，整个世界都充满着慈祥。我忽然很感动，心里想，对于这些生命来说，什么天国什么天堂都是假的，只有这阳光，这空气、柳树，这街道和房屋，这衣食无忧的生活才是真的，这就是一切。不管以什么理由，剥夺了他们这份儿安静的生活都是犯罪。蔡发财本应该和他们一样在这里坐着晒太阳，可是上个月死在东北了，永远也回不来了。我停下，向他们问道，伙计，你们村有个叫蔡发财的人吗？一个八十左右的老头儿抬起头看看我说，没有，袁家坟没听说有这么个人。他扭过头又问一个年轻些的人说，你听说过咱们村有个蔡发财吗？年轻些的人问我，蔡发财？我说，对，叫蔡发财。他说，哎，就是明贵，对门儿，我俩同岁，你要打听别人还真不会有人记得，从小就跑东北去了，一次也没回来过。我说，我们在东北一块儿下过煤矿，我约他一块儿回来看看，他说他死也不回袁家坟。年轻老头儿说，唉，你不知道他是怎么跑东北去的吧？他钻进玉米地里偷啃了一个青玉米，他成分不好，又是富农子弟，就说他是破坏生产，捆起来批斗，夜里民兵没看牢，他跳窗户偷跑了，一去不回。那年他十五岁，我俩同岁嘛。

我像是心里有一只破铁桶，给人砰地踢了一脚，顾不得客套，扭头就走。我想起一件事，我也抓过一个偷啃玉米的，那年我十四岁，夜里是真枪实弹的民兵看庄稼，白天就是我这样的半大小子看。我扛一杆扎枪正走着，玉米地里哗啦啦一阵响，钻出来一个身穿蓝褂子，剪短发，十七八岁的姑娘。我进地里一眼就看见一个啃过的玉米棒子，回头就把她抓住了。那时她比我高大得多，但我手里拿一杆磨得雪亮的扎枪，凶恶地随时都会刺她一枪，她吓得一路走一路哭，那天正是大集日，路上的人都停住看我们。我把她押到生产队里，她哭着说她是进玉米地撒尿，没有啃玉米。看她哭得可怜，生产队长把她给放了。今天，我想她也许真的不是啃了那个玉米棒子，那片玉米地靠大道，也许是别人啃的。这个姑娘应该今天还活着，是一个七十多岁的老太太了，这份耻辱她会永远记着的。我曾经奇怪蔡发财为什么一点儿也不思念故乡，现在我明白了，就是因为忘不了在故乡的那份耻辱。他是有家不能回啊，他恨袁家坟。

水泥和石灰

　　列入世界文化遗产名录的中国文化遗产有三十五个，而意大利竟然有四十七个之多，这个马靴似的小国颇让我们作为文明古国的中国人心里别扭。有人说，那是因为他们以西方人的文化观念来评估；有人说，是因为中国的古建筑都是木质材料容易失火烧毁；还有人说，因为中国人的文化素质低，不懂得文物保护。

　　站在古罗马斗兽场的断壁残垣前，我仰望着那高耸而单薄的红砖建筑心里充满疑惑，这东西经历了两千多年的风吹雨打，它怎么就不倒呢？毫无疑问，它绝不单是人类刻意保护的原因。在中国它相当于汉代的建筑，汉代的建筑我们还有吗？楼台殿阁全都灰飞烟灭了。就是以后近千年，唐、宋类似的建筑也无处可寻。我所见到的最古老的建筑是大雁塔，那还是维修过的，但那建筑墙壁极厚内部空间极小，几乎就是一个"实心儿"的，很不容易倒塌。而在意大利很多古建筑看上去岌岌可危像百岁老人，可就是不倒。

　　在罗马的那段时间，这个疑问一直横在我心头。有一天，在一座普通的古建筑的墙壁上我有了一个惊人的发现。那是一堵石头墙壁，年代久远，石头都风化了，而那些曲曲折折像蛇似的灰缝儿却突露出来，这就是说，这些砌墙时用的砂浆比石头还结实！专门研究罗马历史的学者告诉我，当年罗马建筑用火山灰加上沙子用水和成浆做黏合剂，就和咱们今天的水泥差不多，所以这些古建筑都很耐久。

我的家乡，沿二〇四国道，有一公共汽车站叫东灰村，紧挨着的下一站叫西灰村，向南十里的村子干脆就叫石灰窑。这些村庄都是因烧石灰为业而形成的，历史久远。二〇四国道东边的一座山都因采石而开了一个豁口。每天傍晚，我望着那昏暗中的山口，似乎看见无数的人像蚂蚁一样在那山口忙碌着，他们就那么一代一代地抡着大铁锤、挥舞着钢钎汗流浃背地挖掘着，生生地把一座大山给挖出了一个巨大的山口。现实版的愚公移山。今天那里已经没有人还在采石了，烧石灰烟雾早已消散多年，只有这些村庄的名字留了下来。在中国，大约有数千年，所有的建筑都用石灰砂浆做黏合剂。建桥盖屋，石灰砂浆是最好的砂浆。好像是于谦的《石灰吟》诗吧？千锤万凿出深山，烈火焚烧若等闲。粉骨碎身浑不怕，要留清白在人间。当然，于谦是另有寓意，但可见石灰当年在人们日常生活中的普遍。直到二十世纪七十年代，石灰才逐渐为水泥所代替。今天，所有的建筑没人再用石灰做黏合剂。石灰砂浆太容易风化。石灰的时代远去了，过不了多久，年轻人会问，古诗里说的石灰是种什么东西？

假若我们的祖先及早地像罗马人那样发明了火山灰砂浆，那么唐宋时期的岳阳楼、滕王阁还有什么华清宫、大明宫当然都会存在。万里长城如果不是用石灰砂浆，而是用火山灰砂浆，更不会像今天这样坍塌得七零八落。如果有水泥，中国不知会有多少古建筑留下来，遍地都是文化遗产，绝非意大利可比。考古专家们也就不会只抱着残破的秦砖汉瓦在做学问，他们研究的当是宏伟的楼台殿阁——皆为秦皇汉武所建。

文化就是这样，无论它多么灿烂多么辉煌，很简单的一点儿小小的科技发明就能决定它的面貌。

这个冬天

　　这个冬天我将在这座小小的山村里度过。寂静的夜里，我躺在炕上，听北风从屋顶上滚过，把妻子四十二码的大脚搂进怀里。这是她的老屋，她童年时就在这铺土炕上睡觉，半个多世纪后仍旧睡在这铺土炕上，有意思。土打的墙很厚，大约有七十公分吧，冻不透，很保暖，每天抱木柴把炕烧热就用不着生火炉。

　　果园里的桃树、梨树、苹果树、山楂树、柿子树都落光了叶子。近些年柿子几乎没人吃了，很多柿子掉落在地下，一片狼藉，有的还赖在枝头已经风干。山坡上的槐树、柳树、杨树，也光秃秃的了，只有栗子树还举着枯死却并不脱落的一树叶子。栗树跟东北的柞树是同一树种，它们这些褐色的枯叶将在枝头上度过整个冬天，冷风刮过一片飒飒作响，更为北方山野增添了一分荒凉。我每天都在山上的小路走着，四无人声，只有脚下的枯草被踩断发出哔剥的响声，我不理会，我知道它们都已经没有了生命。夏天这些茅草何其茂盛啊，比我还要高出许多，我走进山里遇见它们时，气势汹汹，让人望而生畏。茅草分红茅草和白茅草，这些红茅草，它们秋天时秀出白色的缨穗闪闪发亮，上层一片雪白，下层一片火红，层次分明，很多摄影作品都以它们为题材。白茅草长不高，但是它们的根有甜汁，我一见它们就有一种亲切感，我曾经靠吃它们的根度过一个艰难的冬天。那个冬天，好冷啊。

冬天的山林是凄凉的。凄凉是一种甜丝丝的味道，它能使我陶醉，万事皆休，心里从来没有的平静，直达生命的最深处。这一棵棵树，这一株株草，都在默默地忍受着寒冷。在它们中间走过，你不能不感受到它们的无奈和坚忍。但是，它们的生命并没有消失，它们还有春天，还会复苏。而我……我只能想，我的后代就是我的生命的延续。但一个人把自己的一切完全投入自己的后代身上又何其难。你毕竟是一个独立的个体，对自己的行将消失难以无动于衷。走过一堵土崖，金色的夕阳正照着，光线如雾如粉尘，笼罩了我。我心中一阵发颤，回到了过去的时光，冬天的太阳是这般的慈祥，年轻的我徘徊在这黄蒙蒙的光线里……大片的色彩和光影像气味、音乐一样，比语言更能使人回到曾经的时光。我迷恋这感觉，久留不动。生命其实就是感受。

山地是不太适合种小麦的，只有小块的麦田。除了松树，这是北方冬天少有的绿色。连日气温持续下降，这些麦苗已经发黑。在东北是不种冬小麦的，会冻死，只有在春天才开始下种。据说小麦和竹子是同一科目，难以相信。竹子在北方会冻死，为了活下去，它们想了这个办法，结种子以度过寒冬，来年气温合适再生长。没想到它们的这个办法对人类产生了巨大的好处。如果没有了小麦，我们人类将会没有面粉，没有面包，没有馒头和饼。有人想学习竹子的办法，把自己冷冻起来，多少年之后再复活，这办法行吗？多年之后他的儿子孙子都老了他还是个年轻人，什么感觉？那个复活的生命还是他吗？会不会像硬盘那样把信息都丢了？

山下是一个中型水库，我这些天老惦记着它什么时候封冻。前些天去看，水边结了一层亮晶晶的冰，但风吹着波浪拼命向它们进攻，使这些白亮的边沿始终无法向前延伸。只有两个钓鱼人还在那里坚持，一个向水里扔石头，企图砸破冰层把鱼钩抛过去。我打招呼，不咬钩吧？他说，可不，一条也没钓着。在这样冷的天气里还能在水边坐得住，爱好的力量不可思议。那边水湾处有一群黑色的水鸟儿，有几百只吧？我看不清是野鸭还是水雉，水雉好像没有这么大，但形态又不像野鸭。我慢慢靠近，唯恐把它们惊起来，但它们好像无动于衷，随着波浪起伏。但随着我的靠近，它们也渐渐地离岸远了，让我始终也不能看清它们。表面上看似毫不在意我的靠近，但底下在划着水。好狡猾。我即使此刻能侵害它们也不会下手，在这天寒地冻的时候它们吃什么？能活下来已经很不容易了。在如此严寒的气温下，我怜悯所有的生命。今天又下到水边一看，哈，完全封死了，像一块明晃晃的大镜子。其实今天并不比昨天冷，只是夜里风小了。趁着风小，冰抓住时机赶紧动作，一个大水库给严严实实地封冻了。估计今年很难再化开。

那些水雉或是野鸭哪里去了？它们怎么活下去？能度过这个冬天吗？

我将蜷缩在这小土屋里度过这个冬天。守着一片荒凉的山林和一个冻结了的大水库。

真爱与恋物癖

一个女孩儿向我诉苦说，我想他想得手都痛啊。我安慰她说，这就是真爱，我很理解。我有一次摔了摩托车，胸口忽然很痛，其实根本就没有撞到胸口。我经常因为碰坏了摩托车感觉到胸口痛。这是真的。有一次修摩托车不小心手臂被灼热的排气管烫去了皮，一点儿不觉得痛，倒是把摩托车碰掉了一块漆痛到心里去了。而且烫伤的那块皮有鸡蛋那么大，而碰掉的漆只有指头那么大。这样爱摩托车的不只我一个人，许多车友都是爱车如命。这大约就是恋物癖了。对一些物爱到如此程度让常人无法理解，但并不少见，有人爱花有人爱衣物有人爱珠宝有人爱古玩，有人甚至爱石头。女人爱珠宝最常见，这让所有的男人无法理解，男人爱汽车也常见，这让女人无法理解。有些男人甚至爱刀剑爱枪支，女人会觉得这是疯了。我见过一个朋友对他收藏的石头唠叨个没完，他说这些石头能听懂他的话。对了，《聊斋志异》里就有一个邢呆子爱他的一块石头比命还珍贵，最后为这块石头送了命。

恋物成癖你不得不承认这也是一种真爱，真爱不求回报，爱摩托车它还能驮着你跑，爱一块冰冷的石头它能给予你什么？连句安慰的话都不会说。

　　女孩儿会为失恋而忧伤地歌唱，商人不会为失去的金钱而吟出一个音符，关键在哪里？爱情是生命的本能，而恋物癖是一种身外之物的癖好，甚至是变态。凡来自生命的东西都是美好的，黄鹂会为求偶发出优美的鸣叫，孔雀会为求偶展示美丽的翎毛，甚至丑陋的蛇都会在求偶时优美地舞蹈。

指　　令

　　我因为关系落在了一个村里，经常要填一些表格。管这事的是一个年轻人，他几次因我填得不认真要我重填，我告诉他，这类文件从各村各乡汇集到县里时要达到几百斤重，哪有人会认真地审查？经常是收上去就成废纸，让收废品的拉走了。他板着脸说，红头文件就是上级的指令，就要认真执行。我笑道，你成天就活在指令下啊。他说，谁不是活在指令下？

　　从村委会出来，"谁不是活在指令下？"这句话让我很不自在，我已经退休，远远过了不惑之年，过了知天命之年，过了耳顺之年，甚至过了随心所欲而不逾矩之年，难道我还要在什么指令下活着？经过一番检视，我很沮丧，不能不感到羞惭，我每天的日常生活从早晨起床开始，也真不能不说是仍然在一些非常荒唐的指令下行动。有的指令都让我难以启齿。

　　不能不承认，我们每个人都活在指令下，所不同的只是方向的不同。

　　从人类发明了货币那天起，就如同打开锡瓶放出了魔鬼，它巨大的

218

魔力网罗了我们全人类，除了疯子、傻子和垂死的人，几乎无人敢宣称自己摆脱了金钱的魔掌。就像蚁群一样，我们都在金钱的指令下忙碌，从你每天早晨一睁眼开始，不管你是一整天坐在办公室里还是流着汗忙活在工厂或田地里，都是在同样的指令下耗费着自己的生命。

弗洛伊德把人格分为三个层次，本我，自我，超我。这"自我"很接近我们导师所总结的关于人的定义——人即社会关系的总和。也就是作为人，我们生活在各种社会关系的指令下。"自我"的特点就是趋利避害，我们生活在社会中，各种社会关系自然会教会我们怎样趋利避害。我们经常说要活出"自我"来，其实这"自我"也并不是很光明磊落，也并不很牢靠。那么"本我"呢？它应该是很结实的吧？它就是人的本能，在本能的指令下生活的人。最近看了一个电视节目，说的是一种叫作刚地弓形虫的寄生虫。这种寄生虫寄生在老鼠身体里。老鼠都是怕猫的，可谓闻风丧胆，一旦闻到猫的气味儿，老鼠就逃得无影无踪。可是染上这种刚地弓形虫的老鼠相反，它会主动去接近猫，因为刚地弓形虫的中间宿主是猫，只有在猫的肠道里才能完成生殖过程。这听起来让人毛骨悚然，这就是说，刚地弓形虫这种寄生虫在老鼠的身体里下了一个指令，让它别怕猫，命令它自动地去找猫，让猫吃掉它，然后刚地弓形虫的后代就可以在猫的肠道里得以传宗接代。这让人难以相信，如果说这种寄生虫破坏了老鼠的肝脏，毁坏了老鼠的消化器官，染污了老鼠的血液，这听上去都还合情合理，它竟然能指挥老鼠的行为，让老鼠自动去送死！

除了寄生虫，我们知道，人体内的共生菌是身体细胞的十倍，也就是有数十亿的细菌在我们身体内，我们的身体几乎可以说是一个组合体，是一个股份公司。这些细菌不仅能影响我们的身体而且可以影响我们的思维和一些本能的欲望，如幽门螺杆菌可以影响我们的食欲。抗生素的过度使用杀死了体内的幽门螺杆菌，结果使得现在的孩子们失去了对食欲的节制，大量的肥胖孩子在马路上蹒跚。

我们很多美好的事情，一旦说破就很没意思，如爱情，无论多么伟大崇高和纯洁美丽，说到底其实就是生殖的指令。如：一个二十岁的女性可以爱恋六十岁的男性，而二十岁的男性却不可能爱恋六十岁的女性，原因很简单，六十岁的男性仍然有生殖能力，六十岁的女性却没有生殖能力了。

我已经到了该检视自己的时刻了，回望我的一生，我的大部分生活都是在一些莫名其妙的指令下度过的。再看看当下的每一天，惶恐，疑惑，仍然被一些毫无意义的欲望所支配。我找不到生活的彼岸，像一只完全听凭风吹浪打的破船，在剩下不多的日子里不知要向何处去，应在何处停。

煮酒论英雄

岸古隆一郎正襟危坐，蘸饱墨汁在刨光的松木板上写下"杨靖宇将军之墓"七个大字。他长出了一口气，数年来，杨靖宇一直是他的梦魇，身高一米九以上的杨靖宇在身高只有一米五的他看来犹如天神一般。和杨靖宇打过照面的部下曾经向他描述，杨靖宇在丛林雪地上行走如飞，像大鸟似的掠过。现在，这一切总算是结束了。当杨靖宇的尸体从山上拉下来时，他命令军医立即解剖杨靖宇的胃，他总感到神秘，在程斌的帮助下，他已经彻底摧毁了杨靖宇所有的密营，断绝了杨靖宇所有获得粮食的路径，他在冰天雪地的山林里靠什么存活？顷刻，军医向他报告，胃内容物只有这些。雪白的瓷盘里存放着沾满胃液的几小团棉絮和一点儿尚未消化的树皮碎屑。他看到军医的手在发抖。据说刚一打开，朝鲜族的女护士当场掩面而泣。岸古隆一郎崩溃了，他在日记上写道：有杨靖宇这样的铁血军人，中国不会亡的，天皇陛下发动的此次战争或许是一个错误。

岸古隆一郎亲自主祭，为杨靖宇举行了隆重的葬礼。由于杨靖宇的头颅被关东军司令部索要到了长春，他只好让人找来当地的木匠制作了一个桦木的头颅。一九四五年四月，在山西太原省长官邸内剖腹自杀时，岸古隆一郎又想起杨靖宇下葬时那片洁白的雪地和悬挂在白桦林梢的夕阳。

明知不可为而为之，当张学良的二十万大军逃往关内，杨靖宇奉命北上时，他就抱定了必死的决心。其他的抗联军队在失利时尚有背靠苏联的退路，他在南满的抗联第一路军只有死路一条。结局果然是除了投降日军的能保住性命外，他的第一路军几乎没有一人能活下来。他很清楚一路军的处境，他曾进行过两次西征，为的就是打开一条通往关内抗日根据地的通道，也好为自己的部下杀出一条血路，结果都如撞在铁壁上一样。从那时起他就感觉到了死亡的不可抗拒，但他没有一天放弃对日军的攻击。他最信任的一师师长程斌的背叛投敌把他逼到了绝境，程斌掌握一路军所有的贮藏供给的密营，熟悉他的一切战术和路径，像狼一样带领着叛军和日军紧紧地咬住他不放。弹尽粮绝，最亲近的卫兵都离他而去。他孤身一人，酷寒、饥饿、追兵、荒林、黑夜、大雪……一个人能经受住的意志的最大考验，他都经受住了。相对而言，在战场上冲锋陷阵英勇杀敌，不怕流血牺牲的行为与之相比都是轻而易举。

将军百战死，头颅万里行。杨靖宇的头颅在日本人投降后一度落入国民党军队之手，在解放军围困长春时，东北局地下党决心夺回杨靖宇的头颅，他们最终从驻扎骑兵团的医学院的贮藏室内找到了保存在玻璃器皿中的杨靖宇的头颅，并设法盗了出来。后存放于哈尔滨东北革命烈士纪念馆。一九五七年九月二十五日，黑龙江省党政军民举行了隆重的恭送杨靖宇将军遗首大会，与遗骸葬于吉林通化市。

若论英雄，水泊梁山的草莽英雄、曹孟德煮酒所论之当代英雄，与杨靖宇相比皆如草芥。相形之下，甚至被封为武穆王的民族英雄岳飞也黯然失色。虽说对"英雄"的称号，每一个时代有每一个时代不同的标准，但为了民众而牺牲，为了自由而英勇斗争的英雄将永远光照千秋。杨靖宇为中国古往今来第一大英雄，他的艰苦卓绝，只有神话中那为人类盗天火而被缚山崖，终日被恶鹰啄食心脏的普罗米修斯能与之相媲美。或许，同样大名鼎鼎的抗联英雄赵尚志能与之比肩，但赵尚志有重大污点，他为了私怨而杀害了抗联十一路军军长祁致中，为了节约子弹，一说是用麻绳勒死的，一说是用刺刀捅死的，反正不是用子弹打死的。二人同列抗联烈士名录中，一个是为另一个所杀，这令我们至今扼腕叹息。

庄明高的故事

　　一小袋虾皮，战士行军每人发一小袋虾皮，吃饭时捏出一点儿当盐和菜。明天打仗，排长让他的战士都给吃了，他说，都吃了吧，说不定明天打仗就死了，吃不成了。被连长知道，排长和连长两人吵起来。庄明高的父亲是另一个连的连长，对那个排长说，别吵了，你到我连来。又对那连长说，把我的二排长换到你的连吧。庄明高的父亲和这个新来的排长是老乡，这个排长是宝山乡的人。父亲说他当兵时家里的儿子刚刚不到一岁，那排长说他走的时候女儿才二十多天，两人说好了，等打完仗就做儿女亲家吧。十八年后，那排长就把女儿送到王台来了。庄明高还有三个弟弟两个妹妹，只有三间土屋。庄明高带着媳妇找到了邻居二婶家说，婶，我要到你家来住。二婶说，你把西屋收拾出来住吧。后来二婶家来人了，他又找到前街三嫂家说，三嫂，你家厢房不是没有住吗，能不能让我们先住些日子？再后来就搬到场园屋里去住了。他去出夫，节省下半个窝头带回家给老婆吃。

　　庄明高要出外去打工，没有介绍信。他在会计家里赖着不走，直等到会计去厕所，他就偷偷盖上了章。两块五毛钱的车票到了青岛，对一个建筑队的头目说，你们一定要让我干上几天，要不我就回不了家了。他先是跟着砌大墙，结果是不跟趟，他对师傅说，我呀，根本就不会砌砖，你给我找一个不要紧的地方让我自己去干吧。你就去砌那堵间壁吧。他砌了一天，工头一看说，快拆，你这是砌的什么墙！砌了拆，拆了砌，连拆了两天，后来有个老头儿对他说，干什么都要有个架儿，你这样一辈子也干不好，照我这样砌。他光照老头儿的架儿干了，结果一天只砌了半截，队长来了一看说，今天不用拆了，就这样砌下去。评工资，他说，我这人，大家也都看到了，确实是干得不行，可是我回去还得交队里钱，大家总得让我能回去交得了账，别出来干了还要欠生产队的钱，大家就给我个四级吧。四级是一天七毛五。大家说，你值四级！下一个月又评的时候，有个姑娘说，你就应该五级。他不敢要。他说，还是大家说了算，给多少算多少了。大家说，你总得自己说出个想法儿，大家才能给你下结论吧？他就说了，给我个五级也行吧？后来就给了个五级。五级一个月就是一百五十块钱了。干了些日子，他回到家先盖了三间房子，剩下点儿又给老婆买了件衣服。

那天晚上李司良带着民兵队长提着枪找到他家，堵住门不让他出去，要他交钱。别人在队里学大寨，你跑出去挣钱，理所应当要交队里钱，先是要交两个月的。他说一个钱都没有，他是出去要饭了，没干活。后来又说，那就最少也交一个月的。他还是交不上。最后又找到我爹让他只交六十块钱就行，他还是交不出。他们就找到他的建筑队查账，他叫会计把他的工资表给撤出来。没查到他们总不死心，天天纠缠。会计说她挺不过去了。他说，那我只好去上吊了，我是一分钱也拿不出了。最终他们也没查出账。工作队只好说，算了吧，看样子，他确实没在外干活儿。他不算完，让他们赔他十七天的工分，他这十七天就被他们关着没干活，最后不了了之。

225

他最不喜欢干庄稼地里的活儿，也不会干，家里的地全是老婆干，两个人锄地，老婆锄到头儿了他还在半腰，割麦子她割四根垄他割两根垄，她到头儿了还要再返回头接他。但他对她们家人好，他岳父病了，他要老婆去送钱，老婆说，我不去，你去。他说，我今天不是脱不开身吗？他再三催促，老婆忽然贴着墙出溜下去了，坐地下就哭了起来，边哭边说，庄明高啊我对不起你，两个兄弟都不出钱，老跟你来要钱。

前年吧，赶大集，老伴儿给汽车轧死了，交警要判老伴儿也有责任。他找到交警队给队长跪下了，说，你就是我的包青天大人，你不给我个公道我不起来。队长怎么劝说也没有用，最后，队长说，好了，我保证你老伴儿没责任。他才起来。很快事故责任认定就下来了，判汽车负全责。

我看了下庄明高的家，很凌乱，饭桌上还摆放着中午没吃完的饭菜。他说，晚上就不用再做了。他不愿去儿子家过，在这里他还觉得有老婆和他在一起。

自在的河流

　　不仅仅是梦中，常常在大天白日它就会突然闯入我的意识，不仅仅是梦中。面对着电脑的时候，正看电视剧的时候，站在五层楼客厅的窗前望着下面大街的时候，正面对一本打开的书的时候，特别是在我和别人正在交谈的时候，它就会突然闯入我的意识，让对方诧异为什么我忽然呆若木鸡。它已经成为我生命的背景，无论什么时候，何时何地都无法消除的背景。其实它是一条不大的河流，但在天旱得黄河都断流的季节里它也从没有干枯过，它就是那么不慌不忙地流淌着。少年的我离开家乡，一路凄凄惶惶地向着东北方向流浪，向着东北，向着东北……一直走到了中国的边缘，再也无路可走时才停下来。我爬上了一个最高的山顶，想回头看看来时的路，看看已经远去的家乡，苍山如海，山岭一个接着一个排过去，没有尽头。那时正黄昏，我想起了那句诗——夕阳山外山。的确，夕阳山外山。从山上下来，我遇到了它，就是这条河流。从此我在它的左岸右岸，右岸左岸，来来往往无数次涉过。开荒种地，上山打柴，下井挖煤，伐树做坯盖房子。夏天河底的卵石硌痛我的双脚，冬天掉下冰层差点儿冻死。来的时候是一个意气风发的少年，当

227

我离开它时已经沧桑满脸，但是不再形单影只，我带着妻子和两个生龙活虎的儿子。两个儿子在这条河的哺育下成长壮大。这就是老百姓，他们就像是蚂蚁，或者是蜜蜂，什么都不用管它们，只要不去妨碍它们，它们就会自动地在那里采花酿蜜，生长繁衍，并创造出财富。

光秃秃的杨树在蓝天上晃动，忽然想到了那条河流，在这样的冬天里它仍然是在冰层下面汩汩地流淌着吧？

那天我在冰层上面走着，感受着河水在脚下流淌，就像感觉到脉管里的血液那么有力地搏动。我不担心能掉到水里去，零下三十度的时候很薄的冰层就能经得住人。我在河面上走着，有的地方水流冲破冰层涌了下来，我就踩着水继续向前走，就像这冰封不住的水流一样，我与这条河的往事也一波一波涌上了心头。于万山丛中蜿蜒着挤出，忽然在中段伸展开来，形成一块冲积小平原，很像一个怀孕女人的大肚子，坐落在这小块平原上的一个村子就叫大肚川村，这条河也就叫大肚川河，我所在的那个乡就叫大肚川乡。有一年我沿河谷往上走，忽然看到山峡间矗立起一座桥，青苔斑驳，桥头上有着康德五年的字样，于是知道了这是日本人修建的战争桥梁。再后来一个考古队在团结村的河边发掘出了石器时代的遗存，我惊异于数千年前，在如此寒冷的地带人们生存该是何等的艰难。

这是中国最边远的一条河流，向下游望去，它在冰雪覆盖的河谷曲折前行，进入了俄罗斯国境，穿过广漠的俄罗斯大地后注入北太平洋。每年春天，都有一些鲑鱼洄游万里从太平洋进入这条河来生息繁衍。

冰封万里，一片白茫茫的山野，了无生气，树木都在严寒中冻结了，它依然是这样无动于衷地流着，我踩在它上面轻轻地走，唯恐惊扰了它。当我走到一段悬崖下时，水流声忽然大起来，由于回旋激荡，流速太大，这一段河流居然没有封冻。在哗哗的声响中停下来，我第一次发觉原来它是这样的，这才是它的本来面目，不管什么季节，不管多少人的惊扰，千万年以来，它就是这样自由自在地喧哗着，奔流着，日夜不息，无始无终。我认为我真正理解了一个词——自在。它是自在的。也只有这条河流是真正的自在。在这四无人迹的荒远天地中，没有一点儿声响，唯有它歌唱着，奔流着。无视荣辱，无视利害，甚至无视日月轮回。天地静穆，万籁无声。

最后一只野兔

　　那天，我望着它，它望着我，我们俩就那样对望着，我一动不动，它也一动不动。蝉声震耳。也许只是一瞬间，但当时却觉得是相当长的时间，以至今天仍然清晰地记得当时的情景。它是一只很小的野兔，从体形上看它的年龄也只相当于我们七八岁的孩子。我坐在大门的门槛上，它站立在门前的路上，相距只有四米吧。野兔是很弱小的动物，它们都很胆小，我和它如此短的距离应该是很少见的情况。它像人那样站立着，两只前爪搭在胸前，很滑稽的样子。兔子的眼睛是长在脑袋两旁的，它一只眼睛和我对视，另一只眼睛还在监视着周围，随时准备着撒腿就跑。那时我对它心生怜悯，周围的环境已经很不适合它的生存，远处大道上汽车的轰隆声不绝于耳，附近工厂里钢铁叮哐撞击，震得地都在颤抖。作为一只野兔它时时都生活在惊恐之中。它忽然轻声对我说，你看上去很孤单啊。我说，我比较喜欢孤单。它说，我也是……然后，它屁股一撅一撅地走了。这只野兔很有趣，曾经有一天，我也是这样坐在门前，忽然看见大豆地上几只喜鹊飞上飞下地喳喳叫，大豆的叶片在微风中婆娑，很像是一片碧绿的水面上起的涟漪，喜鹊们那黑白相间的

230

翅膀飞舞着，宛如动画。我心中好生奇怪，这些喜鹊在干什么？忽然我发现，大豆叶底下忽地跃起一只野兔，像一条鱼儿跃出水面。它就那样忽上忽下不停地跳跃，和空中的喜鹊们相呼应。很明确，这只野兔和喜鹊都不会怀有恶意，它们是在嬉戏闹玩儿。这是我第一次看到不同物种间的游戏，它发现我在看它们，越发跳得更欢了。后来我就对它产生了一种说不出的感情，每次它出现时我都默默地看着它，它有时会故意地跳起来向我显示一下它那白色的屁股，很像一个调皮的孩子。它一出现就会用两条后腿用力地拍击着地面，告诉我它来了，我断定，它是一只雄兔。《木兰辞》里说，雄兔脚扑朔，雌兔眼迷离，双兔傍地走，安能辨我是雄雌？我小时候养过兔子，知道只有公兔有后脚拍地的习惯。后来上学时读到这句古诗很惊讶，古人观察得很仔细啊。这句古诗，除非亲自养过兔子的人很难读懂。现在想来，它和我的那次对望是在向我告别。

我的房前屋后有大片树林，到夜晚常有一些坏孩子骑着越野摩托车来抓野兔，据他们说野兔在黑暗中只会循着灯光逃跑，骑越野摩托车就能追上。人类是有过靠打猎生存的时代，但后来的打猎成了一种嗜好，只能说是出于本性的渲泄。我觉得在树林里追逐到野兔的可能性很小，只是一种刺激而已。野兔越来越少，我认为不是这些坏孩子们的追捕能使它们灭绝的，就如同那句谚语说的，在最后一只羚羊被杀死之前，狮子早就灭绝了，而是环境不允许它们存在了。

我坐在门前，久久地看着眼前的荒地，希望去年那只野兔能出现。去年冬天我没在这里过，春天麦苗返青的时候我想它会回来吃麦苗，可是总不见它出现，现在又是夏天了，蝉声震耳，它还没出现，这么说，它并没有熬过去年的那个冬天。看看眼前这环境，哪里能容得下一只野兔生存？可知它去年来看望我的时候已经是生存相当艰难了。

231

树林给杀光了，不知什么人租下了这片土地，他们想要圈起来，用石头和砖打好了地基，但政府不让，派人来用挖掘机给挖掉，扔下这些石头和碎砖无人管。那只小小的野兔很让我想念。它一定是死了，是谁最后杀死了它？是野狗，是骑摩托车的坏孩子，是汽车轧死了它？都有可能。但最大的可能是惊恐而死，在机器和汽车的轰鸣中，在钢铁的挤压下，它的神经崩溃了。

那次，它和我久久地相视着，大约是想诉说生活的艰难但又不知从何说起。

夏天到了，我依旧坐在门槛上，看着长满芳草的路，阳光在上面照耀，蝉声震耳。但是它再也不会出现，永远不会出现了。我的门前永远不会有野兔了。绝望孤独充满了我的心。我要记住，这是二〇一七年的夏天，那只野兔最后消失的夏天。有一个人，也是在这个夏天消失的。

做　梦

很早以前，我在读荣格的书时，有了一个意外的发现，荣格爱做梦，他是天天都做梦。而我认为平常人不是每天都做梦，有的人多，有的人少。我就属于梦少的人，但也不是从来就不做梦。天天都做梦的人很少见。大约弗洛伊德也是个非常多梦的人。是这种生理上的特质成就了他们伟大的事业，完成了心理学上的杰出著作。近代有科学家对人类的梦做了一项科学实验，他们发现人是天天都要做梦的，只是有的不能记住罢了。他们发现，当你睡觉时虽然闭着眼，眼球仍在动的情况下做的梦是醒来后能记得住的，而眼球不动的情况下做的梦是记不住的。现在我对这个科学实验有异议，当一个人做梦没记住时，你有什么证据能证明他是做了一个梦的呢？近来有人说，所有哺育动物是都做梦的。这说法同样靠不住，你怎么知道你家的狗今天夜里做了一个梦？

近几天都在读《不安之书》，读得很苦，既无故事又无逻辑，他是想到哪儿就写到哪儿。作者佩索阿不仅仅是像荣格和弗洛伊德那样爱做梦，而且他是大白天也做梦，真正的白日梦。要命的是他不但做白日梦，而且他认为梦中的现实才是真正的现实，他能在梦中实现所有心理

233

上的愉悦，完成身体上的快感。所以，他不需要漂亮的衣服，不需要美味的食物，更不需要豪华的居室——一辈子只居住在廉价的出租屋里就可以，一切愿望他都能在白日梦中得到。甚至他不需要女人，一切的欲望和快感他都可以在白日梦中实现。他可以坐在办公室里一丝不苟地一笔一笔地记着账簿，一边海阔天空地满世界去旅游。在很多时候他甚至分不清哪是梦哪是现实。这很像庄周梦蝶的故事，到底是庄周梦见了蝴蝶还是蝴蝶梦见了庄周？

他依据自己的亲身体验，连写了三篇《对已婚妇女的忠告》。他认为已婚是不幸的，他对这些不幸的女人提出忠告，告诫她们万不可出轨，那是得不偿失，但你可以做白日梦，在梦中实现你的所有欲望。你可以把你的丈夫想象成你心仪的男人，在他身上得到身心的所有愉悦，既是天下最淫荡的荡妇，同时又是相夫教子的贤妻良母。由于生理上的差别，我相信并不是所有的妇女都能如佩索阿那样做白日梦，而且做得那么真切，得到心理和生理上的愉悦。生理上的特质不但能决定一个人身体上的状况而且往往会影响人的思维方式，弗洛伊德由于多梦，对梦做了深入的研究，取得了前所未有的成就。但理论都是偏颇的，他认为所有的梦都是可以解析的，所有的梦都是欲望的达成。我们都知道，这不一定。由于生理特质的差异，此处的真理可能成为彼处的谬误。

第 三 辑

最真实的记录

　　《星火人的风采》读罢，感慨良多——一群人从少年到白头，或低回徘徊风雨交加，或意气风发波澜壮阔，大业遂成。代为之序，不揣冒昧。然，自父辈就与东佳集团创始人崔洪成儿时同窗共读，一起长大；到我辈又与星火集团创始人崔兆启在同一块土地上，相知相识将近七十个春秋，又共同地爱好文学，谈论古今，意气相投，不能不说是渊源甚深。如此说来，我之为序，可谓得天时地利，义不容辞。图片是历史最真实的记录，胜过文字百倍，然图片背后的故事仍需要文字加以说明，是为序。

一、20 世纪的霞光——大背景

　　多年来，有关星火集团的文字已经有上百万字，这次写序，我要换一个角度，以我个人观感来叙述，把星火集团放在历史的大背景下，观察一下这个企业集团的创始和发展。它是一棵树，要全面地考察它的成长就必须认真地研究此地的土壤、气候、雨水，乃至时空。

计划经济是20世纪的一道霞光，曾经辉耀全球，多少年轻人为之前仆后继，流血牺牲，星火集团就是在这道霞光中艰难地诞生的。我们这代人有幸经历了这道霞光的全过程。说"有幸"是因为计划经济在整个人类历史上是未曾有过的一种经济形式。而我们这一代人恰恰经历了它的产生又经历了它的衰落。中国以前的经济形式被轻蔑地叫作"小农经济"，实际上也就是一种未发育起来的市场经济。我看到过祖父和父亲两人耕种我们家的那三亩地，也看到过祖母和母亲点着油灯用纺车纺线。那是20世纪50年代中期，我很小。忽然有一天父亲从村里回来跟祖父说，开会了，号召要成立互助组。我的记忆中那一天很冷，刮风，天空发黄，鸡毛和草屑堆积在墙角。他们就商量和哪几家搭伙种地。互助组就是农民自由结合成立一个互相帮助的组织，各家仍旧是种各家的地，只是在农忙时合起来耕作。很热闹。孩子们也常常跟到地里去帮上一把手。过了不长时间，也就是一年多吧，这次是祖父主动跟父亲说要加入合作社，他已经被选上了入社积极分子。那次入社运动比互助组要艰难得多，许多农民想不通，不想加入。因为这次的入社都要把土地和牲口一起集中起来统一使用。农民对土地的感情绝对不是一般人所能理解的，特别是他们的牲口，绝不是我们所看到的马、牛，那是他们的家庭成员，是他们的家人，要把它们放一起去让别人饲养，交给别人使用，那是万万不行的。加大宣传，说服动员，除了天天开会外，还编了一些短小的戏剧之类的，演的是一个农民不想入社，经过了说服动员最终想通了，把牲口交出去的那天，他抱着牛的脖子放声大哭。我们家有一头牛，我的祖父和父亲属于对牲口没有特别感情的那种人，而且他们还是入社积极分子，所以交出去就交出去，没看到他们特别留恋。他们还给牛的脑门上戴上一朵大红绸花，那边敲锣打鼓来迎接，但是仅仅一年之后它就瘦得我都认不出来了。现在想来，当初的互助组不过是为入社做的一个铺垫而已。让农民把刚分到手的土地再交出去不是一件轻而易举的事情。但是全中国都做到了。我们村只有一户没入社，户主是一个哑巴，姓黄，他的老婆虽勉强能说半截话，却是一个聋子，没办法说服动员。他们这一家死活不入就没办法了。再说，这一家只有两亩极薄的土地。后来这一家成了我们村唯一没有挨饿的人家。那次合作化运动有一个原则是要"入社自愿"。但也发生过上吊的事情。当年有人就发牢骚编了句顺口溜——互助组，吃的粗，合作社，吃瓜叶，单干，吃白面。

公私合营好像是和农村的合作化同时进行的，我记得镇上个人经营的小饭店、小杂货店甚至修自行车的小铺子都忽然不见了，合营的商店也叫合作社。我的祖父一辈子都对父亲很不满意，他时常抱怨的一句话就是，你看看人家崔洪成！父亲和崔洪成是同班同学，父亲比崔洪成要大一岁，那时候全镇没有几个学生，相差十岁的孩子都可能是同班同学。据祖父说上学的时候父亲比崔洪成一点儿也不差，下学后，他们都是王台镇少有的识字的文化人，后来却一步一步拉开了距离。那时候崔洪成已经是王台镇的"手工业联合社"的经理，在整个王台镇算得上大人物了，父亲却依然是一个庄稼汉。崔洪成戴着厚厚的黑框眼镜，显得有几分儒雅，是整个王台镇少有的几个戴眼镜的人之一，并非是王台人少近视，而是种庄稼即使近视到三百度也是不需要戴眼镜的。而崔洪成跟工业沾边儿，他有一个自行车修理铺，虽然修自行车是一个简单的手工活儿，但近视却是大障碍，不戴近视眼镜绝对不行。1952 年新中国政府号召公私合营、手工业联营，崔洪成积极响应党的号召，主动联合了王台镇的手工业者，1953 年正式成立了手工业联合社，他也就顺理成章地成了经理。从此，王台镇开天辟地以来第一次有了一个可以称作"工厂"的实体组织。这就是后来的"农具二厂"的前身、"青岛胶南纺织机械厂"的前身，也就是今天的东佳纺机集团的前身。因此，在《胶南纺织机械厂简史》上把1953年定为他们的建厂年。

崔洪成小小的手工业联合社在这样的大背景下一步步发展起来，虽然最终没有成为正式的国营企业，但也一直是在胶南县政府的管辖之下。崔洪成作为创始人一生都没有离开过这个企业，他成功地把这个企业带向了一个在本地区首屈一指的地位，他的一生都奉献给了这个企业，虽然始终都没有占有这个企业的股份，直到作为一个两手空空的退休干部回到家里也没有一句怨言。

由于他出色的工作，1954年被选为代表参加胶南县手工业先进代表大会。50年代的社会主义思潮汹涌澎湃，彻底打消了所有中国人个人发家致富的梦想，崔洪成无条件地接受了这一新思想，他把自己的全部精力投入到了为国家为集体的事业发达而贡献一切的洪流中。1955年，根据手工业会议精神，他进一步扩大了联合社的规模，由原来的7人一下子发展为18人，由原来只能修自行车的小作坊发展为钣金加工，修理手表，而且成立了红炉组，开始生产一些小农具。一发而不可收拾，下一年就发展到了32名工人，厂名也改为"胶南县铁业修配合作社"。年轻气盛，意气风发啊！前途一片光明！崔洪成义无反顾地投入到了他的事业中，废寝忘食，夜以继日。王台这个小工厂的飞速发展引起了胶南县领导的关注，他们决定加强这个小厂党的领导，专门派来了一名厂长，因为当时的崔洪成还不是党员，自然就成了副厂长。对这种职务上的升降，崔洪成毫无怨言，只认为这是上级领导对工厂的关怀。后来的事实证明政府这一决定是错误的，这个只会种庄稼的党员厂长，完全按照种庄稼的程序来管理工厂，一度严重地阻碍王台镇这个小工厂的发展。他认为，管理就是经营好眼前的这一亩三分地儿，别让它长草荒了，什么发展，那是好高骛远，是年轻人的异想天开。崔洪成是一个生性宽厚的人，从不计较新厂长的专断，仍然能和这个对工厂一窍不通的厂长通力合作。他一如既往地竭尽全力地工作，为了扩大生产规模，他常年在外联系业务，为了购买到一台机床他曾经在潍坊机械厂一住就半个多月。他堂堂五尺之躯甚至屈尊为人家扫地，干杂活。这种赤诚感动了该厂的领导，终于批给了他两台皮带机床。崔洪成如获至宝，又费尽心机从一个废品收购站里弄回了一台旧车床，经过修理之后还能使用，一共三台机床投入了生产。从此，在王台镇这块古老的土地上，第一次有了机器的轰鸣声。简直是震天动地啊！这个小小的工厂从此不仅能修理农具而且开始了机械加工。开天辟地，王台镇有了真正的工业。

对于机床，这个年轻人有着痴迷般的爱好，他宁可放弃地位和权力，只要让他摆弄机床。机床在一般人的眼里只是一堆钢铁部件而已，在他的眼里却是一个有生命的东西，他常常守着一台机床琢磨几天，甚至忘记了吃饭睡觉。

由于崔洪成出色的工作，他在 1958 年光荣地出席了山东省手工业积极分子代表大会。

公私合营、合作化，紧接着的公社化就很顺利了，到处开大会成立人民公社。锣鼓喧天红旗招展。土地属于合作社的，马牛属于合作社的，小工厂里的一切都属于合作社的，反正都已经不再属于自己的了，大家也就不放在心上了。土地完成了国有化，工商企业完成了国有化，计划经济正式开始。有人说过，要消灭资本主义，取消货币是最简单的办法。我记得有那么一段时间确实是取消了钱这种东西，口号是，世界东方出现了一个吃饭不要钱的国家。吃饭都不要钱了，走到哪里随便吃，还有什么要用钱？那一段时间内商店也都取消了。其实也没有什么东西了，一切日用品工厂都停产参加了大炼钢铁。连学校的操场和机关的院子里都建起了炼铁的小高炉。所有单位都下达了炼铁的指标，炼铁的计划指标总是超额完成，到处都在"放卫星"，但炼出的铁大多是矿渣。没有不敢想的事情，没有不敢说的话，没有不敢干的事情。全国人民都在狂欢，令人振奋的消息分分秒秒都在发生。那段时间中国人经历了历史上最无忧无虑的时光。计划经济在全球取得了胜利，计划数年之内，苏联要超过美国，中国要超过英国。

"大跃进"是计划经济的高潮，不仅计划每年炼多少万吨钢铁，生产多少万吨煤炭，生产多少万担粮食，甚至全面到生活中的一切都按照计划行动，村村实行食堂化，家家实现双罐化；锅都收走，全村男女老少都到食堂吃饭；所谓的双罐化就是要在厕所里一前一后埋两个瓦罐；但瓦罐是最易碎的，不长时候都碎了。曾经实行过家庭也取消的计划，但只实行了不几天。我们这些半大小子统一到一起睡觉，在一间黑咕隆咚的屋子里，地下铺着厚厚的麦草，大家就那样躺下睡觉，很刺激，叽叽喳喳，兴奋得半天睡不着。不知为什么后来又各人回家睡觉了，很让人扫兴。

"大跃进"过去之后，在很长一段时间内人们仍旧坚持着一切生产按照计划进行，生产队什么时候春种、什么时候秋收都要按照公社的统一计划，甚至种什么庄稼、种多少亩都由公社统一布置。那段时期的公社干部们非常劳累，长年累月地开会，下地，在炎热的夏天都和农民一起在庄稼地里晒着。但结果是仍旧不能维持住温饱。后来再退一步，计划下放到生产队，种什么，怎样种，由生产队长说了算。但仍旧是生产效率低下。这种状况一直持续到20世纪80年代末。

对老百姓来说，"大跃进"是突然间发生的，一夜之间，如同山呼海啸般发生了巨变，这块古老的土地上雨后春笋般冒出了遍地炼铁小高炉。世界沸腾了，火光彻夜不息，映红了沉睡千万年的天空，人们疯狂了，呼喊着冲向未曾有过的人间奇迹。他们要在瞬息间改天换地，建成人间天堂。人的意志可以主宰一切，大自然如同玩物，可以随心所欲索取，山河如同手中的面团，可以任意揉捏塑造。敢叫日月换新天，千年的古树伐倒投入炉火，百年石佛塔砸碎铺在路上，见证历史的牌坊推倒扩展街道，一切为了通向天堂之路。

王台镇运来了第一台炼铁用的发动机，名叫锅驮机，很形象，它外形就像一个大骆驼，带四个轮子，上面驮一个大锅炉，事实上这就是一台烧煤的蒸汽机。用它来给炼铁的小高炉鼓风，但它经常坏。后来又弄来一台柴油发动机，人们都非常奇怪，这东西比那锅驮机小多了，为什么力气能比那大家伙大得多？

崔洪成的铁业修配合作社一夜之间成了王台镇的炼铁大本营，一下子从农村招收了三百多人，由原来的42人增加到345人，工厂性质也由集体企业升为地方国营企业。

崔洪成成为王台公社的炼铁技术权威，他四处奔走，哪里出现了问题他就被叫到哪里去。他对炼铁也有着一种天生的兴趣和理解能力，他把全部热情投入到了这场运动中，常常几天几夜不睡觉。他也遇到过无法解决的难题，公社机关的炼铁高炉因为鼓风机坏掉没及时修理起来，熔化的铁水凝固在炉膛里，想尽了所有办法也无法扒出，最后只好把高炉拆掉。那是一个狂欢的年代，每天都有新鲜事情发生，世界上所有的东西都是前所未有的，人们投入了一生中最大的热情，把铁锅和菜刀，甚至把墙上的钉子都拔下来投入到高炉中，虽然炼出来的是无用的铁渣，虽然造成了后来的大灾难，但王台人第一次亲眼见识到了石头是怎样熔化成铁水的；第一次见识到了怎样能把农民成千上万地组成一支工业大军……

我记得那是一天的早晨，我们家刚刚吃完了早饭，崔洪成带着两个人到我们家去了，他对我的爷爷说，大哥，工厂要扩大，你家的房子公社征用，你们需要搬家了。他和我的父亲同代人，但不知从哪里论起来，他和我的爷爷是一个辈分，总是叫爷爷大哥。爷爷好像一点儿也不意外，很痛快地说，什么时候搬？崔洪成说，当然是越快越好，有什么东西，如家具之类的我派人来帮着搬。当时父亲给派到青岛一个什么工厂里去炼铁了，家里只有爷爷是男当家。爷爷说，没有什么要带的了，我们现在就走。于是我们一家只带着睡觉的几床被褥就走了，搬到鸡市街空闲的三间小土屋里。那时候就这样，只要你家的房子有空的，谁都可以搬进去居住。爷爷这个人很有些不着调，喜欢跟潮流，从不拿自家的财产当回事。他年轻时抽过大烟，把祖宗留给的土地都抽没了，但这成了他一生最得意的事儿，他说如果不是把地抽没了，我们家就是小地主，一定会挨斗，我们这一代也抬不起头来。对于搬家失去老屋，倒是我很悲伤，我们家那个院子很大，种了一棵梨树，门前有一口石砌的井，夏天晚上坐在井台边乘凉，听祖母摇着大蒲扇讲故事。那井我曾经冒险下去过，冷气侵人。井边还有两棵槐树，我常常蹲在树下看蚂蚁们排成长长的队伍向树上爬。槐树上有一种青虫，扯着一根丝就从树上吊下来了，它们行进的方式很是好笑，它们总是先把身体的前半段向前爬出去，然后再运动后半段，这样整个身体就弓了起来，之后，再把前半段运动出去，再运动后半段。孩子对自己童年生活的地方感情最浓烈，而且终生不忘。鲁迅的《从百草园到三味书屋》和萧红的《呼兰河传》都是写这种感情的。后来，国家曾经有了一个整顿政策，对曾经收归公有的个人财产在一定程度上返还，我不记得是哪一年了。我家的房子拆了不能再建，工厂象征性地赔偿了我们家一点儿钱，但我们一家成了无家可归的人。说说门前那两棵槐树吧，不知道为什么它们劫后余生留了下来，海边有人来买树造船，据说槐树做船龙骨是最好的。父亲就把它们卖掉了。父亲悄悄地跟爷爷说，其实这两棵槐树工厂已经赔过钱了，我又偷卖了，赚便宜了。砍树的时候崔洪成看见过，但没有制止，也算是父亲直接沾了老同学的光吧。我们老屋的旧址就是现在东佳集团办公楼所在地。

似乎王台镇一夜之间进入了工业社会，然而大自然有它自己的意志，人类社会也有它不可违的发展规律，狂热消退之后，一切归于寂静，鼓风机声消停了，冲天火光熄灭了，幻想的天堂灰飞烟灭，片瓦无存。这个曾经承当了主力军的王台铁业合作社一度发展到345人，到1960年又一下子减少到52人，也就是把招收进来的职工几乎都遣返回农村。古老的土地重又恢复了原样，只是变得更加贫困。王台古镇一片断壁残垣。全民大炼钢铁无人种地，粮食严重短缺。崔洪成当时有四个孩子，加上母亲共七口人，母亲本来体格健壮，但是在这场席卷全国的大饥荒中没有熬过去，因营养不良而逝于1961年。大儿子崔兆启和二儿子崔兆法也就有了他们一生难忘的逃荒生涯。

这样一个大家庭陷入了严重饥饿，但是他对未来充满了信心，一边忍受着饥饿一边规划着未来的蓝图。让他值得欣慰的是，在这场灾难性的大变革中他的工厂得到了空前的发展，工厂的面积就扩大了数倍，那些阻碍他工厂扩建的住户，他原来想都不敢想能让他们搬迁，但是在"一切为钢铁元帅升帐让路"的号召下，这些老邻居毫无条件、毫无怨言地搬迁了，连做饭的锅都没带走。我们家就是其中的一户。

《星火人的风采》中有一章是《回访左家沟》，其中提到了那个左振宏和他的弟弟。左振宏的父亲叫左兴法，他从莒南到王台开了一个小杂货店，他和我父亲、崔洪成都是好朋友。他的大儿子就是左振宏，左振宏的母亲教我母亲和崔兆启的母亲烙煎饼，那时候王台人不吃煎饼，所以王台的妇女都不会烙煎饼。煎饼果子我也是头一次见。莒南那边专吃煎饼过日子，左振宏母亲烙得非常熟练。他们那里妇女的发式和王台不同，有一缕头发是不绾到脑后而垂在前面，她烙煎饼时要时而把这缕头发掠回去。有一天，我和左振宏、左振宏的姐姐，还有几个我不记得了，我们一起在东庙里玩儿，那时候东庙做了粮库，但前大殿和后大殿都还是老样子。我们在后大殿玩儿的时候，粮库的人下班把大门给锁上了，他不知道里面还有一群孩子。庙里一下子变得阴森可怕起来，我们吓坏了。大门是那种圆木的栅栏门，左振宏的姐姐又瘦又小，她试了试居然能钻出脑袋去，孩子只要能钻出脑袋去，人就能钻出去。于是她就跑出去叫人打开门，把我们都放出去了。他们一家后来搬回莒南去了。我记得好像是 1960 年，与崔兆启记得是 1961 年不同，也许是我记错了，左兴法又回王台一次。我们家请他吃了一顿饭，煮了一盘地瓜，是生产队存放的地瓜种。老左指着地瓜说，我们那边，这东西还能吃得上。他们那个左家沟在日照和莒南的交界，而左家沟距公社所在地文疃又远，是个偏僻的小山村。所以那时还能够像样地种点儿地，勉强能吃得饱。于是就有了饿得不行的崔兆启和八岁的弟弟崔兆法被左兴法带到莒南逃难的故事。其实他们在左家沟也就住了一年左右吧，但是那成了崔兆启一生中最难忘的日子。后来又有了崔洪成把左兴法一家弄到王台居住到现在的历史。从崔、左两家的交往足可以看出这是两个忠厚人家。可谓患难之交了。左振宏小名叫"大专"，我不知道是不是这两个字。有一天，大专悄悄从手心里送到我眼前一点儿金黄色的东西说，你知道这是什么东西吗？你尝一下，真好吃！我拿过来一下就填到嘴里吃下去。他急得跺脚大叫道，你怎么一下子都给吃了啊！真的，那是我一辈子吃过的最好吃的东西——不过是一块咸鸭蛋蛋黄。不知道他是从哪里弄来的。从东北回来，我又见到了左振宏，提起此事，他却一点儿也不记得了。

计划经济是人类最优秀的大脑设计出来的产物，爱因斯坦就极力推崇计划经济。它因此看上去完美无缺，井井有条，前途光明灿烂。也不知道是什么原因，只是生产效率不行。

那段时光随着青春一去不复返了，回忆起来还是有一种让人怀念的甜蜜。计划经济就像是天边的一抹霞光，瑰丽诱人，让人恋恋不舍，但消失得也快。当年有一个电影叫《我们村里的年轻人》，那是最让我充满向往的一部电影，因为那时我就是"我们村里的年轻人"。同吃同住同劳动，大家没有任何差别也没有任何矛盾，齐心协力搞生产，青年男女在田野里，在阳光下，自由自在谈恋爱，团结互助学文化。一幅天堂般的美景。直到今天，再也没有那样令人向往的生活图景了。那部电影已经被遗忘，但那插曲现在仍旧在唱——《人说山西好风光》。

当年，农业人口占中国的80%，农业的经济形式就等于中国的经济形式。农村的计划经济生产形式一直持续到20世纪70年代末期，由十八位村干部打破了，他们如同签订生死文书似的，在一份要包产到户的协议上签了自己的名字又按上手印。他们要改变的并非是计划经济的基础，土地依然公有，仅仅是要改变生产方式——分开经营。做梦也没想到，他们这偷偷摸摸的行动会立刻得到党中央的大力肯定与推行，于是，轰轰烈烈的人民公社垮台之后，残存的生产队也取消了。一夜之间，粮食吃不了啦，简直跟神话似的，大家惊讶地发现，原来中国人吃饱饭并不是什么难事。

这是一个奇迹，对许多人来说是一个不解之谜，人还是那些人，地还是那些地，生产工具也还是原来的生产工具。只有把生产过程分解来看才能明白，比如说锄地，当年没有除草剂，从种到收，一茬庄稼最少也要锄三遍，这是种地的一道很大的程序。在生产队是大家一字排开，每人一根垄往前锄，但由于人的运动神经协调能力有差别，那些眼明手快的人很轻松地就能锄到前头，而协调差的人就是有力气也难以跟上去。又不能让别人落下，就只能锄得粗一些，这就无法保证质量。队长就在后面不停地检查看谁落的草多。锄地要快，伤苗几乎是免不了的，所以生产队里锄地的质量永远不能和分田到户后锄地的质量相比。讲一个笑话儿：有一个瞎子雇一个人锄地，到收工时，这瞎子说，你今天锄得很快，但是你铲断了我五十棵苗，所以要扣掉你五毛钱，你要是不信，可以自己去地里数一数。这人到地里一数，果然是五十棵。一天白干了。他百思不得其解，他是瞎子，怎么会知道我铲断了五十棵苗呢？直到夜里，他才恍然大悟，原来，庄稼人铲断一棵庄稼苗都会心痛得不自觉地哎呀一声，瞎子是在数着他的"哎呀"。第二天再锄地，他狠狠心把苗全给铲了，但一声不吭。收工时，瞎子拍拍他的肩膀说，今天锄得好，一棵苗没铲断，工钱全给。地瓜锄第三遍的时候已经开始结蒂，如果你只为了赶进度就免不了要铲断一些，这对产量是一个很大的伤害。你要跟得上大伙儿，又不得不铲断一些，但你狠着心不出声儿，队长是检查不出来的。

如果给自家锄地你就不需要考虑别人的进度，只考虑庄稼的收成。同样是锄草，生产队里为的是跟趟儿，为的是工分儿，而承包后为的只是产量。这差别可就大了。还有，分田到户之后，等于取消了大批的脱产干部，从大队长到小队长，还有什么大队会计、大队保管、小队会计、小队保管。农民出的工少了，庄稼却长得好了。奇迹出现了。

齐头并进，共同富裕是计划经济的目的，但事实上不可能实现。无形中已经给经济发展制造了不可避免的伤害。最主要的差别在这里，计划经济在全中国只有几个大脑在计划，也就是只有几个大脑在工作，而市场经济是成千上万的大脑在计划在工作，那成效是不言而喻的。分田到户之后，所有的中国农民都在开动脑筋为增加产量而努力，这绝对比只有公社那区区几个脑袋的计划高明得多，合理得多。但也有很多人怀念那段生产队时光，热闹啊，而且不用动脑筋，跟着干就是。

20世纪那道霞光，曾经辉耀全球，色彩绚丽，后来渐渐黯淡下去。但是，计划经济制度下仍旧有许多的情景让人回味，那毕竟是我们的青春年华。

二、工业种子播撒者

是他把工业的种子带进了这块古老的土地上，在数千年的历史上，这块处于胶州湾西海岸的大地上，一直都是日出而作日落而息鸡犬相闻的农耕社会，人们所认识的都是锄镰锨镢、麦子豆子、玉米高粱，别说是什么机器，就连"工业"这个概念都是闻所未闻。他从一个修车铺开始，到生产轴承、车床、水泵、播种机、收割机等，一步一步发展到全县举足轻重的农具二厂。他喜爱机械，工业制造是他的宗教信仰。一个人的爱好，往往会改变这个世界。如瓦特的蒸汽机，如福特的汽车生产线，如爱迪生的电灯电话，如特斯拉的交流电，如阿坦那索夫的电脑，在当时都仅仅是一种爱好，绝没有想到能改变整个人类世界。崔洪成就是喜欢机械，他从修理自行车到用零件给儿子装配自行车，都是出自一种天性的爱好。为这个爱好，他耗尽了他的一生，直到晚年退休后仍旧迷恋机器的轰鸣声。另一方面他是出自一种悲天悯人的情怀，这使得他对面朝黄土背朝天长年累月在土地上劳作，而只能挣得区区几个大钱的乡亲们心怀怜悯。他发现机械可以使人免除劳累，而且能创造财富，他只想能有朝一日让大家在这块土地上永远摆脱劳累和贫困。当他身处逆境，被贬到山西太原成了一个普通的业务员时，仍旧在心里惦念着他的机械之梦。他四处奔走，把能得到的机械项目向家乡的土地上引进。他如一个教徒，以传教的满怀热忱要把他的信仰播撒在大地上。可惜的是，当年中国完全在计划经济笼罩之下，他无法把自己的意图实施在普通的群众之中，只能把一些项目推荐给公社，而这些公社的领导往往知识贫乏甚至鼠目寸光，并没有把他的宏图大业放在心上。可以说他的上半生都是在计划经济的种种限制之下苦苦经营，直到他的晚年才迎来了改革开放的大潮。

他痴迷于机器制造，他全心全意地要把机械工业的种子播撒在这块古老的土地上，终生为之努力。即使多年后他已经退休，只要遇见能谈得来的朋友或乡亲，不管是干什么的，他都要对人家进行关于工业发展前途的传播，不厌其烦地讲解他的机械制造常识。机械工业成了他的一种宗教信仰。现在的福元机械制造公司的创始人庄俊福，就是在他的劝说下毅然地投入资金创办起来的机械制造公司。庄俊福是一个大字不识的文盲，但为人随和，爱与人交往，本来他与崔洪成不是一代人，但他与这个父辈的机械制造者成了忘年交。他本来是一个鱼贩子，勉强算得上是生意人，在崔洪成的再三劝说下，他放弃了已经驾轻就熟的生意，把全部家当投入到了完全陌生的行业。他购进了几台机床，从此他家就开始机床轰鸣起来，渐渐发展成了一个颇具规模的机械公司。像他这样间接或直接受到崔洪成影响而进入机械制造业的人还有很多。

是他把现代工业的种子带进了这块古老的土地，这颗种子在艰难而顽强地生长着，可以说没有当年的"二厂"就没有后来的星火集团，也就没有今天的这个中国工业重镇。

后来，国家对工业进行整顿，崔洪成的这个铁业合作社又降为集体企业，1962 年后名字叫五金合作工厂、农具二厂、轻工专用设备制造厂。1963 年崔洪成又被任命为厂长。不知为什么，人们所牢记的只有"胶南县农具二厂"这个名字。大家简称它为"二厂"。当年，二厂是王台镇唯一的工厂。1958 年后不再大炼钢铁，为了生存下去，崔洪成开始生产轴承、车床、水泵、播种机、收割机、脱粒机、压豆机、榨油机等。经过了艰难的调整，工厂又开始走上正轨，逐渐恢复了生机，虽然生产的门类杂乱，但利润可观，开始转产滚齿机、电动机、牛头刨床、模压机等。二厂的效益进一步提高。到 1978 年已经年生产小农机具 102 台，机床 5 台，模压机 40 台，滚齿机 198 台，产值 650 万元，利润 159 万元。

二厂工人工资待遇优越在王台镇首屈一指，一度超过当时所有的政府一般干部，包括中小学教师。大街上遇到一个年轻人问他在哪里上班儿，他会高傲地说，二厂！家中能有一人在二厂上班就是全家的荣耀。我的一个女同学本来是一名教过七年小学的教师，后来也到二厂当了工人，她说，当年为了能进二厂当工人，很多比我资格还老的国家正式教师都毅然地放弃了他们曾经热爱的教师职业。她说，当时二厂的工资高啊，比当教师要高出好多哪，还是找人托关系才能进去的。她是以一个二厂工人的身份退休的。附近村庄的姑娘们都争先恐后地往二厂嫁，一个男孩子，只要进了二厂当工人就可以保证能找到一个很不错的姑娘当媳妇。进二厂当工人要县领导批准，这在今天看来简直是笑话，可见当年二厂之辉煌。王台镇进来很多外地的年轻人，他们有的是靠县领导们的关系进来的，有的是大中专学校毕业分配来的，这些文化程度高的、有学历的年轻人，为当地带来了文化水平整体的提高。王台镇一时不仅仅是经济繁荣，文化方面也显得与众不同，打篮球的、唱京戏的、弹吉他的。二厂不仅仅是能生产机器，还发展了文化事业，电影院、俱乐部、图书馆。尽管后来这个企业叫过许多名字，但王台所有的上了年纪的人仍旧叫它"二厂"。"二厂"这个响当当的名字直到今天仍旧能盖过"东佳集团"这个现代化的名称。二厂是王台镇的一张名片。

崔洪成就是这个二厂的创始人，而且一直是这个他一手操办起来的工厂的主要领导。因为业绩显赫，他光荣地加入了中国共产党。

刚刚要安顿下来，又一场灾难降临了。1966 年"文化大革命"开始，真正是"史无前例"的大破坏。崔洪成被罢免职务，而且被推上台批斗。他在台上不卑不亢，泰然处之。当红卫兵们指责他对工人苛刻，要工人加班加点时，他说道，不错，我曾经让工人加班加点，这是事实，但另一个事实我要说明白，我每天的工作时间比任何一个工人都要长啊……台下的群众一片哗然，齐声响应——是啊，是啊，这是事实——台上主持批斗他的人也无话可说。他们都亲眼看到过这位厂长无论是刮风下雨，他都是第一个到厂，当工人刚进工厂大门，他已经准备好一天的工作安排，说到加班，最后一个加班的工人离开车间时，厂长的办公室里依旧亮着灯，他仍然在那里计算生产进程，画图纸，安排第二天的工作。

但他还是被夺权了，成了一个靠边站的人。这是他无法忍受的，他不能无所事事。他要求让他外出当业务员，被批准了。他成了一个长驻山西太原的普通业务员。他成天奔忙在这座古城的大街小巷，太原人从来没有见过如此勤恳的业务员，只要能为工厂办事，他不在意职位的高低。回想起来，被罢免放逐了的崔洪成在太原度过了一段非常忙碌的时光，这是常人所不能理解的。

就是在这段时期内，他找关系，查资料，给农具二厂上产品，购材料，起到了一个业务员绝对不能起到的作用。能上能下，随遇而安，只要是能为工厂工作，多苦多累他都是心甘情愿。他独自在举目无亲的异乡为异客，尝尽了孤独的滋味，但始终相信一切事物都有它自己的规律，社会更是如此。解放前太原在阎锡山的经营下，曾经是中国工业最发达的内陆大城市，解放后也仍然有着雄厚的工业基础。他在太原通过多种渠道，给远在千里之外的胶南农具厂不仅搞到了几台电动机，更重要的是搞到了电动机和变压器的图纸。从此，胶南农具二厂开始生产六个型号的电动机和五个型号的变压器。这其中的秘密谁也不知道。之后，他又弄到资料使胶南农具二厂能够生产 Y38 型滚齿机。这就接近现代工业了，农具二厂的所有职工，这些从农村走出来的年轻人，都感到兴奋无比，他们成了名副其实的现代工人阶级。

太原四年，放逐在外的崔洪成为农具二厂共引进了十几种产品。他还先后为胶南县的四处乡镇、农修厂搭桥引路，引进了各种产品，发展了全县的工业生产。如王台镇的农修厂、灵山卫镇的农修厂、海青的农修厂、大村的农修厂等。其中最有前途的当然就是王台镇的农修厂，后来就成为了国家二级企业"星火集团"。由于业绩突出，他这个走资派被破格任命为供销科长。

不管台上或台下，崔洪成始终是这个工厂中一个中流砥柱般的存在。

吹尽狂沙始到金，1979 年崔洪成又被任命为胶南农具二厂副厂长，接着又升为厂长、党委总书记。对于职务上上下下的变迁崔洪成已经习惯，他一如既往，要的是这个他亲手创办的企业的发展，奔向一个新的目标。那时候并没有实行厂长负责制，当他升任党委总支书记的时候，一切都是他说了算，从生产到行政组织，他开始觉得这个农具厂的名称该换换了。所有的人，从县领导到每一个职工，甚至王台镇的老百姓都为本镇有这样一个"二厂"感到自豪的时候，崔洪成却在想着要生产真正的机器，不能满足于只生产这种简单的机械。那是一个春天，他骑着自行车迎着一轮通红的朝阳上班，忽然一个词语闯进他心里——上青天。"上青天"这个词在一般人听起来好像是一个行为词，只有他们这些搞机械的人懂得这是指上海、青岛、天津。当时的中国只有这三个大城市能生产纺织机械，是这个行业内响当当的老大。他想，青岛近在咫尺，青岛市在1936年就制造出了中国第一台梳棉机，青岛有纺织机械厂，王台也要制造能织布的机器。第二天他就率领他的领导班子出发，跑遍全国调研——市场大有前途。回来后就决定，从最简单的动手，制造梳毛机！许多人反对，失败的概率太大，二厂不具备这样的技术和设备，而且，这样贸然上项目势必要影响当年的生产计划。他耐心地说服他的同事们，向他们陈述上纺织机械的发展前途和不上纺织机械的落后停滞不前，二厂不能再这样维持下去了。终于，大家统一了思想，决定把梳毛机梳棉机定为年度生产目标。出乎他的意料，当他把计划上报到县里时，县主管领导不批准，认为他这是异想天开。领导说，在王台这样一个小小的镇上，别说制造，从来就没有人见过这东西。当他万分沮丧地回到王台时，二厂的年轻工人们沸腾了，他们把希望寄托在这项改革上，有人写了大字报，向县领导呼吁，有人甚至要组织集会游行。完全是迫于群众的压力，主管工业的领导最终批准了二厂的发展计划，让崔洪成可以进行制造试验。费尽心机讨到了一份图纸，又从青纺机请了一位师傅前来王台进行指导。在这方面就表现出了崔洪成在机器制造方面的天赋，他夜以继日地蹲在车间里反复加工试验，带领着大家分工制造零部件，历时三个月竟然造出了样机。每一个螺丝他都亲自检查，一举通过了验收。据说质量不次于那些老资格大厂的产品。之后正式投入生产，产品投放到市场，一片赞誉。二厂老技术员韩玉忠回忆，当年他们生产的梳棉机梳毛机畅销全国，经常订不到货，要县领导批条才能买到一台梳毛机，很多时候要提前一年交上钱，第二年才能取到货。那时候钢材稀缺，有的地方就用汽车拉着钢材到王台作为交换条件才能买回一台梳棉机。他为当年曾经的辉煌无限感慨，他说，在胶南凡是和纺机有点儿关联的企业都是我们带起来的。

生产纺机之后，王台的这个农具二厂就改名叫胶南纺织机械厂了。在胶南纺织机械厂的带动之下，原来的胶南县农机一厂也开始生产纺织机械，改名叫胶南纺织机械一厂。胶南县轴承厂转产纺织机械叫胶南纺织机械二厂，灵山卫镇的农修厂改为胶南纺织机械三厂，王台农修厂改为胶南纺织机械四厂。

韩玉忠笑着说，胶南县好像七厂八厂都有了，大家都一齐生产纺织机械，市场仍然是供不应求。那时候还没有市场竞争一说，王台的胶南纺织机械厂不仅要为这些新厂提供图纸，还要为他们培训技术人才。

胶南纺织机械厂曾经是胶南县集体工业首屈一指的利税大户，有一年的利税占全县集体工业企业利税的63%。

崔洪成开创的纺机制造业对王台镇的历史来说，是一个重大的决策，一举决定了这个地区的工业发展方向。1979年转产纺机后，生产规模迅速扩大，成为胶南纺织机械行业的骨干企业，国家纺织工业部纺机生产定点厂家。崔洪成注重培养技术人才，每年都投入大量资金派出年轻职工到有关大中专学校学习，还不断地请大厂的设计技术教师到王台来培训年轻职工。这些经他手培养起来的年轻职工后来都成为了王台地区纺机行业的骨干。胶南纺织机械厂1987年升为省级先进企业。

转眼进入了20世纪80年代。崔洪成在纺机厂党总支书记任上退休，风风雨雨三十多年走过了，励精图治，他在王台镇这块土地上建立起了不朽的业绩。后来实行了厂长负责制，陈汝学担任厂长兼书记，胶南纺织机械厂得到了进一步发展，在制定产品商标的时候，新领导为纪念老书记的功绩，商标取名"东佳"，也就是他把自己的"陈"姓去掉一个"阝"，把"崔"去掉山，合称"东佳"。多年后，当成立集团的时候就顺势叫"东佳集团"。

据东佳纺机集团公司党委副书记杨福元回忆，这位老书记在晚年仍然有着惊人的记忆力，他说他曾经在《半月谈》上读到一篇谈国民经济的文章，上面有大量的数字，第二天他和崔洪成聊天偶然谈起来，崔洪成对这篇文章所列的大量数字一项不落地都列举了出来。

崔洪成痴心于机械制造，他善于企业经营，直到进入了21世纪，虽然退休，仍然还在经营着一个小型的车间。他听惯了机床的转动声，对他来说这是世间最美妙的音乐，生活离开它就会变得索然无味。他还不断地鼓励一些年轻人投身于机器制造，为一些个体小企业出谋划策，帮助他们提高生产效率。2012年，这位八十六岁高龄的企业家停止了呼吸，结束了他忙碌奋进的一生。他为这个世界创造的财富是无法用数字计算的。他是王台镇甚至是胶南市的纺机之父。他的许多决策决定了王台整个地区的历史走向。

他是这块土地上的工业播种人，从农耕社会过渡到了现代工业社会，但是由于在计划经济下的种种限制，他并没有完成他的理想抱负，如当年与他的厂子合作的单位只能限于国营企业或集体企业，他不敢，也没有私营的企业与他合作。也就是他播下的种子并没有遍地开花结果，几乎可以说他是壮志未酬。让他晚年感到欣慰的是，他的抱负，由他的后代为之完成了。

三、当了农民

他祖上世代农民，只因出于对机械的喜好，崔洪成对工业文明产生了一种近乎宗教般的信仰，他到处对人宣讲无工不富的道理。在当时的社会条件下，农民只有这一条路可走。不知不觉中，他把他的这个信仰

256

也传给了他的儿子们。由于有一台让同伴们都眼红的自行车，崔兆启从少年时就感受到了这种工业文明的魅力。但是他仍旧在中学毕业后不得不回到生产队当了农民，本来有一个招工的名额，他只能让给二弟。原因很好笑，家里需要有一个在生产队的劳动力撑腰。当年在计划经济下的中国是一个畸形的社会，粮食和货币不能等价交换，也就是你有钱不一定能买到粮食。粮食在私下交易叫"黑市"，是犯法的。城市户口的人凭票供应，农村人口按"人七劳三"实行分配，也就是人口分七成口粮，还有三成要凭劳动力分配。家里没有劳动力的人家只能分得七成口粮。不仅仅是口粮，没有劳动力的人家处处都要受到歧视，道理很简单，我们种出的粮食凭什么要分给你们吃？当时我们家劳动力多，我对那些家里在外面工作的人家就有气，觉得分给他们七成口粮也不公平。这就是"财产公有，按劳分配"的矛盾。那时候的"劳"还仅仅限于体力劳动，脑力劳动不算数。所以在学校当老师的人家见了我们这些推小车的扛锄头的，都要客客气气矮三分——我们掌握着他们的口粮分配呀。还有什么比口粮更重要的吗？当时没有别的运输工具，全要我们这些年轻人用小车把地瓜、玉米棒子甚至柴草，给他们推到家里去，你想想，能不有气吗？

　　父亲是堂堂的二厂厂长，儿子是烈日下挥汗如雨的农民。老大崔兆启为了弟弟们不得不牺牲自己的工业之梦。当年的星火集团董事长赤着膊推小车，在地里挥着锄头锄草，在场园上按铡刀铡麦捆，跟着队长出夫打水库，一个地道的农民，一个棒劳力啊！虽然后来他当了会计，但偶尔的一瞬间，机器之梦还会袭上心头，一种痛楚就让他久久不能平静。今年的某一天，他把当年的生产队长庄俊和，还有当年的搭档出纳员殷延祥，加上一个跑去东北又回来的我，还有几个别的人，找到一起吃饭，转眼已经过去了半个世纪。回首当年的生产队，不胜感慨，大家

257

都想不明白，为什么白天黑夜地拼命干就是穷得要命，甚至饭都吃不饱。只有提起一个话题，这些已经须发皆白的伙计们都兴奋起来——钓狗。秋天，花生上场了，野狗们就迫不及待地跑进场里偷花生吃，队长带头，在地下挖一个坑钓狗吃。德高望重的董事长当年参与钓狗吃，好笑吧？当年能吃上一口肉，珍贵啊！现在成笑谈，当年，为这事崔兆启还在斗私批修会上做过检讨。斗私批修学习班在一个学校院子里，狠斗私字一闪念，人人都要检讨过关，把自己最深的私念都要说出来，检讨不彻底不让回家。崔兆启实在想不出还有什么事情该坦白的，就把这事交代了出来，而且上纲上线，把钓狗和资本主义和修正主义思想联系起来，他讲得非常诚恳，于是给提前放了出来。

一个青年农民，怀揣着一个制造机器的梦，总是跃跃欲试。

四、铁木厂

不知道为什么叫铁木厂，铁和木，风马牛不相及，弄不到一块儿呀，当年我们都这么叫。其实官名叫铁木业社。怎么说也有些莫名其妙，后来又改名叫农修厂。这里原来是"大跃进"时期的一个炼铁厂，高炉已经拆除，剩下的几排破房子里有公社下属的几个无精打采的工人，谁也说不准他们到底是在干什么。连围墙都没有，一圈儿带刺的铁丝围绕着，这就是星火集团的前身。当年我们下地，图近便常常从这里穿过，只需把铁丝拨开就能畅通无阻。到崔兆启在这里当工人的时候我已经跑到东北去了，所以没亲眼见过他是怎样在这里奋斗的。他能如愿以偿，还是父亲为他说了话，当年就是这样，生产队拥有对一个社员的全部权力，不仅仅是一种劳动关系，包括人身的去向都由生产队说了算。他从农民一跃而成为了工人，心里当然充满了喜悦，尽管这还是一

258

个社办身份的工人。他早就为着这一天做准备，他自学了机械的看图、绘图，一直在跃跃欲试，终于找到了一个用武之地。铁木厂虽然后来叫农修厂，有一点儿名正言顺了，其实仍然只能算是一个手工作坊，但对他来说却是一个实现宏图大业的起点。

我与他相同的是，他在家乡成了公社的工人，跑到几千里外东北的我也成了一个公社的工人，不过我的工作是钻到地里去挖煤。我和他在实质上也有相同之处，我们都喜爱文学，爱读书，文学青年。还有一点我说不出口，那就是我其实也喜欢机器。儿子问我，你一个又瘦又小的小老头儿，喜欢骑摩托车弄个普通的骑也就算了，为什么还要玩大排量的？我认真想了想说，我喜欢机器。是的，我其实是喜欢机器的，我迷恋它那澎湃的动力，迷恋它那节奏分明的声浪。即使一台普通的机器，拆开来看，你会发现每一个零件、每一道传动系统都是费尽心思巧妙设计，反复试验，才最后定型的。它看似简单，却凝聚着设计者和制作者无数的心血和汗水。一部机器就是一个生命，它是有灵魂的。爱好是没有道理的，把一个铸铁平台，用一把刮刀，一下一下地刮平，是多么无聊又多么辛苦劳累的活儿！但是崔兆启他就觉得很有干头儿，他还能从刮好的平面上看出一排排的小燕子图案，多么不可思议！在自己的工作中能发现美，这就是审美的最高境界。他是有很多机会从政的，他没有成为一个政府官员，很大程度上就是因为他痴迷于机器制造。直到今天，一个问题始终萦绕在我的心头，如果当年我没有跑出去闯关东，而是留在王台，我会怎样？我其实是一个不忠实的写作者，对文学爱好是确定的，但爱好文学并不一定爱好写作。简单地说吧，我对写作从来都不是怎么迷恋。我迷恋机器，我不仅仅是骑摩托车，我能把大排量的摩托车拆到最后一个螺丝再把它组装起来。以我对机器的喜爱，可以肯定的是我若留在王台也会毫不犹豫地加入到纺机大军里，成为一个熟练的技术老工人或是小小的零件加工厂主，直接受益于崔氏父子的机械事业，或成为他们麾下的一员，像庄俊福那样家产百万应该不成问题。

1972年春，农修厂研制出一台15吨的冲床。一发而不可收拾，到年底，农修厂共生产15吨冲床31台。动鼓机、剪板机和C616车床等多种通用机械，童话般地从这个破烂小厂里制造了出来。1974年4月，崔兆启带领他的团队把第一台龙门刨床研制成功，这对他是一个极大的鼓舞。他这一生制造出的机器数以千计，唯独这台龙门刨床的制造最令他记忆深刻。一方面，他吃尽了苦头，双手都冻烂；另一方面他认识了自己，通过这台刨床的制造他坚信自己是有这种制造机器的才华的。鸡窝里飞出了金凤凰，王台从领导到群众都为这台巨大的龙门刨床感到震惊，它看上去顶天立地般的雄伟。这台龙门刨床也确实为后来生产牛头刨床起到了巨大的作用。农修厂又相继生产出了3米剪板机、C616车床和多种通用机械。前途好像一片光明，但计划经济的弊端出现了，给这个正在兴头上的小小的农修厂当头一棒。当时中国的工业生产都是在几个人的设计中运行的，而他们的计划并不能总是符合市场的需求。而像公社这一级的小工厂常常都是跟着别人后头瞎跑，自己是完全没有方向的。当别人已经开始掉头了，他们却一脚踹进了泥潭里。公社农修厂的产品忽然卖不出去了，它身单力薄，绝对经不起折腾，经不起资金积压，一下子要垮了，大量裁员工资还是开不出。

五、王台地区的工业革命

人类社会由农耕文明进入工业文明，是从英国的工业革命开始的。工业文明的标志是由工厂代替了手工作坊，由机器生产代替了手工劳动。在农耕社会纺纱织布永远是一项重大的劳动，中国直到解放初期仍然还要由手工操作。英国的工业革命是从 1765 年发明珍妮纺纱机就开始了的，王台的工业革命也是从纺织机械开始的。

珍妮纺纱机的发明带动了瓦特蒸汽机的改进，由此引发了一连串的机器发明和改进。英国的工业革命开启了一个人类的新时代，世界科技和经济文化开始飞速发展。五百年前的中国在经济、工业、科技方面都不比世界上任何一个国家落后，五百年后，也就是人们所说的"近代"，中国在各方面都被西方国家远远地甩在了后面。特别是英国的工业革命之后，工业文明在西方普遍传播，当西方国家包括日本在内都已经用机器纺纱织布的时候，中国仍旧是手工操作。我的母亲就曾经天天晚上就着油灯用纺车纺纱，我的岳父就是一个用木头织机织布的机匠。王台地区的工业革命应该是从崔洪成引进梳棉机，并促使王台农修厂紧随其后转产纺织机械开始。整个地区进入了纺织机械规模生产。从此，王台地区在经济、科技、文化方面都领先于周边地区。

有人说，1978 年的十一届三中全会使中国获得了第二次解放，我认为这种说法毫不为过。特别是在中国人的思想方面，就是从这次中国共产党的十一届三中全会开始来了一个巨大的转变，大家敢于想过去从来不敢想的事情了，敢说以前不敢说的话了，敢干以前不敢干的事业了。思想获得解放是一个非常准确的说法。1980 年崔兆启被正式任命为王台农修厂的书记兼厂长。在非常时期，厂长崔兆启做了一个重大的决策，彻底转产纺织机械，生产 BC262 和毛机系列产品。12 月，第一台 BC262 和毛机试制出来，并一次性通过了省级鉴定。农修厂一跃成为省内唯一的和毛机生产厂家。1981 年，全厂生产出了 23 台和毛机，产值 80 多万元，实现利税 14 万元，利润达 6.3 万元，农修厂扭亏为盈。接下来的几年，王台农修厂不断开发出填补国内空白的新产品，迎来了企业发展的辉煌时期。1982 年 9 月，王台农修厂正式改名为"胶南县第四纺织机械厂"，后来简称为"四纺机"。四纺机曾经闻名遐迩。

不再阶级斗争天天讲月月讲，不再天天政治学习，不再斗私批修，王台地区进入了正常的工业文明社会。而在它的周边地区虽然也不再有阶级斗争，但经济的制约使得那里仍然是在春种秋收里寄托希望。向西不出几十里，明显能感觉到农耕文明笼罩在大地上。你如果和那里的老年人说上几句话，就会感到他们的很多想法和这边的老年人都不一样。到海青去赶了个大集，发现海青大集和王台大集最大的差异是他们那里大集上仍然有铁匠炉，也就是那里的农民舍不得扔掉刨秃了的镢头，还要钢一钢继续使用。而王台虽然也有种地的农民，但他们用坏了镢头就扔，买新的，没人还去修一修。一件小事儿，反映出人的思维方式不同。所以，在王台大集铁匠炉已经绝迹多年。不知不觉中，在王台，工业文明已经渗入社会生活的每一个角落。

六、改天换地的一年

1978年在中国历史上是里程碑的一年，中国共产党十一届三中全会决定了国家的命运，而在底层也发生了一些重大的事件。凤阳县的一个叫小岗村的村庄里有十八位村干部像签生死文书似的在一张协议纸上签上了各自的名字，并且按上了手印，他们冒天下之大不韪要把生产队的土地分田到户实行承包责任制，在责任书上声明这是大家共同的决定，共同承担风险，坐牢共同坐牢。他们做梦也没想到此事被人捅到了中国的最高层那里，并立刻引起了反响。在党中央的肯定推行下，从此结束了二十多年的土地集体耕种的制度。令人震惊的是，这个毫无创新之处的办法——中国，包括全世界的农田历来都是分户耕种的，立刻让十多亿人口的大国一举解决了粮食短缺的问题。1978年的王台也发生了一件不大不小的事件，农具二厂的厂长崔洪成要转产梳棉机，本来顺理成章的决定，却被县主管部门断然拒绝，他们的理由也很充分，农具厂的本分就是生产农具，生产纺织机械成何体统！没有二厂的转产也就没有后来的王台农修厂的转产，也就没有后来的中国纺机重镇的诞生。时至今口已经很难让人相信，全国纺机重镇的缘起竟然出自一个人的一念之间。

王台农修厂转产和毛机也并非一帆风顺，他们生产的第一台和毛机差点儿被省工业局的一位副处长给拍死。还亏了老爷子出面到济南给找了熟人才免于悲剧的发生。在当年的计划经济之下，别说是私营企业，就是地方国营和集体企业也是层层制约。在人类社会中，市场经济是数千年以来自然形成的，人们在社会交往、商品贸易过程中形成了某种规则，这种经济形式有强大的生命力，但不可避免地也有一些先天的不足。一些学者洞察到了这种经济形式的缺陷，如，生产力的巨大却又无序，造成了生产过剩的经济危机，还有，生产资料的私有造成了贫富不均的现象。于是他们提出要对社会经济进行计划，对社会生产进行设计。要进行有计划的生产就必须把生产资料公有，而管理国有资产就需要一个庞大的管理机构，这个管理集团中难免有些官员不称职，甚至以权谋私。这就是中央三令五申让放权却迟迟不能实施的原因。区区一个王台公社还设有一个工业办公室，这个办公室主任可以对机械工业一窍不通，却可以对农具厂的转产不满并百般阻挠和毛机的验收。正是改革开放的大潮冲垮了他们的防线，为农修厂放开了手脚。

王台农修厂一跃而成为全省唯一的和毛机制造厂家。第二年他们就生产出 23 台和毛机，年产值达 80 多万元，利润 6.3 万元。农修厂从此扭亏为盈。第一台 BC262 和毛机诞生于 1980 年 12 月，这是一个寒冷的月份，但又是一个值得纪念的月份，它的诞生象征又一个纺织机械集团的诞生。1982年9月，王台冲剪机械厂正式更名为胶南第四纺织机械厂。后来人们简称为"四纺机"。1982年以后，胶南第四纺织机械厂在崔兆启的带领下，几乎年年都有新产品开发：1982年，K101蒸筒箱、B852四辊磨砺机、B821往复磨辊、B831长磨辊、1181F梳棉机老机改造；1983年，JZ80型浆纱机成功开发；1985年，第一台CZ191型苎麻梳麻机诞生；1986年，第一批FZ001型苎麻开松机投产；1987年，A186D梳棉机、A186F梳棉机相继批量投放市场。随着各种新产品的诞生，1988年，胶南四纺机共生产各种纺机2600台，产值4553.3万元，实现利税1211万元，跻身胶南市十强企业之列。

1982年至1985年，固定资产的投资也在不断加大，新建车间近3000平方米，购置了一大批先进的机械加工设备：立式万能铣床、卧式万能铣床、50车床、T68镗床、锡林道夫动平衡仪等，各项产品荣誉也接踵而至：1986年，BC262和毛机被省纺机公司评为一等品、信誉产品；1987年，CZ191型苎麻梳麻机被省纺机公司评为一等品、信誉产品；1988年，CZ191型苎麻梳麻机荣获山东省优质产品称号；1989年，A186D梳棉机、A186F梳棉机采用国际标准验收合格，CZ191型苎麻梳麻机荣获山东省星火计划成果展交会金奖，FZ001型苎麻开松机、A186F梳棉机分别获单项荣誉奖。

1988年，经山东省人民政府批准，青岛胶南第四纺织机械厂晋升为省级先进企业。同年，企业投资近50万元，与青岛市北区中等专业技术学校在王台筹建了国家认可学历的职工中专学校，10月，职工俱乐部、职工食堂、职工卫生所、新的办公大楼投入使用。

1989年，青岛胶南第四纺织机械厂先后荣获山东省"质量管理奖""省级节能企业""乡镇企业技术改造先进企业"等荣誉称号。年利税达1200多万元，不仅是胶南最大的乡镇企业，而且也是青岛市乡企中的利税大户。胶南四纺机成为胶南的骨干企业之一、王台镇的"龙头"企业，安置农村劳动力5000多人。在此期间，先后筹建了王台畜牧机械厂、青岛第四毛纺厂、青岛华昌棉麻纺织厂、青岛金锋针布厂、胶南华联针织厂、胶南第一织布厂。

1989年10月，胶南四纺机联合十九家骨干企业和全国六十多家协作企业组成了"青岛星火纺机纺织集团公司"。1990年，青岛星火集团晋升为国家二级企业。

七、启帆远航

改革开放并不是一帆风顺的，在许多领域还是计划经济一统天下。在市场经济尚未完善的时期，计划经济的弊端又一次显现，行业部门的一声令下，大中型纺织厂整顿，压锭；小型纺织厂关闭；新上纺织厂停批。纺机行业进入了又一个"黑色星期天"，万木凋零，一片肃杀。星火集团门前再也不见那车水马龙的景象，财务出现负增长。崔兆启又面临一次艰难的选择，是坚守待变还是主动出击打开新局面？要走出低潮必须开发新产品，刻不容缓。1990年5月，有一位台湾企业的代理人要在青岛寻找纺织机械合作伙伴，青岛的一位朋友把这一消息通报给了崔兆启。崔兆启心头一震，敏锐地觉察到一次突围的机会到了。

这就是改革开放的成果，在之前，别说是和台湾的企业进行合作，就是和台湾人谈一次话都要由安全部门许可。计划经济之下的中国几十年内只和苏联等国家来往，科学技术已经远远地落后于世界，如解放牌汽车几乎三十年一成不变。

织布梭子可以说是整个人类的一大发明，无论哪个地区哪个民族哪个国家，无论先进还是落后，都在用梭子织布，一用就是数千年。在中国"日月如梭"这样的成语都出现了，反过来"梭如日月"，好像梭子要如日月一样永久了。当先进国家已经抛弃梭子，用喷水来代替的时候，20世纪90年代的中国人还没有见过。这个台湾人想要找合作伙伴，就是要在大陆制造喷水织机。喷水织机又叫无梭织机，崔兆启敏锐地感到这将是纺织行业的一场革命，无论对企业还是对他个人都是一个难得的机会。他迅速地采取行动，先于别人见到了这位代理人，又通过积极的操作打败了一些与之竞争的企业，达成与台湾的代理人进行的初次洽谈。经过艰难的谈判，最终达成了初步协议。

崔兆启下定决心，引进技术，嫁接企业，研制开发喷水织机系列产品。这一决定的意义在今天来看怎么评价都不为过，对王台镇甚至对胶南的纺机生产都具有开创性的影响。没有这一决定，就没有王台纺机行业的今天；尽管此前王台的纺机就已经名扬全国，但是没有这一决定就没有今天公认的"中国纺织机械名镇"的诞生；也就没有今天王台和周边包括胶县一部分地区的经济繁荣。王台镇由此而进入了一个新的历史时代——喷水时代。今天，王台生产的喷水织机占据了全国的半壁江山，从这个意义上来说，这一决定甚至影响了中国进入喷水织机时代的进程。

经过了艰难的谈判，1990年7月26日，在青岛新八大关宾馆举行了签字仪式。根据合同规定，青岛胶南第四纺织机械厂与引春（国际）香港有限公司合资筹建青岛引春机械有限公司，项目总投资1000万美元，注册资本800万美元。其中，台方408万美元，占51%，星火集团投资392万美元，占49%，其中现汇投资340万美元。项目引进具有国际先进水平的CNC加工中心10台，年产JW系列喷水织机2400台，产品全部由台方按成本价的1.68倍收购，并出口到国外市场。

星火集团的现有设备作为投资折价，仅能折合51.7万美元，距需要的投资 392 万美元还差 340 万美元。按当时的汇率计算，这需要 2200 多万元人民币。经过了多方努力，甚至青岛副市长都出面帮助，终于获得了银行 300 万美元的贷款。按照合同规定，星火集团要出资 2000 万元购买设备，把这笔资金打到台湾的账户上，并开出不可撤销的信用证。当崔兆启拿起笔签字的时候，他的手发抖了，这是星火集团当年的全部家产，一笔下去，等于身家性命押在了这并不能保证绝对安全的账户上。但是这字又不得不签。以后的时间，崔兆启进入了他这一生最难熬的日子，表针每分每秒都在折磨着他的生命。但只有等待，对事态的发展已经无能为力。当年中国刚刚开放，对外的合作还没有规范的渠道，许多看似安全的合同却是陷阱。有的资金汇出之后再也不见消息；有的大笔的资金汇出换回的是次等设备，或者是根本就不能用的破烂机器。不久，谣言像风一样刮起来，星火集团完了！崔兆启被一个台湾人骗了，一下子被骗走两千万！尽管不相信这些传言，但每当听到这些传言的时候还是残忍地摧残着他的神经，这使他一段时间内吃睡不宁。

直到 1990 年的 12 月，一纸传真才到达崔兆启的面前，他激动得心跳加速，终于来了！设备已经到达青岛港口。十台先进的 CNC 加工中心落地到了王台这块土地上，这是前所未有的最先进的机床设备，具有当时的国际最高水平。

1991 年 3 月，引春公司进行试生产，5 月第一批 JW－811 型喷水织布机样机安装调试完成。省、市、县各级领导纷纷到王台来进行视察，并给予了高度赞扬，认为喷水织机将开创一个纺织机械的新时代。山东省纺织机械公司和青岛市纺织机械器材工业公司分别向全省、全市进行推广。然而，事情进行得并非一帆风顺，台商没有按照合同约定把产品包销到国外市场，而当时的国内市场还没有形成。星火集团又一次陷入危机。同时，台商为追求利益最大化，又在青岛成立了另一家生产喷水织机的公司，并使用同一商标。双方矛盾进一步扩大，台方撤走了他们的全部技术人员，并从星火集团带走了一部分管理人员和技术骨干。贷款负担和市场滞销让星火集团又一次陷入危机。

星火集团决心打开国内市场。崔兆启迅速地调整了领导班子，选拔培养业务骨干，同时高薪聘请优秀的技术人员和营销人员。在星火集团建立起大型的先进样机室，保证设备的正常运转，给客户以良好的印象。经过了上下一心的不懈努力，喷水织机的国内市场终于打开。

1993 年，生产喷水织机 280 台，国内市场销售 280 台。

1994 年，生产喷水织机 800 台，国内市场销售 800 台。

1995 年，生产喷水织机 920 台，国内市场销售 920 台。

1995 年，实现利润 800 万元，利税 1250 万元。

2000 年，生产各种纺织机械共 6316 台，其中生产喷水织机 5130 台，完成销售收入 80028 万元，利润 2282 万元。

2002 年，星火集团完成销售收入 11.06 亿元，利税总额 8828 万元。

开发新产品，相继研发了 JW802 型双喷织机，JW02 型多臂喷水织机，JW902 单、双喷电子储纬织机，JW906 电子自由选纬喷水织机。

1994 年 11 月 14 日，时任山东省委常委，青岛市委书记、市长俞正声到星火集团视察，重点视察了引春公司的喷水织机，并给予高度评价。

1996 年，青岛引春公司一跃成为中国最大、产品最全的喷水织机生产厂家。

1996 年 7 月，星火集团被中华人民共和国农业部确认为国家大一型乡镇企业。

1997 年，崔兆启被青岛市人民政府授予"青岛市劳动模范"称号。

2001 年 4 月 30 日，中央政治局委员、山东省委书记吴官正到星火集团视察，观看了喷水织机的全部生产过程。

2001 年，中国纺织机械器材工业协会公布，星火集团全国销售收入第二位，利润第六位，利税第三位。

2001 年崔兆启被中国农村劳动力资源开发研究会、国务院发展中心、中国扶贫基金会授予"2001 年全国创业之星"称号。

今天的青岛星火集团股份有限公司是国家级星火产业集团，国家大一档企业，是中国五百家最大机械工业企业之一、山东最大民营科技企业之一和青岛市高新技术企业、青岛市十强企业。青岛星火集团现有职工 2000 人，占地 32 万平方米，拥有各种先进动力设备 800 余台（套），其中 CNC 加工中心近百台。设立胶南海滨星火工业园、王台星火工业园的 26 万平方米高新技术开发区，总资产 6.6 亿元。

青岛星火集团下辖 18 个合资、合作、独资企业。主要生产各种高档无梭织机、梳棉机、物流器械、纺织器械、环保机械、橡胶机械、挖掘工程机械、电控柜、轻钢建筑结构、建筑装饰材料，同时承接环保工程、轻钢结构工程和房地产开发等项目工程。喷水织机、喷气织布机享誉国内外纺织行业。1997 年 12 月通过"ISO9002"国际质量体系认证。产品销往全国各地，远销日本、以色列、加拿大、新加坡及东南亚部分国家和地区。

八、深化改革脱胎换骨

东宁县紧靠俄罗斯，是个边疆三等小县，正如俗话所说，麻雀虽小，五脏俱全，这个小县有砖瓦厂、水泥厂、陶瓷厂、木材厂、服装厂、制革厂、橡胶厂、矽铁厂，还有一个小发电厂。我在那里挂职的时候，新县长老邢刚去，他是一个魁伟的关东大汉，但是为人很和气、诚恳。他的家还没搬去，我俩就住在政府大楼里，他每天的工作就是风风火火地卖企业。每天晚上都要兴奋地对我说，伙计，今天又解决了一个。上级给他的任务就是把这些县属企业全部卖掉。天天和人谈判交易，有本县的也有外地的，好像那个陶瓷厂还与广东佛山的一家陶瓷厂谈过，希望他们来收购。五十年一轮回，这与四十多年前的公私合营正相反，那次是把所有的私营企业都要收归国营所有，这次是忙碌着要把所有县有国营企业都变成私有企业。这些国有企业绝大部分都在亏损，年年亏损，领导班子走马灯似的更换，毫无起色，每一个班子下台后都要留下一堆债务。政府给压得喘不过气儿来。

完全是由于崔兆启的个人威望，王台镇的历届党政领导对星火集团都采取一种开明的态度，较少干预。在此保障之下，星火集团虽然也是一种公有性质，但能始终保持住前进的势头。而别的镇属企业都一个个倒下去了。在深化改革的大形势下，王台镇党委支持星火集团进行所有制改革，这是划时代的决定性的大变革。

1998年1月，青岛星火纺机纺织集团股份有限公司成立。最终崔兆启和他的同事们把镇政府的那部分股份买断，彻底完成了所有制的转变，脱胎换骨。

星火集团是镇办企业，在崔兆启的铁腕经营下一直保持着兴旺发达的气象，表面上看生机盎然，似乎会永远欣欣向荣下去。但所有制问题是一个根本性的问题，是要命的问题，它无可避免地存在着深层的隐患，总有一天要爆发。像苏联那样的超级大国都在一夜之间垮台，一个小小的镇属企业还用讨论吗？美国前总统尼克松写过一本书《不战而胜》，在书中他分析了苏联的经济情况，得出的结论是，美国用不着和苏联开战，公有制和计划经济就会把这个庞然大物拖垮。他的预言实现了，苏联轰然倒下了。我亲眼目睹了计划经济公有制给这个庞大国家制

270

造的惨状，所有商店的货架上都空空如也，一群莫斯科市民在排队买冰糕，我数了数共有四十三个人。一改他们的老大哥姿态，苏联作家对我们中国作家代表团非常巴结，希望我们给他们发一个邀请函能来中国一趟，带回点儿中国小商品。有人以为，以星火集团当年的势头在不改制的情况下也可以支持下去，那是幻想。所以说，没有所有制改革就没有今天的星火集团。

九、新生的星火

改制为星火集团带来了新气象。同样是得益于改革开放，江浙一带私营小纺织企业如雨后春笋般冒了出来。从 1999 年下半年开始，纺机产品出现了前所未有的供不应求的局面。为了迅速壮大企业整体规模，2000 年，投资 1500 万元，新增 CNC 加工中心 6 台、普通机床 20 台，新建厂房 3000 平方米，筹建了两个星火工业园。其中胶南海滨工业园占地 100 亩，王台星火工业园占地 200 亩，年内引进内、外资项目三个。

1998 年至 2000 年引春公司先后开发了 JW－908 重磅喷水织机、JA－703 喷气织机、YC－315 改型提花织机和高档剑杆织机，并顺利地通过了产品鉴定。相继试制完成了 JW－815、817 喷水织机，YC－500 剑杆织机，JA－190 喷气织机，JA－706 简易喷气织机，YCMJ 毛巾织机六种新产品。JA－190A 喷气织机被列为国家重点新产品，YC－190 剑杆织机被列为国家纺织工业局、中国纺机器材工业协会重点推荐产品；JW－908 喷水织机、JA－813 喷气织机、YC－190 剑杆织机、JA－190A 喷气织机一并被列为青岛市高新技术产品。

2000 年集团公司共生产各种纺机产品 6316 台，其中喷水织机 5613

台，剑杆织机 85 台，梳棉机 438 台，生产气浮机 35 台，二氧化氯发生器 40 台，铝塑复合管 20 万米，各种贴面板 24.5 万张，各类钢箔 14537 片。实际完成销售收入 80028.3 万元，实现利润 3210 万元，税金 3297.8 万元，分别完成奋斗目标计划的 127.4%、140.7% 和 141.5%，分别比胶南市委、市政府下达的十强企业指标销售增长 126.4%，利润增长 1070%，税金增长 236.2%，分别比 1999 年增长 64.3%、1435.2% 和 395.6%。

2000 年，青岛星火集团荣获青岛市政府认定的青岛市级企业技术中心，12 月 28 日正式举行挂牌仪式！青岛星火集团被确认为山东省最大民营科技企业！

据中国纺织机械器材工业协会统计公布，2001 年，在全国所有纺机企业中，青岛星火集团销售收入排第二位，利税排第三位。

2002 年，集团加大了投资力度：新建、扩建厂房 17000 平方米，投资 783.69 万元，设备更新投资 462 万元，新产品开发投资 316 万元，商贸公司办公楼投资 320 万元……完成销售收入 11.06 亿元，利税总额达到 8828 万元，再创历史新高！青岛星火集团被国家科学技术部列为"十五"第一批国家级科技创新型星火龙头企业，并荣获农业部"全国乡镇企业创名牌重点企业""全国诚信守法乡镇企业"。

2003 年，星火集团签订了喜鹊山一千五百亩山体林地七十年的使用合同。2005 年 3 月，喜鹊山被青岛市林业局、青岛市城市园林局批准为青岛市级森林公园。集团开始培育新的经济增长点。

在 1998 年至 2003 年，集团实行多产业发展的格局，先后又成立了青岛大舜装饰材料有限公司、青岛常春钢结构工程有限公司、青岛盛春织布有限公司、青岛星火置业有限公司。青岛兴春机械有限公司更名为青岛星火物流器械有限公司。

2003 年至 2004 年，新产品的开发也创造了新高，研制开发了 FA209、FA209A 新型梳棉机和 MJ 型毛巾剑杆织机，集团公司共组织企业上报各种专利成果 20 余项，YCR－190 挠性剑杆织机被国家科技部评为国家级新产品并获省级科技进步二等奖，SK 型盘式过滤器、YC317 型剑杆织机获青岛市高新技术产品称号。喷水织机系列产品从普通喷水开发到 JW600 型高档系列，喷气织机成功完成 YC425、YC209 两种机型，梳理机械、橡胶机械两大类系列新产品试制完成。2004 年，青岛星火集团被评为山东省"百强"民营企业、青岛市"十强"民营企业，并获得青岛市奖励 100 万元。

2005 年，各产业齐头发展，物流器械共开发各种产品 65 种，开发投入各种模具 730 套，同时，投入设备、器具 400 多台（套），出口突破 1000 万美元大关；纺织机械研制开发了 SAK425 系列喷气织机，改进了 SJW908 系列喷水织机，开发 SAK425－320 型电子送经及储纬宽幅喷气织机和 SAK425－280 机械送经储纬型喷水织机；环保系列开发完成 QTRF 系列高效溶气气浮机和 QDYB、QDYC 系列（浓缩）带式压滤机，试制膜生物反应器，曝气生物滤池五种新产品。集团拥有 10 家紧密层子公司、12 家松散层合作公司，总资产达 74663 万元，职工 2088 人，完成销售收入 201369 万元，实现利税 8316 万元，所有者权益 25662 万元。

青岛星火集团在注重经济效益的同时，不忘肩负的责任。2003 年 5 月，祖国大地"非典"疫情蔓延，星火集团捐款十四万元；2005 年 6 月，慈善捐款十万元。时至今日，每年冠名基金、慈善捐款数万元，从未间断。

青岛星火集团经过四十多年的发展，如今已发展成为国家级星火产业集团，是以生产纺织机械、物流器械、轻钢结构、橡胶机械、环保设备及污水处理工程、纺织器材、有机肥料、房地产开发及喜鹊山旅游度假项目为主的综合性企业集团，产业活动涉及多个系列几十种产品。

十、工业文明的确立

在王台整个地区包括胶州南部，到那些小村里走一走，只要你说"干喷水儿的"这句莫名其妙的话，外人完全摸不着头脑，但在这里，老人小孩儿都知道怎么回事——就是加工喷水织机零件的。星火集团生产喷水织布机带动了周边农村的加工业，甚至河北一些铸造业也因为给星火集团的喷水织机提供铸铁工件而兴旺起来。王台地区的农村，或是打工或是本村建立小加工厂，农民都已经转为从事务工，虽然地还在耕种，但已经是偶尔空闲的副业了。在星火集团成为中国喷水织机重点生产厂家时，王台地区完成了从农业社会向工业社会转变的工业革命，延续了数千年的农耕文明结束了。

为加强生产技术力量，星火集团创办了技工学校，培养出来的技术工人至今仍旧活跃在王台、胶南，甚至胶州的各地。为加强经营管理，培养经营管理人才，仅在 2010 年至 2012 年星火集团就拿出 70 多万元培训中高层管理人员，选拔 32 名职工送到天津南开大学，济南、青岛等中专学校长期培训，还先后输送 36 名既懂技术又会管理的干部到镇办各企业担任行政和技术负责人。

崔兆启的理念是为后来的企业发展储备力量，全面培育新人，但事实上他也在为自己培养着潜在的对手。到今天，这些经营管理人员有的加入到了别的企业，有的干脆就成了一些纺机企业的业主。但就王台整个工业的发展来说，星火集团的人才培养机制起到了关键作用。在王台，今天没有任何一个纺机企业能说他们的发展与星火集团没有传承关系。

现代工业企业的特征就是合作分工。崔兆启竭力把一些能分出去制造的零部件都分给一些村办工厂加工，提供技术，提供图纸，甚至提供资金。胶南第五纺织机械配件厂是一家村办企业，1986 年星火集团提供无息资金为其购买了六台机床，并把自己生产和毛机的主机部分无偿转让给这家小厂生产。在技术上、管理上都给予帮助。据不完全统计，仅在 1985 年至 1989 年间，当时的四纺机就先后扶持了胶南县内的三十多家企业的创办和发展。为这些工厂派出人员 130 多人次，培训技术工人 400 多人次，提供无息资金 100 多万元，帮助购置设备 60 多台。2003 年，全镇完成纺织机械工业总产值 30.5 亿元，销售收入 29 亿元，利税 2.4 亿元，分别占全镇工业总量的 82.9%、85.3% 和 68%。

改革开放后，个人办起了众多的小工厂，星火集团播撒出去的种子在这些个人小厂里开花结果了。有的小工厂飞速发展很快成了颇具规模的机械制造厂家。机器的轰鸣声响遍了王台地区的每一个角落，整个地区形成了纺机制造系统，有专门制造加工各种齿轮的企业，有专门制造加工各种机轴的企业，有专门制造各种外壳的钣金企业，有专门安装的企业。现代化的流水线工业规模生产在王台形成。全镇纺织机械生产企业共有主要生产设备 5000 台（套）、进口设备 374 台，其中，具有国际先进水平的 CNC 加工中心 100 台（套）。全镇有 53 家纺织机械企业建立了研发中心，其中青岛市级企业技术开发中心 3 家，省级企业技术开发中心 1 家。全镇拥有高层次经营管理人才和技术人才 1600 多名、专业技术人员 4500 人；现有两万人从事纺织机械生产，占全镇二产从业人员的 81%。有十五家企业通过 ISO9000 认证。目前，全镇有 20 余种产品被列为国家级新产品和青岛市高新技术产品，其中引春牌产品被认定为"中国知名品牌"，JW2000 型喷水织机、MJ317 型毛巾剑杆织机被认定为"国家重点新产品"。FN201 型组合式梳毛机获得国家科技进步二等奖。全镇梳棉机产销量占全国市场份额的四分之三，喷水织机产销量占全国市场份额的二分之一，并远销日本、韩国、澳大利亚、非洲等国家和地区。

2003 年，全镇完成国内生产总值 32 亿元，地方财政收入 4000 万元，农民人均纯收入达到 5600 元。先后获得国家级小城镇综合改革试点镇、全国乡镇企业科技园区、山东省中心镇建设示范镇等称号。纺织机械是全镇的传统产业和最大的优势产业，2002 年完成工业总产值 26.5 亿元，占全镇工业总产值的 70%，销售收入 29 亿元，占 72%，利税 1.5 亿元，占 68%。全镇共有纺织机械生产企业 175 家，年生产能力 70000 台（套）；纺织织布企业 3 家，年织布能力 10000 万码，规模以上工业企业 23 家。青岛星火纺机集团和东佳纺机集团是全国纺织行业重点企业。星火集团已成为全国品种最全、产量最大的无梭织机生产企业。

星火集团每天都在培养着自己潜在的竞争者，有的人甚至干脆从星火集团带走图纸另起炉灶，制造出一模一样的产品。这属于严重侵权，在法律上是绝对不允许的。有人建议崔兆启采用法律的手段对这些人进行制止甚至惩罚，但崔兆启都没有采取，他相信，没有竞争就没有发展。况且，他的另一个身份是王台镇党委主管工业的副书记，发展本镇工业正是他分内的职责。

星火集团这棵大树，把它的根须扎遍了王台包括周边工区的所有角落，把它的种子撒向了王台包括周边地区的每一寸土地。

十一、安得广厦千万间

现代企业家的标志就是跨领域。马斯克把一辆特斯拉用火箭送上了太空，他在向全世界宣布，他个人的公司既能制造世界上最好的电动轿车，也能制造世界上推力最大的宇宙火箭。雅马哈一边造钢琴一边造摩

276

托车；海尔集团一边制造电冰箱一边盖楼房；最让我想不到的是联想集团，一边制造电脑一边把牙科诊所开遍全中国。星火集团向世人宣布，他们会制造最好的纺织机械也会造最好的高楼大厦。

斗转星移，时光进入21世纪，王台地区的纺机制造已成蔚然大观，据官方统计，年销售额最高达170多亿元，利润达8亿多元。纺机制造企业达300多家，已经成规模的也达到70多家。王台镇已经进入了历史上最兴旺发达的时期，成为中国纺机制造业举足轻重的一方诸侯。一时间，包括每一户种地的农民，人人都为繁荣昌盛的日子而兴高采烈，过不完的节日，放不完的烟花爆竹。然而在这一片欢腾的景象里，唯有星火集团在做着另一个准备，他们预计到了千军万马一齐走喷水织机的局限，在新世纪里，他们还应该做些什么？怎样走下去？作为王台地区工业龙头的星火集团理所应当负有带领大家继续前行的义务。在纺机行业的市场，王台的制造业已经占有它应有的份额了，下一步就是要怎样突破已有的业绩，开创出新的经济增长点。当年没有星火集团冒着风险引进喷水织机的制造，就没有整个王台地区的繁荣，没有王台的今天，没有这个中国纺机名镇的诞生。

那一天崔兆启是以政府官员的身份参加了一个会议，宗旨是加快农村的城镇化进程。可以说在所有与会的人员心中这都是一个无关痛痒的例行会议，唯独在崔兆启的心中打了一道雪亮的闪电。中国有80%的农村人口，若要城镇化最重要的条件是什么？楼房啊！转战房地产！

这个大胆的想法一经形成就深深地震撼了他自己，已经在机械制造行业摸爬滚打了半生，对房地产还是一个完全陌生的领域，况且，他对机械制造一直是情有独钟的，一旦要离开便如剜心割肉般地疼痛。义无反顾，2001年他召开了公司领导班子会议，在会上他正式提出了进军房地产的决定。鉴于他的权威，会上没有人提出反对意见，但是很多人对这一大政方针的决定是心存疑虑的。纺机制造和房地产开发是完全不一样的行业，他们能行吗？许多年后，很多纺机同行们都对星火集团进军房地产觉得有点儿"不务正业"的嫌疑。有一位纺织机械做得相当成功的企业家说，一个人其实只能做好一件事，我这一辈子就做好喷水织机就行，别的什么也不想做。这是因人而异的，有的人确实一生只适合做一件事，而且能做得很成功，这当然很好。崔兆启不同于一般人之处就在于他敢于挑战自己，他要一生不只做一件事，而且他要做成功。崔兆启曾邀请一位懂建筑的在职市政府干部负责房地产开发公司的组建，这位政府官员也因为畏难而婉拒。崔兆启决心已下，开弓没有回头箭，他终于物色到了合适的人选。回顾当年的决定，当时的房地产情况并非如今天这样红火，崔兆启的这一决定已经用事实证明了他的深谋远虑。如果说没有引进喷水织机就没有整个王台地区的繁荣，那么，没有进军房地产的决策就不会有今天的星火集团。

中国的房地产走到今天的居高不下是任何人都没有预料到的。星火集团造房子的本意是为了给老百姓居住，没有想到会成为一种金融行为。但机会是给有准备的人的，这话是没有错，星火集团这一华丽的转身牢据了王台地区企业不可撼动的龙头位置。

当年杜甫曾有一个梦想——安得广厦千万间，星火集团在近十七年间已经建造了24万多平方米的高楼大厦。矗立在大地上的这些建筑物是铁一般的证据，向人们昭示着一个人的又一次出人意料的大手笔。华丽转身，惊艳世人。

星火集团的价值不在于星火集团本身，而在于它引领了一个时代，在这块土地上结束了农耕文明建立起工业文明。这部图片集要彰显的历史也不仅仅在这些图片上，它有更深厚的历史意义。星火人应该感到自豪，改革开放四十年，他们把家乡从落后的农业社会带到了先进的工业

278

社会，还有什么比这更伟大的事业！

2018 年，王台镇已经没有一亩农耕田，没有一个农民，周边地区也不再有以耕种土地为主要生活来源的真正农村，王台镇彻底结束了数年的农耕社会，彻底完成了工业化的革命，建立起了先进的工业文明社会。开发区管理委员会北迁王台，证明王台深厚的工业基础有着强大的吸引力。

从少年到白头，上一代星火人励精图治五十年，他们的生命始终在这块土地上迸发着绚丽的光华。崔学军就任星火集团新董事长，远航的汽笛已经拉响。

一个家族的奋斗史

一

红日西沉的时候，一个汉子挑着一副沉重的担子涉过了巨洋河，担子里担的无非是锅、碗、瓢、盆和锄、镰、锨、镢之类的农具，旁边走着他的妻子和一个幼小的孩子。回头望一眼河西岸他的家乡尚庄，他心里暗暗发誓，今生若不能出人头地，绝不再回去见父老乡亲。他是被穷困所逼迫离开家乡的。年幼的崔福春永远也忘不了他牵着父亲的手涉过巨洋河的那个黄昏，冰冷的河水泛着金光，他望着那个又红又大的太阳，心里充满了忧伤，他知道他很难再回到那个叫尚庄的村庄里去了，三十里路，在那个年代对一个孩子来说是一段遥远的路程。爷爷、奶奶，还有许多小伙伴……

崔福春不仅体格健壮，还特别勤劳能干。他遵循了父亲的遗愿，决心要在王台这块陌生的土地上创家立业。父亲是靠着省吃俭用拼命劳作留下了几亩地，他发誓要扩大父亲的业绩。他常常在别的庄稼人还在睡梦里就起身下地，当别人吃过早饭来到地里时，他已经锄完半亩地了。有一年他对邻居说，我明天就开始种麦子啦。邻居笑话他说，你家粪肥还没到地里用什么下种？他说，明天你到地里看！恰好这一天是后半夜月亮，鸡刚叫头遍他就把儿子们喊了起来，一家人车拉人挑，开始往地里运粪肥，到天大亮时，地里已经堆起了一堆堆粪肥。邻居们到地里一看，大吃一惊，说道，老崔家如有神助啊，要不发家是不可能的。

崔福春顶着星星下地是经常的事，有一年秋天他在地里割豆子，差点儿把一窝斑鸠给砍死，连这种黎明就早叫的斑鸠还在睡梦里呢。他教导儿子们说，要想富起来，就得披星戴月，兢兢业业地干！他是一个相信靠拼命干就能创家立业的最朴实的农民。果然，到他去世时，赤手空拳来到王台镇落地生根的这条汉子已经拥有了二十四亩土地。这在当时也算得上一个中小地主了。

然而到儿子崔凤林这一代，创家立业的信念就不行了。崔凤林和哥哥崔凤山分家时还继承了父亲留下的十二亩土地，但是他先天不足，个子矮小，而且严重的气管炎使他后来连走路都困难，更别说在土地上打拼了。在过去的年代，一个庄稼人没有强壮的身体就等于失去了一切资本。他就转而想到要做生意，但他的生性又决定了他不是干这一行的料。为人忠厚，而且事事都不着急，总是说，不要紧，不要紧……人家就送了他一个"不要紧"的绰号。

做生意"不要紧"是致命错误，他理所当然就只能是越做越赔，赔了就卖地，仍旧是不要紧。到后来家里只剩下三亩没人要的薄地了。然而历史如同开玩笑，真正是"祸兮福所倚，福兮祸所伏"，就因为他的这个"不要紧"把家业败了，致使到解放后土改时他没有给划成地主，逃过了一大劫难。

二

崔凤林娶妻于氏，高大刚强。她身高当在一米七至一米七五之间，在那个年代的女人中是少有的高个子。正是这位高个子的女人，在丈夫的事业失败之后，顽强地支撑起了崔家的门面。她虽然不识字，但识大体。她生有四个儿子一个女儿，长子崔洪进，次子崔洪文，三子崔洪章，四子崔洪成。丈夫说，这年头儿，咱这样的人家念书也没什么用，就只供老大一个念几年书吧，老二和老三老四就别念了。妻子说，我就是要饭吃，也要让四个儿子都念书。她省吃俭用，含辛茹苦，硬是把四个儿子都供了六年书。当年，在农村这就算是最高学历了。四子崔洪成后来成了王台镇的企业家，他一直对人讲，是我们的母亲供我们念了六年书，使我们终身受益啊。

崔氏兄弟的大姐因先天性心脏病，婚后死于难产。三子崔洪章也因为给人当学徒生活艰难困苦，得了肺结核，因没有钱医治而病逝于二十一岁，可谓是英年早逝。活下来的三兄弟都继承了母亲的遗传，体格魁梧强壮。

老大崔洪进，字善堂，因妻子无生育能力，过继二弟长子兆明为嗣。崔善堂为人忠厚而且对父母极孝顺，在王台镇是有名的孝子。据说在他娶了妻之后，母亲因儿子们发怒时还为他是老大而动手对他责打，每当这时，他都默默地承受，绝不逃跑。妻子不平，数叨他说，打你你不反抗，难道跑了还不行吗？他说，母亲年纪大了，我跑了让她没处消气怎么行呢？

崔善堂对比他整整小了十四岁的四弟崔洪成非常疼爱，小时候就处处照顾，直到娶妻生子成家立业。崔洪成孩子多，生活困难，而他人口

282

少相对比较宽裕，他就时常在经济上给予一些帮助，柴米油盐、孩子的学费等。三十年河东，三十年河西，当崔善堂进入暮年时，成了一个失去劳动能力的普通农民，经济上就陷入了困境，而小弟崔洪成凭自己的努力当上王台镇最大企业的主要领导人，当然经济就比哥哥要好得多，现在轮到弟弟来照顾哥哥了。崔善堂活到了九十岁，临终之时仍旧对小弟这些年的关照念念不忘。

二哥崔洪文，当时因家境困难，直到二十八岁时，母亲卖掉了一亩半土地才给他娶上了老婆，他生有二子兆明、兆亮，一女玉贞，本人也活到了九十岁。

三

1926 年，老崔家第四个儿子崔洪成出生，那是一个极为寒冷的冬天。他的出生没有为这个农民家庭带来欢乐，而是忧愁。八口之家，没有一个壮劳力，日子愈加困难。直到崔洪成长到十一岁时，母亲咬了咬牙，把家里所有能值点儿钱的东西变卖了，凑够学费，把小儿子也送进了学堂。他上了四年私塾，之后又上了两年洋学堂。下学之后，崔家已经连耕种的土地都没有，哥哥们靠打零工维持着生计，崔洪成决心要学成一门手艺自力更生。这一年，在外学修自行车的三哥病死，父亲感伤地经常叨念，咱家再也没有人会修自行车了。崔洪成一听，下定决心要弥补父亲这一大遗憾，他就偷偷地到修自行车的铺子里偷学手艺。当年的王台镇自行车就是最高级的机器，特别是德国人制造的那种飞轮，向前蹬就可驱动，向后蹬又能刹车，这对王台人来说简直神秘莫测。天资聪颖的崔洪成很快就弄明白了其中的原理，成为了一个能修自行车的高手。母亲又一次给予了他极大的支持。她几乎是豁出了全部家当给小儿子购置了修自行车的工具，虽然无非就是扳手、钢丝钳、锤头等，但在那个年代这可不是庄稼人家能置办得起的。年轻的崔洪成有了自己的修车铺。又一个机遇成就了他，1945 年共产党领导的八路军打到王台镇，有点儿钱的人都跑掉了，包括那几家修车铺，于是，崔洪成就成了王台镇唯一能修自行车的人，他的收入可以维持一家人的生活了。

北风把草屑和尘土吹刮堆积在墙角，东庙前的大街上，一个瘦小的老头儿蹲在朝阳的墙根下晒太阳。他哼哼着，艰难地哮喘着，但是一脸从容安详。经历了土改之后，他更看开了世事，这个世界上更是没有什么要紧的事了。他的四子崔洪成已经长成了一个高大强壮、相貌堂堂的男子汉，还戴一副厚厚的黑边眼镜，增添了几分儒雅气质。崔洪成听见父亲似是自我嘲讽又似是无限感触地叨念着："创业难，创业难，创成家业难如登山，早起五更半夜眠……"

崔洪成和父亲的性格刚好相反，他把这歌谣当成了激励自己奋斗的座右铭，一生兢兢业业，锲而不舍地追求着自己的理想。

1952 年新中国政府号召公私合营、手工业联营，崔洪成积极响应党的号召，主动联合了王台镇的手工业者，成立了手工业联合社，他也就顺理成章地成了经理。这就是后来的"青岛胶南纺织机械厂"的前身，也就是今天的东佳集团的前身。这是王台镇有史以来第一次有了一个可以称作"工厂"的实体组织。

由于他出色的工作，1954 年被选为代表参加胶南县手工业先进代表大会。他把自己的全部精力投入到了为国家为集体的事业发达而贡献一切的洪流中。1955 年，根据手工业会议精神，他进一步扩大了联合社的规模，由原来的七人一下子发展为十八人，由原来只能修自行车的小作坊发展为钣金加工，修理手表，而且成立了洪炉组，开始生产一些小农具。一发而不可收拾，下一年就发展到了三十二名工人，厂名也改为"胶南县铁业修配合作社"。年轻气盛，意气风发啊！前途一片光明！崔洪成义无反顾地投入到了他的事业中，废寝忘食，夜以继日。王台这个小工厂的飞速发展引起了胶南县领导的关注，他们决定加强这里的领导，专门派来了一名厂长，而崔洪成自然就成了副厂长。这一度严重地阻碍王台镇这个小工厂的发展，但当时的崔洪成思想单纯，不计较这些，只认为这是上级领导对工厂的关怀。他一如既往地竭尽全力地工作。为了扩大生产规模，他常年在外联系业务，为了购买到一台机床他曾经在潍坊机械厂一住就半个多月。他甚至屈尊为人家扫地，干杂活。这种赤诚感动了该厂的领导，终于批给了他两台皮带机床。崔洪成如获至宝，又费尽心机从一个废品收购站里弄回了一台旧车床，经过修理也可使用，一共三台机床投入了生产。从此，在王台镇这块古老的土地上，第一次有了机器的轰鸣声。简直是震天动地啊！这个小小的工厂从此不仅能修理农具而且开始了机械加工。

由于崔洪成出色的工作，他在 1958 年光荣地出席了山东省手工业积极分子代表大会。

四

父亲崔凤林病逝于 1957 年。他一生多病多灾，但性格乐观豁达，对世间的一切都抱一种无所谓的态度。最后的时光，他安详地吸完了一袋烟，放下烟袋，溘然而逝。他这一生没留给儿子们任何财产，但留给了崔洪成一种豁达的人生观，使得他在后来的艰难中能够泰然处之。

母亲本来体格健壮，但是不幸遭遇了那场席卷全国的大饥荒，因营养不良而逝于 1961 年。那一年正是饥荒最严重的时期。对母亲的去世，

285

崔洪成痛彻心扉，他认为母亲再活十年应该是没有问题的。母亲有三个儿子，但她一直和小儿子生活在一起。她留给邻居们最后的形象就是一位高大的老太太总是在背上驮着一个方头大脸的孩子，这是她最钟爱的孙子。这个孩子就是星火集团创始人崔兆启。

那个时期，面对全国性的饥荒，崔洪成这个最有办法的人也无能为力，他生有五个孩子，长子崔兆启，次子崔兆法，三子崔兆星，四子崔兆悦（五子崔兆义是大饥荒之后才出生的）。这四个孩子，当时正是最需要营养的时刻，为了这七口之家他曾经蹬着自行车跑三百六十里路去莒南县偷偷购买地瓜干，返回的路上忍饥挨饿都舍不得吃饱。

1958年大炼钢铁，王台镇的这个农具修配厂成了本地区最大的炼铁基地，从而荒废了别的所有业务。当"大跃进"停下之后，留下的是一片狼藉，满地的矿渣、残破的高炉。一切又要从头开始。

工厂成为了集体企业，整顿之后，1963年崔洪成又被任命为厂长。后来又改为"胶南县五金厂""胶南县农具二厂""胶南纺织机械厂"。崔洪成一直是这个他一手操办起来的工厂的主要领导。

刚刚要安顿下来，"文化大革命"开始了。崔洪成被罢免职务，而且被推上台批斗。此时，父亲遗传给他的另一种性格显露出来，他在台上不卑不亢，泰然处之。当红卫兵们指责他对工人苛刻，要他们加班加点时，他说道，不错，我曾经让工人加班加点，这是事实，但另一个事实我要说明白，我每天的工作时间比任何一个工人都要长……批斗他的人无话可说。

但他还是被夺权了，成了一个靠边站的人。这是他无法忍受的，他不能无所事事。他要求让他外出当业务员，被批准了。他成了一个长住山西太原的普通业务员。他成天奔忙在这座古城的大街小巷，太原人从来没有见过如此勤恳的业务员，只要能为工厂办事，他不在意职位的高低。回想起来，被罢免放逐了的崔洪成在太原度过了一段非常愉快的时光，这是常人所不能理解的。

就是在这段时期内，他找关系，查资料，给农具二厂上产品，购材料，起到了一个业务员绝对不能起到的作用。能上能下，随遇而安，他常常想到了父亲的"不要紧"。不要紧，一切事物都有它自己的规律，社会更是如此。他在太原通过多种渠道，给远在千里之外的胶南农具厂不仅搞到了几台电动机，更重要的是搞到了电动机和变压器的图纸。从此，胶南农具二厂开始生产六个型号的电动机和五个型号的变压器。这其中的秘密谁也不知道。之后，他又弄到资料使胶南农具二厂能够生产Y38型滚齿机。

在太原的四年，放逐在外的崔洪成为农具二厂共引进了十几种产品。他还先后为胶南县的四处乡镇、农修厂搭桥引路，引进了各种产品，发展了工业生产。如王台镇的农修厂、灵山卫镇的农修厂、海青的农修厂、大村的农修厂等。其中最有前途的当然就是王台镇的农修厂，后来就成为了国家二级企业的"星火集团"。后来居上，这个大型乡镇企业已经超过了他创办的胶南纺织机械厂。由于业绩突出，他被破格任命为供销科长。

五

1979年崔洪成又被任命为胶南农具二厂副厂长，接着又升为厂长、党总支书记。对于职务的变迁，崔洪成并不怎么在意，他一如既往是要发展这个他亲手创办的企业，奔向新的目标。他率领他的领导班子经过全国调研，决定生产纺织机械。从此，在胶南县举足轻重的一个生产企业诞生了，这就是胶南纺织机械厂。对王台镇的历史来说，这是一个伟大的决策，一举决定了这个地区的工业发展方向。

转眼进入了 20 世纪 80 年代。崔洪成在纺机厂党总支任上退休，风风雨雨几十年走过了，励精图治，他为王台镇这块土地上建立起了不朽的业绩。通过改制，他呕心沥血一手创办的胶南县纺织机械厂改为东佳集团，后又归于他人名下，他对这种变迁非常坦然，他深知一个企业让政府管理的种种弊端，只要对企业有利，他都会全力支持。他深知从经济学的角度上来说，财富永远都是属于整个社会的，所有权的拥有者实际上仅是某个阶段的保管者而已。他认为自己创办的这个纺织机械工厂就像一棵树，不管它的所有权归于何人，它都是扎根在王台这块土地上的。归根结底，它属于王台这块土地，它属于王台历史，属于王台人民。更让他欣慰的是，崔氏家族拥有了星火集团的全部所有权。从曾祖涉过巨洋河的那个时候起，注定了这个家族将为王台这块土地带来福祉。天地轮回，六十年一个大圆，从他 1945 年办起那个自行车修理铺起，到六十年后拥有一个在胶南市举足轻重的大企业，虽不可同日而语，但这个家族又回到了经营企业的路途上。这是一个家族奋斗的历史。

他醉心于机械制造，他善于企业经营，直到进入了 21 世纪，虽然退休，仍然还在经营着一个小型的车间。他听惯了机床的转动声。2011 年，这位八十五岁高龄的企业家停止了呼吸，结束了他忙碌奋进的一生。他为这个世界创造的财富是无法用数字计算的。他的许多决策决定了王台整个地区的历史走向。

六

走进引春公司的大门，别有一番景象，风雨沧桑的厂房，陈旧的机床设备，但这里的每一个人，从管理人员到工人，个个脸上都生气勃勃。公司经理崔学军更是信心百倍，浑身都充满了昂扬的气质，这是崔氏家族的第三代传人，他接手引春公司刚刚五年。曾经辉煌的引春机械公司进入本世纪初就面临着一个何去何从的困境，一度停产三年之久，崔学军接手后开始了它新世纪的历程。

几年前的崔学军还是一名法官，这是当今所有年轻人都眼红的一个职业，每天无忧无虑地上班下班，工作也没有什么硬性指标，几乎是可忙可不忙，可以说活得逍遥自在。在别人眼里他是一名威风八面的法官，走到任何地方都受人尊敬，可以堂而皇之地声明——在法院工作！但是崔学军在这个岗位上干了九年，总是无法让自己心安理得地把日子混下去。就优裕的家庭条件来说，他完全有可能成为一个不务正业的纨绔子弟，往好里说他也可能成为一个兢兢业业的小官吏，但在他年轻的心里总有一种冲动，或者说是一种使命感，他不愿把自己的人生消耗在这种平庸无为之中。性格即命运，是他的性格决定了他必将在人生的道路上有一番拼搏，有一番不平常的作为。

当年他大学一毕业，父亲就跟他约法三章，你必须在法院老老实实地干下去，干到三十岁之后才能做出你自己的选择。崔兆启经过了一生不懈的奋斗，深知干企业的辛苦和艰难，他不想让儿子像自己一样在苦难中煎熬大半生，他苦心孤诣地为儿子铺设了一条宽广而安逸快乐的生活之路。但是他不知道自己的儿子正是像他一样，流淌着老崔家那不安于平凡的血脉，冥冥之中都有着一种强烈的使命感。在法院的办公室里，他心里想的是王台的纺机事业，他的耳边总也没有断过机床的轰鸣声。他总是在跃跃欲试，是父亲的权威使他在法院一干就是九年。

古语说三十而立，崔学军数着日子，一过三十岁，年轻的法官站到了父亲面前，声明他要辞职了。父亲告诉他，作为长子长孙，他不光是父亲的希望而且是爷爷手上的明珠心中的宝贝，不让他干企业也是爷爷当年的主张，你必须首先要征得爷爷的同意。于是，年轻的法官又站到

289

了爷爷的面前，声明自己的决定。爷爷透过高度近视的眼镜，看到眼前这个高大健壮的年轻人，不仅继承了他们老崔家魁伟的体魄、宽厚的性格，更是继承了老崔家那种不屈不挠的干劲儿和对历史的强烈使命感。

孙子再三地对爷爷诉说自己对官场生涯的厌恶，对机械，特别是对纺织机械的兴趣。干了一辈子企业的爷爷沉吟半响，终于说，你是成年人了，只要你不怕艰难辛苦，你就自己决定吧。

父亲账下的公司当然是任他选，但是他却选择了当时已经停产的引春公司，他的理由是：接手那些境况好的公司，干好了也是在别人打下的基础上，要干就像爷爷和父亲那样，从零开始，白手起家。

理想是崇高的美丽的，现实却是严峻的冷酷的，你可以想象一下，一个停产多年的工厂会是一种什么样的景况？当他来到引春公司时，面对一片偌大的厂区，只有十几名留守工人，很多角落里都长满了荒草，用荒草萋萋来形容也不过分。开始吧，新的生活开始了。他在心里对自己说。他成了这一方天地的主宰，成为只有十几名士兵的司令。从只知道每月伸手从银行取工资，到如今首先要弄钱给自己手下人开工资，他觉得这有点儿不真实，像做梦。眼前的事情就是要让机器转动起来，他率领部下到处揽活儿，给人家加工零部件，赚取加工费以维持开支。

站稳脚跟，岂能久居人下？第二年他就开始招兵买马生产整机。

最难的是 2009 年，崔学军是要钱无钱要人无人，一年干下来只有一身债务。他跑到父亲那里请求援助，董事长说，要钱可以，但你要签字，打欠条儿，按时还账。年终，对那些上门要账的债主们，他只能好话说尽，请求他们宽限，体谅公司的难处，该还十万的先付五万。这是他当法官时绝对没有想到的。他体会到了中国办企业的艰难。

也许是上天眷顾这位年轻人的一片赤诚，生产整机之后，市场情况良好，引春公司生产的喷水织机销路兴旺。他赚到了出乎意料的第一笔大钱。

他一人既要跑外又要主内，销售这一块，出门两眼一抹黑；生产这一块所有的工序都要从头学习了解。他常常住在厂里和工人一起摸爬滚打，一个星期只回家一两次，工厂成了他的家。工厂整顿得有了眉目之后，他又马不停蹄地跑南方，去开拓销售市场，常常一个月不回家一次，与客户们谈话，吃饭，喝酒，和这些五花八门的陌生人套近乎，他见识了一个与政府机关完全不同的世界。渐渐地，他体会到了父亲和爷爷不让他染指企业的一片良苦用心。但是，再苦再难他不后悔，爷爷和父亲开创的纺机事业他决心要在自己手里再创辉煌。

祖父引进梳棉机开创了王台地区的纺机制造业的历史；父亲引进喷水织机创造了王台地区喷水织机制造业的辉煌，崔学军决心要制造出王台地区最先进的喷气织机再创辉煌。

世界历史上纺织机最早的革命是从英国利用蒸汽机驱动织机开始，这被称为是世界史上的工业革命，但那时的织机是梭机，基本原理和手工织机相同，是用梭子带动纬线。喷水织机可以说是又一场革命，不用梭子，而是用喷出的水柱带动纬线，梭子从此消失。喷气织机则是近二十年内的又一场革命，不用水，而是用气流带动纬线。

崔学军第一次生产的喷气织机是 YC425 大提花织机，他在上海全国纺机机械展览会上展示的不是一般的花卉和几何图案，而是《清明上河图》，参展人员看到这幅中国历史名画从喷气织机里缓缓吐出时，无不惊叹。他要向人们证明，引春公司生产的喷气织机什么图案都能织出来。

接下来，他又生产出了 YC800 喷气织机，这比 YC425 喷气织机性能提高，运转平稳，而且织造范围更大了。之后的 YC209 喷气织机虽然又有了提高，但是一个过渡产品。成型的产品是日本津田驹 ZAX－N

喷气织机。为生产这种 YC900 系列喷气织机崔学军可谓费尽了心机，连一份完整的图纸都没有，他就带领技术人员四处搜寻，同时一边测绘，经过了艰难的奋斗，第一台样机生产出来了。经过试机，完全达到了生产标准。引春生产的新型喷气织机很快在中国织机市场上占有了重要位置。

豪情满怀，年轻的心已经完全投入到纺织机械的制造中，他找到了自己的人生坐标。

不鸣则已，一鸣惊人，不仅要制造出和别人一样的喷气织机，还要领先喷气织机行业，他下一个目标是制造出别人没有制造出的先进喷气织机。为了实现这个目标，他需要一个在全国喷气织机行业领先的技术人才。他想到了一个人，此人曾经在老引春干过，可以说是全国最先研究喷气织机的人员之一。为了把这个人再聘请回来，他曾经亲自驱车十四个小时，从中国的最东部，日夜兼程数千里赶往西部咸阳。风尘仆仆，一路的辛苦劳累可想而知。古代有"三顾茅庐"的佳话，崔学军虽然没有"三顾"，但这行程之远足以相比了，何况，刘备之"三顾"是在当时没有别的通信方式，为聘诸葛亮只能亲自前往，现在电话电讯随手就来，他却不远千里亲自面请，可以说是那份赤诚有过之而无不及了。年轻的热情、年轻的决心、年轻的干劲儿，在这件事儿上表现得淋漓尽致。

日本津田驹 ZAXQ100 机型终于制造成功，这是中国最先进的喷气织机，在王台镇的引春纺机公司出厂了。

经过了数年的奋斗，引春公司又焕发了勃勃生机，火花飞溅，机床轰鸣，一台台崭新的纺机整装待发，准备走向全国各地。今天的崔学军可以笑着对人宣称，引春现在尽管还有很多困难，但日子是一天比一天好过了！

2012 年引春公司的产值已经达到了五千多万元。2013 年，崔学军的目标是产值达到七千万元，如果外部条件有利甚至可以向一亿元迈进。引春公司生产的喷气织机已经成型，成为了中国纺机行业的知名品牌。

星火集团进入了 21 世纪，无可逆转，这将是一个新人的世纪，放眼未来，崔学军信心百倍，再创辉煌，重铸新世纪是他这一代人责无旁贷的历史使命。

图书在版编目(CIP)数据

老屋／孙少山著. — 北京：中国文史出版社，
2020.2

（中国专业作家散文典藏文库·孙少山卷）

ISBN 978 – 7 – 5205 – 1408 – 8

Ⅰ. ①老… Ⅱ. ①孙… Ⅲ. ①散文集 – 中国 – 当代

Ⅳ. ①I267

中国版本图书馆 CIP 数据核字（2019）第 245057 号

责任编辑：卢祥秋

出版发行：**中国文史出版社**

社　　址：北京市海淀区西八里庄 69 号院　　邮编：100142

电　　话：010 – 81136606　81136602　81136603（发行部）

传　　真：010 – 81136655

印　　装：北京东君印刷有限公司

经　　销：全国新华书店

开　　本：720 × 1020　1/16

印　　张：19　　　　字数：236 千字

版　　次：2020 年 2 月第 1 版

印　　次：2020 年 2 月第 1 次印刷

定　　价：59.80 元